徐光啓全集

朱維錚　李天綱　主編

毛詩六帖講意（上）

[明] 徐光啓　撰

鄧志峰　點校

上海古籍出版社

毛詩六帖講意（上）／毛詩六帖講意（下）／詩經傳稿／徐氏庖言／兵機要訣／選練條格／靈言蠡勺／幾何原本／測量法義／測量異同／句股義／定法平方算術／簡平儀説／考工記解／泰西水法／甘藷疏／農遺雜疏／農書草稿／農政全書（上）／農政全書（中）／農政全書（下）／徐光啓詩文集／增補徐光啓年譜

圖書在版編目(CIP)數據

毛詩六帖講意 /（明）徐光啓撰；朱維錚，李天綱主編；鄧志峰點校. —上海：上海古籍出版社，2020.5
（徐光啓全集）
ISBN 978-7-5325-9558-7

Ⅰ.①毛… Ⅱ.①徐… ②朱… ③李… ④鄧… Ⅲ.①《詩經》—詩歌研究 Ⅳ.①I207.222

中國版本圖書館 CIP 數據核字(2020)第 060247 號

徐光啓全集
毛詩六帖講意
（全二册）
［明］徐光啓 撰
鄧志峰 點校
上海古籍出版社出版、發行
（上海瑞金二路 272 號 郵政編碼 200020）
（1）網址：www.guji.com.cn
（2）E-mail：guji1@guji.com.cn
（3）易文網網址：www.ewen.co
安徽新華印刷股份有限公司印刷
開本 890×1240 1/32 印張 24 插頁 10 字數 488,000
2020 年 5 月第 1 版 2020 年 5 月第 1 次印刷
印數：1—700
ISBN 978-7-5325-9558-7
I·3473 定價：138.00 元

總目

代序：歷史上的徐光啓

晚明的西學領袖

徐光啓在明崇禎六年（一六三三）去世以前，已成爲晚明的西學領袖。晚明的西學，涵泳着文藝復興以後歐洲的神哲學、論理學（Logic）、數學、天文學、地理學、美學和工藝學等。首先將它們紹介給中國人的，是意大利籍耶穌會傳教士利瑪竇，因而原型無不帶有羅耀拉開創的天主教這個教團的文化印記。

上海人徐光啓，並非由利瑪竇付洗的中國教徒，却與杭州人李之藻，成爲利瑪竇晚年最著名的中國學生。當明萬曆三十八年（一六一〇）利瑪竇在北京病逝以後，徐光啓便成爲中國基督徒的實際領袖，以致連教徒們都很少有人知道利瑪竇的傳教團首腦傳人是意大利人龍華民（Nicolaus Longobardi）。

自初唐至晚明的九百年間，西方基督教曾三度入華傳播。唯有第三次入華的耶穌會站住了脚跟，使這個異教流傳至今。利瑪竇儘管不是基督教三度入華的第一人，却是在中國取得傳播「西教」成功的第一位耶穌會士。他取得成功的訣竅，中外研究論著議論紛紜。有一點是誰也難以否認的，就是他借「西學」爲「聖教」開路的策略，因緣時會，贏得了正在尋覓走出中世紀道路的中國文化先驅的認同。

號稱「大明」的中世紀最後一個由漢人建立的帝國，開拓者即所謂明初二祖，都是不學的草包，相繼統治中國半個多世紀，都把反智論當作文化專制的出發點和歸宿。明成祖派遣宦官鄭和率龐大艦隊七下西洋，效應恰好反證帝國統治者頑固墨守「以我爲中心」的陳腐觀念，自外於突破中世紀傳統的世界潮流。當明成祖死於塞外征途以後，他的子孫更急忙修復長城，也不敢越海疆直搗「倭寇」巢穴，龜縮於所謂本土殘民以逞。難怪從明英宗「復辟」之後，帝國再傳不過三世，便内亂不已，導致陽明學向高踞廟堂中心的朱子學挑戰。

到陽明學熬過嘉靖、隆慶二朝五十多年的黑暗歲月，並在僭主張居正死去以後，突然活躍於經濟最發達的南國，乃至學派林立，致使外來的泰西耶穌會士，沿着陳獻章、湛若水到王守仁的反道統軌迹，由邊緣到中心北上，其實並非偶然。我在拙編《利瑪竇中文著譯集》（香港城市大學出版社、復旦大學出版社，二〇〇一）的導言《利瑪竇在中國》中，已予就史論史的説明。

當十七世紀最後一年(一六〇〇,明萬曆二十八年),徐光啓在南京他的老師焦竑的座中初識利瑪竇,那時利瑪竇已年届「知命」,入華也近二十年。利瑪竇未必注意到這位年輕十一歲的後生,但徐光啓已對這位「西儒」留下頗深的印象,證據就是徐光啓在四十一歲細讀利瑪竇的《天主實義》等書以後,終於決定放棄所謂儒釋道「三教合一」的幻想,轉而認定真理就在利瑪竇申述的西教之中。那以後,到他七十二歲去世,逾三十年,中國基督教便有了華人信徒的第一「柱石」。

何以不能稱學派?

晚明學派林立,由清初黄宗羲《明儒學案》的描述可知。十七世紀初葉的萬曆末到天啓、崇禎間,蔓延朝野的所謂黨社運動,把講會活動作爲議政求變的一種形式,一度出現壁壘分明的政治對決態勢,那歷史也早已備受中外學者注目。除人們熟知的梁啓超、錢穆、謝國楨等人的相關著作外,在這方面的近著,臺灣年輕學者吕妙芬的《陽明學士人社群——歷史、思想與實踐》(臺灣中研院近史所專刊八七,二〇〇三),就很值得一讀。

奇怪的是關於晚明基督教在華傳播史的著譯很多,除利瑪竇等傳教士和入華教派史的資源以外，關於晚明改宗天主教的個案研究也數量日增。例如方豪、鐘鳴旦等關於「聖教三柱石」的中文著譯便屢見引用。然而將西學也作爲晚明一個學派予以考察的論著，似乎祇有民初梁啓超《中國近三百年學術史》粗理其緒，以後八十年便置諸晚明史（包括南明史）的論者視野之外。我曾提出這現象不正常，因爲不正視西學在晚清已經超出思潮史的範圍，而在社會政治領域都已發生實際影響，那就不可能如實説明十七世紀明清更迭時期的歷史全貌。最近得讀臺灣黄一農教授的新著《兩頭蛇——明末清初的第一代天主教徒》（臺灣清華大學出版社，二〇〇五），不禁嘆賞，以爲堪稱全方位地填補晚明史研究空白的一個突破。

據我寡聞所及，西學在明亡前有没有形成一個學派，一個在社會政治生活諸領域都具有影響力的本土學派，應該可説不成問題了。

那是個大題目，全面的歷史考察有待來者。我在此僅能説點從參與編纂《徐光啓著譯集》到主編《利瑪竇中文著譯集》期間的隨想。

利瑪竇和徐光啓

當明萬曆二十八年（一六〇〇）春天徐光啓在南京結識利瑪竇，這時利瑪竇已是留都聞人。

經過在南昌三年、南京二年與達官貴人和學者名士的廣泛交往，利瑪竇的形象，早就轉换成「西儒」。他博取中土文化精英人物認同的手段，已經主要不是萬國地圖和西洋「奇器」，而是通過《天主實義》、《交友論》、《二十五言》等中文著作，所展現的基督教世界的哲理、倫常、宇宙觀和審美觀之類，還有令章句小儒們傾倒的「西國記法」，當然都把佛教當作論敵，極力證明耶儒二教同心同理。他不僅似乎於學無所不窺，而且恪守《神操》和耶穌會士誓願的行爲，也似乎使他成爲儒者心目中的道德楷模。所以，還在徐光啓皈依天主教（一六〇三）以前，南國士大夫贊美利氏所傳西學與「吾儒」同調的言論已多得很（可參看沈定平《明清之際中西文化交流史——明代：調適與會通》，商務印書館，二〇〇一，内第九章曾彙引前人引述的衆多有關這方面的資料）。徐光啓先信西教，再習西學。他於萬曆三十二年（一六〇四）中進士，補翰林院庶吉士；但於三年後才散館，便丁父憂，回籍守制；到他服喪期滿，赴京起復爲翰林院檢討，而利瑪竇却已去世了。

因而，徐光啓在南京結識利瑪竇，僅一面，隔了一年多（癸卯冬即一六〇三年底），重晤於北京，那時利瑪竇已是都中「博雅名流」争相造訪的宫廷賓客。據利瑪竇説，他與徐光啓時常相見，是在徐光啓中萬曆甲辰科進士並入選翰林院庶吉士以後。

按《明史》職官志，明永樂初定制，「翰林院庶吉士，選進士文學優等及善書者爲之，三年試之。其留者，二甲授編修，三甲授檢討。不得留者，則爲給事中、御史，或出爲州縣官。宣德五年，始命學士教習。萬曆以後，掌教習者專以吏禮二部侍郎二人」。可知庶吉士不是正式官員，而是可充皇帝或儲君的文學侍從的候補人員，必在掌院學士或分管人事、文化的兩名「副部長」指導下讀宫廷圖書檔案即「中秘書」三年，再由閣臣出題考試，然後決定去留，祇有成績優良的兩等學生，才能留院分授編修、檢討，級别分屬正從七品，也就是號稱清秘的翰林官的最低或次低的起階。因此，庶吉士者，實乃皇家學院之博士研究生也。

明代翰林院號稱館閣儲才勝地，尤其在中葉英宗復辟之後，「非進士不入翰林，非翰林不入内閣，南北禮部尚書侍郎及吏部右侍郎非翰林不任，而庶吉士始進之時，已群目爲儲相」。明孝宗時更定選制，凡新科進士均可預選庶吉士，每科所選不過二十人，每選所留不過三五輩。然而嘉靖、萬曆二朝中間有九科不選，反而使被選庶吉士的新進士聲價大漲（參看《明史》選舉志二）。徐光啓在入教前兩度會試落榜，改宗天主的第二年，便中二甲，所謂欽賜進士出身，還通過繁難的預選程序，躋身庶常。他是利瑪竇進京開教之後獲此殊榮的頭一個華人信徒，怎不令利瑪竇興奮莫名，對他寄予厚望？

所以，儘管利瑪竇因得萬曆帝優待而名重京城，爲世俗和教會事物忙得不可開交，却對徐光啓的教育備加關注。據利瑪竇致修會上司書信，徐光啓常在庶常館放學後即赴他的寓所，每每談至深夜。又據萬曆丁未（一六〇七）利瑪竇所撰《譯幾何原本引》，徐光啓改庶吉士的第一年，主要致力於讀中秘書（教習指定的宫廷文獻），向利瑪竇質疑的問題，多半是「天主大道，以修身昭事爲急」。到第二年（萬曆乙巳，一六〇五）秋天，徐光啓開始關心歐洲學校的「舉業」教育，顯然出於利瑪竇自稱早在本國「忝預科名，已叨禄位」（見利氏《上大明皇帝貢獻土物奏》，參看拙編《利瑪竇中文著譯集》此篇簡介），而引發的中西文官教育體制的比較興味。利瑪竇説「余以格物實義應」，話題無疑轉向耶穌會大學「七科」教育中的神哲學之外的其他課程，首先是作爲「格物」基礎的數理，初階即歐氏幾何。向來認定「一物不知，儒者之耻」的徐光啓，一聽便來了勁，以爲這門「實學」，或中國古已有之，却已失傳，懇請神父口傳，由己筆受。

於是就有了利、徐合譯的《幾何原本》前六卷即平面幾何部分的漢譯本。徐光啓原非數學家，得充皇家學院博士研究生，長處在於「代聖賢立言」的時文揣摩精熟，忽然轉向從未接觸過的演繹幾何學的公理定理體系，單靠不諳中土數學傳統又不熟悉艱深文言的利瑪竇自拉丁文轉述，而用典雅的漢文表述，確如徐光啓所謂，在雙方都是「迎難」。從此，兩人「反覆展轉，求合本書之意，以中夏之文重復訂政，凡三易稿」，遲至萬曆丁未（一六〇七）春季，由利瑪竇老師丁先生校補的《幾何原本》十五卷的前六卷，終於譯成。

又過了一個半世紀，隨着偉烈亞力、李善蘭補譯的《幾何原本》後九卷問世，漢語世界的讀者才得窺歐洲這部科學古典名著的全豹。有的中國科技史論者於是追究當初利瑪竇對譯事叫停的動機，幾乎都推測利瑪竇居心不良，唯恐徐光啓掌握西方科學而懷疑「天主實義」。有的思想史家還對利瑪竇介紹的天學深表憤慨，説他向中國學者蓄意隱瞞哥白尼的日心説，誤導徐光啓等，在歷法天文學實踐中，採用在西方已屬落後的第谷體系。

上世紀末葉我初讀漢譯《利瑪竇中國札記》，又得讀「文革」末李約瑟《中國科學技術史》天學卷的内部譯本，以爲利瑪竇的確可惡，爲防傳教不利而誤導國人。及至有機會接觸歐洲近代天體運動認識史，繼而細考晚明至清初的中國學術史，才懷疑成説未必合乎歷史實相。首先是感到李約瑟未必真知晚明思想文化史，一味强調祇有源於中土的科學技術，才算原創性的真知，殊不知勇於接受域外真知及其實踐，破除傳統偏見，更加困難。其次是近代學術史科技史論者，往往以論代史，先有所謂民族主義之類偏見存於胸中，當作裁量所謂學用是非的主觀尺度，於是每見非孔孟傳統的意見就心生憎惡，更糟的是以時君的政見當作真理的判詞，又好挾洋自重，因而李約瑟的「問題」，竟成近代中國科技必然落後的斷案依據。再次是蘇聯謬説作祟，特别是斯大林的大俄羅斯主義，導致蘇聯無論任何領域都必定宣傳沙俄爲世界第一，於是對斯大林主義亦步亦趨的中國某些權威，論及自然和人文的認識史，同樣鄙夷西學而回歸「西學中源」的腐論。

就史論史，我不以爲徐光啓「易佛補儒」的説法，有思想史意義，却以爲有科學史意義。所以者何？因爲徐光啓不僅從利瑪竇那裏學得了西方的演繹幾何學，還以此挑戰當時佔統治學説地位的代數思維方式。

所謂代數思維方式，至遲從東漢末的經學大師鄭玄，到南宋中的理學大師朱熹，都屬於統治學説的形上學共同模式。照清末章太炎的説法，這個模式的特色，就是一二三四繼發的「數」。用於觀察歷史，要麽是韓非所謂的今必勝昔的直綫進化論，要麽是鄭玄、朱熹共識的黄金時代必在三代的直綫退化論。

徐光啓或許没有想到，他對西方「舉業」基礎的歐氏幾何的好奇，竟會導致中國士大夫開始改變知人論世的眼光。「數」不但體現於時序，而且存在於空間。「俟河之清，人壽幾何」，這句傳統格言，被賦予新的意義，依拙見可稱之爲時空連續性。我們追溯傳統文獻中的空間認知，固然可如譚其驤先生揭示的，可以上追至《漢書》地理志，乃至《禹貢》，但倘説近代認知，則據我的私見，只能從《幾何原本》的漢譯文問世（萬曆戊申，一六○八）算起。

晚明「天學」的軸心

雖然徐光啓與利瑪竇相處的時間衹有三年(一六〇四——一六〇七),雖然利瑪竇賞識李之藻的才智或更甚於徐光啓,但在利瑪竇去世(一六一〇)以後,成爲利瑪竇一派「天學」在晚明首席傳人的,正是徐光啓。

利瑪竇在華二十八年,活動最繁也影響最大的時段,無疑是在北京的最後九年。陳述這段歷史的研究論著很多,在我看來較全面又較可徵信的,當數近年才有中譯本的鄧恩(George H. Dunne)的《從利瑪竇到湯若望——晚明的耶穌會教士》(余三樂、石蓉譯,上海古籍出版社,二〇〇三)。據此書及前揭黄一農《兩頭蛇:明末清初的第一代天主教徒》等,那九年在北京與利瑪竇常來常往的學者和官員,有姓名事略可考的,便約五十人,其中不乏閣部要員。

相形之下,在利瑪竇晚年交往的京官中,徐光啓職級均低,於庶吉士散館前試列三甲,留館授檢討,從七品而已。也許由於他在館期間越來越專注《幾何原本》譯事,妨礙讀書正業,因而散館考試僅列二等,未能晉授編修。而且才授職就丁憂南返。於是在利瑪竇生前,他並非「天學」信衆的軸心人物。

不過徐光啓在利瑪竇去世以後起復入京，還是做翰林院檢討，衹是三年後循資轉階，職稱提爲左春坊左贊善，仍是從六品的小官，却脱穎而出，上升爲「天學」的軸心人物。

那過程雖短，却很複雜。原來依靠利瑪竇個人威望和魅力支持的耶穌會傳教團，失去了老樹的庇蔭，便雜木競長，繼任會首的龍華民，既不滿利瑪竇的所謂間接傳教策略（《利瑪竇在中國》「目的與手段的倒錯」一節已詳析這個策略的矛盾，而近見鄧恩書第七章力證龍華民不反利氏策略，缺乏説服力），也無力控制同會諸教士各顯神通。來自菲律賓的多明我會傳教士，力圖分割耶穌會的傳教權，更給耶穌會教團添亂。

但對傳教士的最大威脅，却在此不在彼。就在徐光啓回京復職之際，朝廷的混亂也近於沸點，連年出現部院大臣「拜疏自去」的怪事。惱怒的昏君索性改組内閣，迫首輔葉向高致仕，「獨相」奸佞的方從哲，時在萬曆四十一年（一六一三）。從此傳教士厄運臨頭了。因爲葉向高好西學，被看作在華傳教士的護法，曾促使皇帝賜給利瑪竇葬地，説是一部《幾何原本》，便是賜葬地的充足理由。他被迫下野，無疑使西教失却了一頂紅傘。而方從哲才入閣，便引用同鄉私黨沈㴶爲南禮部侍郎，給西教壓上了一塊頑石。

沈㴶是浙江烏程人，萬曆二十年（一五九二）進士，改庶吉士，散館授翰林院檢討，與徐光啓、楊廷筠都曾「通家往返」。據説他是佛教居士，但在北京官翰林院侍講時，没有留下反基督教的記載。所以，他於萬曆四十二年(一六一四)晋南禮部右侍郎管部務，成爲留都群官之首，就上《參遠夷疏》，並且不等皇帝准奏，即向南京的耶穌會教士發難，製造了「南京教難」，連徐光啓也莫名其妙，在家書中説這位「平昔通家往返」的南大宗伯——據黄一農考證，沈之侄沈棨，是徐光啓任萬曆癸丑科(一六一三)同考官時取中的貢士，而管南禮部部務即位比尚書，故稱宗伯——「一旦反顔，又不知其由也」。

其實，徐光啓應知其「由」。沈㴶的後臺方從哲，既然擠掉葉向高而獨攬相權，必定遵循敵之友即我之仇的傳統權術，不擇手段地借機發展自己勢力。利瑪竇生前廣交的政界學界朋友，大多屬於關心國事的所謂清流，也即屬於依附宦官以取媚皇帝的所謂齊楚浙三黨官僚共同集矢的所謂東林人物。而照正統道統的雙重尺度，利瑪竇等來自泰西的「遠夷」，入華宣傳「天學」，正是「用夷變夏」，也正是有不少成員改宗或同情彼教的所謂東林君子的軟肋。浙黨幹將沈㴶，奉黨魁方從哲派遣，出掌南國政權，怎可以私誼妨害黨務？

再説沈㴶顯然通曉權力游戲訣竅。他是兩榜出身，在京又曾任國子監司業，即國立大學主管思想訓導的副校長，深知舉貢恩蔭諸生的心念：好不容易通過逐級考試，鑽進帝國體制内部，即使不能中舉躋身候補文官行列，而生員身份也可坐館訓蒙或代人興訟以保障衣食。這由《儒林外史》馬二先生訓誨匡超人、蘧公孫，説是孔夫子生於今世也必從事「舉業」，可得反證。晚明的「舉業」，除殿試由皇帝尸居主考虛名外，各級考試的權力，都由兩京禮部操縱。不消説，沈潅既掌南禮部大權，在他權威籠罩下的各省生員，必定如群蛆望矢，多半以他的取向決定政治風向。南昌曾是利瑪竇取得「開教」成功的第一個基地，但在利瑪竇死後六年，沈潅掌南禮部部務後兩年，即萬曆四十五年（一六一七），便有江西全省在南昌參加鄉試的三百名生員，簽名上書南禮部，要求驅夷人禁西教。接着南京也有多名秀才響應，指控西夷教士破壞三綱，夜間祈禱男女不別如聚淫，鼓吹衆生平等如邪教等等。可知沈潅頗知權術運作可以操縱輿論爲政治服務。

難得的逆潮流而持真知者，正是徐光啓。他初知沈潅《參遠夷疏》，立即不顧個人和家族的安危，給皇帝寫了公開信，即著名的《辨學章疏》。他坦陳自己正是「遠夷」利瑪竇的天學信徒，所以信仰，就因爲它符合傳統的真理，並堅信這一普世真理必可驗證，所以向皇帝提出三種驗證方法，包括召集全部在華西方傳教士到北京由皇帝主持考試等。

《辨學章疏》没有能够挽救傳教士的敗局。却使徐光啓成爲中國的「聖教三柱石」的第一支柱。他和李之藻、楊廷筠，都成爲「南京教難」的受害耶穌會士的庇護者。論庇護的效應，徐光啓不及楊廷筠，甚至不及李之藻。但從政治的學術的後果來看，徐光啓在「南京教難」之後，地位驟升，以致幸存的歐洲傳教士，也奉他爲晚明天學的領袖。

正如《明史》方從哲傳的作者所説：「論者謂明之亡，神宗實基之，而從哲其罪首也。」將這個方從哲引向敗亡的一名權首，無疑要數沈㴶。

方從哲的罪過，主要不是反東林，而是媚君主。從明太祖取消丞相，而集决策施政統軍三大權力於一身之後，中國的政體便走向君主個人獨裁。這個獨裁機制，要求在位皇帝全知全能，成爲當代唯一活着的聖人。無論明初二祖及其子孫，怎樣誇張自己是「真命天子」，而且一個比一個熱衷於個人獨裁，但從嘉靖到萬曆，君主越來越對「親政」不感興趣，乃至萬曆帝在位四十八年，却有大半時間不見大臣，以致内閣大學士，竟有在位期間没見過皇帝的尊容。權力獨裁如此神秘，最終導致「神宗」不神，淪爲宫内寵妃太監的傀儡。萬曆一朝近半個世紀，外朝大臣與内廷權力的互動，在後者幾乎衹有宦官口含天憲，正是皇帝已經淪爲奴才們的傀儡的寫照。

於是徐光啓似乎有真「理」，却輸給沈㴶的假「理」，而後者甚至可以輕易取得青年生監以上輿論擁戴，致使徐光啓及其盟友，除違背王法給予遭難的耶穌會士提供藏身場所，此外就對現實權力無可奈何。

哪知先秦道家「反者道之動」的教義復顯威靈。經歷了萬曆末到泰昌、天啓三朝的黑暗歲月，西來天學重獲在華生存權。曾在「南京教難」中吃過苦頭的葡萄牙耶穌會士曾德昭(Alvarus de Semedo)，遂將徐光啓、李之藻、楊廷筠三人，稱作「聖教」的三個「柱石」。

技術救世的成敗

可是，從中世紀的中國史來看，徐光啓還有兩項貢獻，都與「西教」没有必然聯繫，却與中國歷史變化大有關係。

第一項是推廣甘薯種植。

衆所周知，十五世紀哥倫布誤打誤撞「發現」了美洲，也開始了一個全球性的物種大交流時代。由美洲原居民、總稱印第安人的各族，累積萬千年馴化成的農作物，有兩樣經過西班牙殖民者佔領的菲律賓，開始傳入中國，一是烟草，二是甘薯。

如今人們普遍認爲「吸烟有害健康」。但十五六世紀烟草在中國蔓延的速度是驚人的，以致萬曆十八年（一五九〇）去世的太倉人王世貞，就描述這個有害的風俗，說「三尺童子無不吃烟矣」。作爲農學大師，徐光啓没有在著作中提及這種外來作物，似非不知烟草的普及，如何有力地改變了中國人的消費生活方式乃至民間文化觀念，而是似乎淡然視之。

然而對於已在福建等地引種成功的甘薯，有山芋、地瓜等多種俗名的番薯，徐光啓却顯出異乎尋常的興趣。他看中這種原産熱帶的糧食作物的理由，當然不是它的營養價值居一切菜蔬之首，而是它高産，耐旱，耐瘠，耐風雨，抗病害能力强，這類特性都是中國傳統糧食作物稻粟麥等不及的，也較諸同樣原産美洲的馬鈴薯、玉米、花生更宜於推廣。問題是甘薯不耐霜，能否在中國亞熱帶邊緣以北成活，還有待實驗證明。正如已故的胡道静先生的《徐光啓農學著述及〈農政全書〉》（收入氏著《中國古代典籍十講》，復旦大學出版社，二〇〇四）所揭示的，徐光啓的農學原創性，就在於通過反復的實驗，破除了「風土不宜」的保守觀念，先後在上海、天津引種甘薯成功。他的改良品種，可説是科學認知與農藝技術雙重創新的結晶。正如他自始便捕捉到演繹幾何學可以改變本土空間認知傳統的意藴一樣，他馴化甘薯等外來作物適應北國風土，那都證明直到十七世紀，中國人依然保持文明的原創精神。

用不着指出徐光啓引種甘薯等外來作物的本意在於「救荒」，表明他被迫退出豺狼當道的權力中心之後，仍然不忘啼饑號寒的貧困同胞。但他顯然没有料到，他成功地解決了推廣甘薯等種植難題，却給「人口爆炸」添了助燃物。據研究，從元朝一統前夜到明朝嘉靖中葉，中國本部人口總在六千萬上下浮動，但到明崇禎六年（一六三三）徐光啓去世以後，帝國人口却已增至一億三千萬，比前四百年翻了一倍以上。雖經明清之際巨大的動亂，爆炸勢頭放緩，但康熙朝重建一統帝國之後，到十八世紀中葉，全國人口便超過三億。當然這時滿清統治者極力抹煞勝朝歷史的政策也取得成效，徐光啓總結種甘薯有「十二勝」的《甘藷疏》，却於鴉片戰争前夕就在中國失傳了，反而要靠日本學者在朝鮮漢籍遺存裏重新發現，其時已是一九六七年（見前揭胡道静文）。這倒真可「以史爲鑒」。

徐光啓的第二項貢獻是力主引進「紅夷大炮」。

這同樣富有歷史反諷意味。中國是火藥的故鄉。火藥西傳曾將歐洲中世紀的騎士制度炸得粉碎（馬克思語），但到明朝中葉，中國却要從大西洋人那裏學習製造火器技術，不過終究「落後」於葡萄牙、荷蘭等入侵者一截。

萬曆末明軍面對滿洲八旗馬隊的進攻，屢戰屢敗，徐光啓從來自澳門的傳教士那裏，聞知「紅夷大炮」的威力，於是在自請練兵的同時，建議朝廷引進這種遠程火器。

那以後的故事，中外學者已講得很多。簡單説吧，徐光啓的努力一再受挫。好不容易從澳門弄來四門紅夷大炮，明廷却要物不要人，將澳門當局派遣的炮手遣返，結果運抵北京的兩門，由初見這奇器的軍士試放而發生爆炸。又是那個沈㴶，才依仗宦官魏忠賢等當上東閣大學士，便抓住這次事故，聲稱它證明澳門葡人早有征服中國的預謀，將分管軍隊裝備的光禄寺少卿李之藻免職。時爲天啓元年（一六二一）。但還是有火炮送到了關外前綫，於天啓六年（一六二六）寧遠戰役中首次發威，擊傷了努爾哈赤，或説他同年的死因就是傷重不治。無論如何，這使起用徐光啓的崇禎皇帝，終於批准徐光啓的建議。當崇禎三年（一六三〇）春末澳門葡將公沙的西勞帶着兩門火炮和炮手趕到北京，正值皇太極率軍圍攻涿州，北京吃緊。而紅夷大炮一發，便嚇得滿洲馬隊趕快撤退。

豈知徐光啓借機更新明軍裝備的努力又受重挫。據前引鄧恩書，涿州之戰後，應明廷要求組成的澳門新軍，開拔到南昌又被皇帝下令遣返，原因是壟斷對外貿易的廣州商行，唯恐澳門葡人乘機取得在內地自由貿易的特權，於是用重金賄賂朝内大臣，勸説耳軟的皇帝出爾反爾。更嚴重的打擊來自登州海防前綫。這道防範滿洲渡海進攻的重要防綫，由徐光啓的學生、右僉都御史孫元化指揮。他有能耐借調公沙的西勞率領的炮隊前來助防，却没辦法償付部下明軍被拖欠的糧餉，因爲盤踞朝廷軍政要津的贓官蓄意刁難，借機給新入閣的徐光啓看點顔色。於是孫元化部下耿仲明、孔有德二軍嘩變了，結果是滿清得到了很有戰鬥力的漢人降軍，而卓越的西學家孫元化，却被明廷問斬。這對年屆古稀仍爲挽救帝國殫精竭慮的徐光啓，無疑是一記重擊。那以後，他把注意力傾注於改訂曆法，而對改革朝廷財政軍政積弊無所作爲，是否表明於此没奈何呢？

然而滿清反而享受到徐光啓引進「紅夷大炮」之利。正所謂戰敗的軍隊善於學習吧，經過努爾哈赤、皇太極父子，都領教過這種西洋奇器的厲害之後，滿洲權貴就全力掌控造炮技術，拙著《走出中世紀》（上海人民出版社，一九八七）之《「紅夷大炮」》一篇已略加介紹。效應呢？就是清軍在這方面很快「超勝」，因而甫入關，將一代梟雄李自成親率的造反大軍，打得頃刻瓦解的，並非滿洲馬隊强於闖王騎兵，而是經過用失蠟法技術改良的「紅夷大炮」，把大順軍隊炸得陣脚大亂。此後入主北京的清廷，驅使大軍南征，没有陷入曾使女真先輩金軍難以度越的江南澤國，固然是用前明降軍充當前驅，而降軍都擁有「紅夷大炮」作爲轟破堅城的利器，似乎仍然没有受到晚明史論者的應有注意。

總之，徐光啓在明亡前十一年就見天主了。他生前矢忠於大明帝國，却萬不及料他認定可以讓帝國起死回生的西洋技術，恰好都走向反面，在某種程度上加速了帝國的滅亡。倘説技術不能救世，那麽他力主引進的軍事技術，乃至他主持的曆法改革，怎會到頭來都被滿清用作征服全國的工具呢？當然相反的問題，就是他暮年終於進入帝國權力核心，由三輔晋次輔，按説可以大展救世宏圖，但終於在輝煌的哀樂中抱恨西去，是不是表明「技術救世」乃至所謂全盤西化在中國失敗史的開端呢？

紀念徐光啓，竊以爲這是難以不談的歷史課題。

朱維錚

二〇〇五年十一月初草，二〇一〇年十一月重讀。

編纂説明

徐光啓（一五六二——一六三三），字子先，號玄扈，曾入教，洗名保禄（Paul）。嘉靖四十一年生於上海縣城廂太卿坊，即今黄浦區喬家路二三八—二四四號徐光啓故居（俗稱「九間樓」）所在。萬曆三十二年（一六〇四）進士，入翰林院。歷任禮部右侍郎、左侍郎、尚書、東閣大學士、文淵閣大學士。徐光啓是萬曆、天啓、崇禎年間的廉臣、名相，更是明末士大夫獨立思考，探究學問，放眼全球，努力救中國的代表。徐光啓和利瑪竇交往，率先接觸西方文明，他不僅是上海地方史上的傑出先賢，而且更是中西文化交流史上的劃時代人物。

編輯一部完整的《徐光啓全集》，是百多年來好幾代學人的未竟事業。從李杕《徐文定公集》（一八九〇）開始，繼之以徐允希《增訂徐文定公集》（一九〇八）、徐宗澤《增訂徐文定公集》（一九三三）。因爲徐光啓在中國天主教會和地方歷史上的重要的地位，這三次編訂的徐光啓集，均由上海徐家匯的教會人士從事，乃是自然之事。二十世紀中期，隨著近代科學在中國的大學、研究機構裏真正確立，徐光啓的近代科學先驅地位愈發彰顯。科學界、文化界人士也開始對徐光啓在中西科學、文化交流方面的成就，致以敬意。近代科學家更重視《幾何原本》、《泰西水法》這一類「自然科學」翻譯著作。研究數學史、天文學史、農學史、科技史的學者，側重研究徐光啓的「科學」，而這些著作都没有收録在當時的徐光啓集中。

一九四九年以後，徐光啓在中國教會史上的地位，受到了主流意識形態的懷疑，但他在科學史、政治史上的地位，仍然被學者銘記。輕重權衡，徐光啓的地位依然高企，如竺可楨的《近代科學先驅徐光啓》，曾把徐光啓推崇爲「中國的法蘭西斯·培根」，侯外廬《中國思想通史》涉及到徐光啓，也曾認爲「這種精神和方法與文藝復興義大利的科學家們是極其相似的」。在一九六〇年代那種環境下，王重民仍然編訂了《徐光啓集》（一九六三年出版），梁家勉完成了《徐光啓年譜》（遲至一九八一年才出版），均由上海古籍出版社出版。明清文獻學家陳垣曾關注王重民、梁家勉的工作，並推動《徐光啓集》的出版，事見陳智超編《陳垣來往書信集》。王重民、梁家勉已經約定，在各自的文集和年譜完成之後，「二人合撰一部更完備的帶校注性質的《徐光啓新集》」，事見王重民編《徐光啓集·凡例》。這個約定，因「文革」驟起而破滅。

一九八〇年代以後，徐光啓研究趨於活躍，且全面發展。方行、顧廷龍、胡道静、朱維錚（統稿）等利用上海圖書館、上海博物館、復旦大學圖書館、北京圖書館等館的善本收藏，收集、整理和影印了徐光啓著作，有手稿、抄本、刻本和輯本。這次整理，披露了大量未刊文獻，學界曾以爲失傳的《毛詩六帖講意》等著作，重現於世，收集在上海市文物保管委員會主編的《徐光啓著譯集》（一九八三年上海古籍出版社出版，線裝，共二函二十册），這大大推動了徐光啓研究，惟因印製量少、定價較高、函裝不便，未能普及。

《徐光啓著譯集》之後，近三十年過去了。在國内外學者的大力推動下，撥亂反正，徐光啓研究有了長足的進步。近年來，明清中西文化交流研究領域不僅是新見迭出，而且是新史料紛呈。許多新發現的中西文獻，都和徐光啓研究有關。近年來，海内外學者從上海圖書館、復旦大學圖書館、北京圖書館、中國科學院圖書館、巴黎法國國家圖書館、梵蒂岡教廷圖書館、羅馬耶穌會檔案館、葡萄牙阿儒達圖書館，以及臺北中研院歷史語言研究所傅斯年圖書館所保管原徐家匯藏書樓的文獻中發現了不少徐光啓佚文。當明清中西文化交流研究在成爲當今學界顯學時，更加全面地研究徐光啓生平和著述就顯得愈發重要。在這麽多的新文獻發現後，編訂一部《徐光啓全集》就變得可能，也比較容易。

此次編訂《徐光啓全集》，首先把歷次徐光啓集不收的西學翻譯著作，一並收入。徐光啓參與翻譯的著作，如《靈言蠡勺》、《幾何原本》、《泰西水法》、《測量法義》等，雖然都有「泰西」署名在前，但作爲「筆受」（翻譯）者的徐光啓，爲此做了大量的工作。明清之際的中西文獻的翻譯，是文化史上的始創，其中的文字、概念、名詞、邏輯内涵對應和解釋，需要反復斟酌，仔細確定，因而具有創造性。「翻譯—會通—超勝」的連貫事業，作爲譯者的徐光啓，居首創之功。將翻譯著作列入《全集》，對於徐光啓這樣的「跨文化」人物，既特殊，又恰當。

其次，王重民《徐光啓集》删去了宗教文獻，經考慮，這次恢復收入。王重民編《徐光啓集》時認爲：「李杕、徐允希、徐宗澤所收徐光啓的宗教論文，多出後人僞託，今亦酌爲删去。」（《徐光啓集·凡例》）所謂「宗教論文」，即爲李杕、徐允希、徐宗澤《徐文定公集》曾收，王重民《徐光啓集》不收的禮贊文辭，所涉篇目有《耶穌像贊》、《聖母像贊》、《正道題綱》、《聖教規誡箴贊》等。其中的《耶穌像贊》曾收入他人文集，或可存疑。但是，徐光啓去世不久，這些作品已經爲天主教會所認定，而且二十世紀的馬相伯、方豪也曾辨析，並加肯定。在教論教，應該算作徐光啓的作品。王删除這些作品，和他文獻學家的一貫風格不符，因「宗教」而顧忌的成分居多，因此恢復收入。相似的情況是，另外一些和徐光啓天主教信仰相關的作品，或曾經王重民寓目而未收，或近年來新發現而未及編入，如《闢釋氏諸妄》、《造物主垂像畧説》等，此次也一並增補，加以收入。

第三，歷次徐光啓集均收録徐光啓著述的序、跋文章，本次《全集》將這些序跋歸至原書，《全集》中新編的《徐光啓詩文集》不再收入相關序跋。如《刻幾何原本序》、《幾何原本雜議》、《題幾何原本再校本》、《泰西水法序》、《簡平儀説序》、《題測量法義》、《勾股義序》、《勾股義緒言》等，都放回原書位置。還有，歷次徐光啓集中的不少疏牘、書信，來自《徐氏庖言》。這次編輯《全集》，《徐氏庖言》據影印本整理成書，原來《徐光啓集》中的相關篇章，都回歸《徐氏庖言》。

第四，把多年來陸續發現的徐光啓遺作佚文，補充進這次的《全集》中來。新編入《全集》的文獻篇目，擇其要者，有：《毛詩六帖講意》、《詩經傳稿》、《徐氏庖言》、《兵機要訣》、《選練條格》、《靈言蠡勺》、《考工記解》、《農遺雜疏》、《農書草稿》等。另外還有一些新發現的文章、詩作和譯文，收入在新編的《徐光啓詩文集》中。

《徐光啓全集》共分十册。排列次序，大致以《毛詩六帖講意》等著述在先，《幾何原本》等譯著隨之，《農政全書》等編撰之作又次之，再則以《徐光啓詩文集》殿后，最後以《增訂徐光啓年譜》附之。並且在把各專書歸入各册時，適當照顧内容的相互關聯。

《全集》整理過程中，遇原文誤而當删改者，外加（ ）；增入或校正的文字，外加〔 〕。校改文字一般出校勘記説明。各書的具體情況，在該書的「點校説明」中予以交代。

朱維錚、李天綱主持了《徐光啓全集》的全部編訂工作。全集篇目的選定、編目的次序、編輯的體例，都由他們裁決。一九八〇年代初朱維錚參與主持編訂上海市文物保管委員會主編之《徐光啓著譯集》，一九九〇年代末又主編《利瑪竇著譯集》（香港城市大學出版社、復旦大學出版社，二〇〇一），書成，各方稱便。李天綱自一九八三年就讀復旦大學研究生起，就選擇以中西文化交流史爲突破口，切入中國近代思想史、中國基督教會史、上海地方史等研究，一九八七年發表《徐光啓和明清天主教》後，漸漸進入明清天主教、基督教文化事業的研究，有《明末天主教三柱石文箋注》（二〇〇七）出版。

復旦大學歷史系、宗教學系的教師、研究生參與了《徐光啓全集》的標點整理工作。鄧志峰標點整理的《毛詩六帖講意》、《詩經傳稿》，李天綱標點整理了《徐氏庖言》、《兵機要訣》、《選練條格》、《靈言蠡勺》、《測量法義》、《測量異同》、《句股義》、《定法平方算術》、《簡平儀説》、《考工記解》、《泰西水法》、《甘藷疏》、《農遺雜疏》、《農書草稿》，王紅霞標點整理了《幾何原本》；王定安等人據石聲漢《農政全書校注》本重作整理。另外，張湛、田國忠、張旭輝等人協助整理了部分内容。上海古籍出版社編輯童力軍、劉海濱在承擔了大量編輯事務的同時，還統籌督促，掌控進度。社長王興康、總編趙昌平、副總編吕健，以及前副總編張曉敏、王立翔，編審聶世美、李劍雄、史良昭、郭子建等爲《徐光啓全集》也投入了頗多精力，在此表示感謝。

《徐光啓全集》的編纂，還得到了學術界和社會各界人士的襄助。香港漢語基督教文化研究所提供了《徐光啓全集》整理專案啓動時的部分編輯費用；復旦大學哲學學院利徐學社隨後也給予了專項資金支援，用於編輯、整理和活動方面的費用；徐光啓故鄉的各方人士，得知《徐光啓全集》即將出版，更是主動提出給予資助，上海市徐匯區文化局、徐匯區徐家匯街道辦事處贊助了部分編輯費用。在此一並表示感謝。

二〇一〇年十二月三日

毛詩六帖講意 上

〔明〕徐光啓 撰
鄧志峰 點校

點校説明

一

《毛詩六帖講意》四卷,原題《新刻徐玄扈先生纂輯毛詩六帖講意》,萬曆四十五年金陵書林廣慶堂唐振吾刻本,鄒之麟(字臣虎)校,上海圖書館藏。徐光啓字子先,號玄扈。官至文淵閣大學士。依卷端唐國士所序,「乃徐太史玄扈先生下幃時所輯也」。所謂下幃,係閉户讀書之意。據唐國士所言,此書既成十餘年,於萬曆四十五年(一六一七)付梓,由此上溯,徐氏萬曆二十五年(一五九七)中丁酉順天鄉試解元,次年會試不第,至萬曆三十二年(一六〇四)始中甲辰科進士,選翰林院庶吉士。近人程俊英以爲此書當成於萬曆二十五、三十二年之間,(《論徐光啓的〈詩經〉研究》,《中華文史論叢》,一九八四年第三輯)似頗可從。《徐光啓著譯集·毛詩六帖講意後記》(以下簡稱《著譯集後記》)則徑繫於萬曆三十一年癸卯(一六〇三)

（見上海市文物保管委員會編《徐光啓著譯集》，上海古籍出版社，一九八三年），尚無確據。

徐氏進士及第之先，曾在里授徒，書初成，「當時弟子争相傳録，藉以指南者非一日矣」（唐國士語）。及後既點翰林，爲天下舉子觀瞻，故爲書賈唐振吾等私刻，是爲初刻本。此本既刻而燬，據《著譯集後記》，光啓孫徐爾默自言曾有續成之本藏於家塾，似未傳於世。《著譯集後記》並言其後黄虞稷《千頃堂書目》、朱彝尊《經義考》著録此書皆有目而無卷數，《明史·藝文志》著録爲六卷，與四卷本不合，疑皆未見原書。今檢上海古籍本《千頃堂書目》亦作六卷，四部備要本《經義考》雖未言卷數，然依該書之例，諸條目之下皆明注書籍之存、佚、闕、未見，今「徐氏光啓毛詩六帖」條，下注爲「存」，必已見者也。《著譯集後記》之言未詳所據。且據今人考證，有明《詩經》著述不下七百餘種（劉毓慶、賈培俊《歷代詩經著述考（明代）》，中華書局，二〇〇八年），而《明史·藝文志》僅列八十七部，即便修史者考證有失，亦不當懸殊若此。蓋晚明科舉書籍氾濫坊間，且多以《講義》、《講意》、《主意》、《題意》等爲名，今觀《明史》於此等書删削殆盡，則其去取之故可知矣。而徐氏此書雖亦科舉用書，或因有裨於學，學者遂隱其「講意」二字，徑題爲《毛詩六帖》。則六卷本之存，或不可輕易否定。另如乾隆時修《四庫全書》，由兩浙總督采進之《詩經六帖重訂》十四卷，即清人范方所改編者，爲此書流傳中面目不定之一顯證，惜此本亦不可見。另據《著譯集後記》，本書傳世者，尚有拜經樓吴氏所藏舊抄殘本，現藏北京大學圖書館。另有羅振玉所藏萬曆刻本一部，今藏遼寧省圖書館。今上海圖書館所藏爲初刻完帙，故《徐光啓著譯集》以及齊魯書社《四庫全書存目叢書》等皆據此本影印。

二

書名題爲《毛詩六帖講意》，所云「講意」，顯係科舉用書。清周中孚《鄭堂讀書記·補逸》（中華書局，一九九三年）卷四云「以備講説之資，故名講意」，蓋即講義之别名也。講義一名，在宋代學者著述中已頗氾濫，明人承之者亦衆。其另拈「講意」爲名者，或有風人之旨存乎其間，然亦不必深求。據前揭《歷代詩經著述考（明代）》著録，晚明以《講意》爲名論《詩》，且在徐氏之前者，尚有唐順之《詩經講意》，許天贈《詩經講意》，陸南陽《詩經講意》，張本編、唐順之講《新刻詩經八進士釋疑講意》，王應選撰、張利忠編《新刻翰林貢傳舉業全旨日講意詩經發微集注》，郝孔昭《詩經全備講意》，葉向高《詩經講意舉業便讀》，方從哲等《新刻禮部訂正詩經正式講意合注編》，唐文獻《新鐫唐葉二翰林彙編詳訓精講新意備題標圖詩經會義天機妙發》等。徐氏此書校者鄒之麟，萬曆三十四年南京鄉試第一，萬曆三十八年進士，亦有《新鐫鄒臣虎先生詩經翼注講意》，殆聞其風而興起者歟。尤當注意者，與葉向高合編《講意》

之唐文獻，即萬曆三十二年甲辰禮部會試之副考官。唐字元徵，號抑所，萬曆十四年丙戌（一五八六）進士。唐氏本松江華亭人，以國子生中順天試，徐氏履歷與之略同。萬曆三十二年，唐氏以禮部侍郎掌翰林院事，任副考官，「最稱得人」（過庭訓《明分省人物考》卷三十六，唐文獻傳），而徐光啓即在其中。昔人頗注意徐氏之鄉試座主焦竑，於唐、徐二人之關係則鮮有探討，似未達一間。而許天贈、郝孔昭之名徐書已明確提及，則「毛詩講意」一名或亦仿諸人之意而爲之者也。

書名所云「六帖」，原本唐白居易《六帖》，宋孔傳作《後六帖》，後人合編爲《白孔六帖》行於世。五代僧人義楚仿白氏之意，編《釋氏六帖》，六帖遂漸成類書體例之一種。宋程大昌嘗推考其源，以爲白氏《六帖》與唐人科舉有關，《四庫總目·白孔六帖提要》爲之駁辯云：

楊億《談苑》曰：「白居易作《六帖》，以陶家缾數十，各題門目，作七層架列齋中，命諸生採集其事類投缾中，倒取抄録成書，故所記時代多無次序。」《唐志》稱其書爲《白氏經史事類》，《六帖》蓋其别名。程大昌《演繁露》稱：「唐開元之中舉行科試之法，帖經者，以所習掩其兩端，中間惟開一行。裁紙爲帖，凡帖三字，視時增損，可否不一。或得四、得五、得六者爲通。《六帖》之名所由起，取中帖多者名其書也。」然此書雜採成語故實，備辭藻之用，與進士帖經絶不相涉，莫詳其取義之所在，大昌所説殆亦以意附會歟？

按程説見氏著《演繁露》卷二《六帖》條，末云：「六帖云者，取中得之數以名其書，期於必遂中選也。」其意顯以白氏此書乃爲科舉所設，然非爲帖經設也。疑帖經之法既行，中六遂漸含中選之義，而成當時習語，其業進士而習文辭者亦可以此相期。唐宋之時類書所以大行者與科舉之業大有關係。《四庫總目提要》截引程大昌語既未能瞭然，便率爾置辯，誠所謂好讀書不求甚解者也。程説既成常識，今人劉毓慶遂本《通典·選舉三》爲言，以爲徐氏此書既爲「當初教授生徒所輯，因其意在利考試，故取名『六帖』」（氏著《從文學到經學：明代詩經學史論》，商務印書館，二〇〇一年，第三一六頁）。是説亦非也。

《四庫總目·詩經六帖重訂提要》云：「六帖名始於帖經，程大昌《演繁露》疏解頗明。白居易以名類書，殊無所取義，光啓以名經解，爲轉不失其初。然以一類爲一帖，則又杜撰也。」（點校者按：此據《四庫全書存目叢書》本所附提要，他本文字頗有異同。）此文與前揭《白孔六帖提要》之作者殆非一人，故於《演繁露》之評價相反。然亦未明白氏《六帖》取義之故，所言徐氏以「六帖」名經解與帖經有合，尤爲附會之説。其稍近理者，在指出徐書「以一類爲一帖」，有合徐光啓作書之意。檢徐書卷首，原有「毛詩六帖：翼傳，依附紫陽研尋經旨；存古，毛《傳》、鄭《箋》存其雅正；廣義，《傳》、《箋》以外創立新意；擥藻，詩賦雜文憲章六義；博物，鳥獸草木搜輯異聞；正叶，考求音韻審詳訛舛」字樣，當係徐氏自作。唐國士序云：「太史恪尊考文，首翼傳，次存古，既能調劑兩家之説；所爲廣義、攟藻、博物，又多箋疏家所未及，無論紫陽已。此於明經者固大有裨益，而叶韻一帖尤古樂復古之端也。」《千頃堂書目》、《經義考》皆云：「六帖者，一曰翼傳，二曰存古，三曰廣義，四曰攟藻，五曰博物，六曰正叶。」《四庫總目・詩經六帖重訂提要》云：「（范）方字令則，如皋人。前有方自序，謂徐光啓《六帖》後先錯互，爲未定之書，爰爲重訂，而去其『博物』一帖。其餘五帖，皆移定其次，而無所增改。五帖者，一翼傳，二存古，三廣義，四覽藻，六正叶也。」

是唐國士、黄虞稷、朱彝尊、范方、四庫館臣皆以六帖指「翼傳」以下六目，則徐氏所云「六帖」，既非有取於帖經之説，亦無科舉中試之意，乃至與昔人視爲類書者亦不相蒙，《四庫提要》譏其杜撰，深中其失。疑徐氏亦從俗以《白孔六帖》等爲類書，及自作書，乃以翼傳、存古等義類寓於其中，因徑題爲六帖耳，初未嘗深考也。

三

《毛詩六帖講意》卷首載《毛詩韻譜説》一文，力破吴棫、朱熹叶音之説，云：

今人讀《詩》，動稱古叶，與今截然不類，博洽之士旁引曲證以就其説。要其中間竟多附會，以愚而論，定無古叶之説。若知諧聲轉注，則知婉轉相通自然成韻，不容絲毫造作也。自恨淺劣，於《詩》理本無所見也。僅此一事，似爲獨得。

焦竑爲徐氏鄉試座師，亦有破古叶之論，昔人多以焦氏爲此説之倡首，不知自丘濬《大學衍義補》印行之後，程頤「古人于《詩》，如今人歌曲一般」一語即廣爲流傳，及王學蔚興，亦盛弘此論。王陽明以降，學者有關元聲之討論，於此類問題已頗觸及，陳第《毛詩古音考》不過後來居上耳。徐氏以爲獨得之秘者，蓋亦承一時風會而不自知，未足異也。周中孚以爲其説原本明郝敬《毛詩原解》，未爲無見。至其論《詩》，不惟於毛《傳》、鄭《箋》用力甚勤，而且雜采衆説，於宋蘇洵、陸佃、程頤、朱熹、吕祖謙、張栻、陳傅良、輔廣、嚴粲、王應麟、謝枋得，元金履祥、吴師道、朱公遷、陳定宇，明王逢、朱善、邵寶、黄佐、楊慎、黄光昇、薛應旂、瞿景淳、許天贈、章甫、鄒泉、顧大韶、張叔翹、徐士彰、郝孔昭等《詩經》學者之説廣爲稱引，在當時已稱博學。其自出機杼，以已意論《詩》，與晚明文人之習氣則殊無二致。近人震於徐氏在中西文化交流史上之貢獻，對其《詩經》學評價日高，不知此書固可上窺徐氏早年之思想，以學術境界言，似不必過譽。昔清人卑視明學，以爲游談無根，故抹殺者衆；今之論者，於晚明科舉制藝之書皆驚爲創作，誠過猶不及也。

徐氏此書以博學見長，論者多云學術大潮之影響所致。不知此書本爲科舉作，非爲學術作也。萬曆四十四年，徐光啓爲朱輅《葩經嫡證》一書作序（載前揭《徐光啓著譯集·佚文》），尚云「海内治《詩》士首稱三吳，三吳則揭震澤王太傅（鏊）、毗陵唐中丞（順之）、薛考功（應旂）、海虞瞿少宰（景淳）爲四大家」。諸人雖亦學者，然皆以時文名者也。則徐氏於《詩》學一途，其著眼點依然在是。考萬曆二十五年順天鄉試，主考爲左春坊中允全天叙，副考爲翰林修撰焦竑，「場中取試文多奇詭，用《老》、《莊》語，論者因言中有關節，偏坐副考焦竑，謫福寧州同知，中式數人亦被革黜。然皆高才博學，文奇僻有之，而關節未也。至庚子科中，條議科場事宜亦及此，謂宜以離經論，而不宜旁及無根。且正考已自認難諉，而偏坐尤非，誣漸白」（張弘道、張凝道《皇明三元考》卷十四，順天徐光啓）。

徐氏於丁酉鄉試本已落選，幸焦竑於落卷中拔置第一。其鄉試卷今未見，檢《詩經傳稿》有四篇題爲鄉墨者，不知此文在其中否。今觀其鄉墨《不稼不穡》一文，亦有「造物者之勞吾以生也」字樣，語出《莊子·大宗師》，則當日所謂「用《老》、《莊》語」之訐難，徐氏或未能免。故徐氏解元之號雖未黜落，其後之兩試不第，未嘗不與此案相關。功名蹭蹬之餘，轉而發憤博學，遍覽諸書，以避早年「奇詭」之名，似亦應有之義。此《六帖講意》一書之隱衷歟？

四

此書初刻本凡四卷，依國風、小雅、大雅、頌之序爲次。所依《詩經》本文係孔穎達《毛詩正義》，而非朱熹《詩集傳》，蓋二書經文順序不同，朱本於《毛詩》頗有更動。如《小雅》之《南陔》、《白華》、《華黍》諸詩，毛本在《魚麗》之後，朱本則依《儀禮》歌詩之序改在《魚麗》之前。其《由庚》、《崇丘》、《由儀》諸詩，毛本在《南山有臺》之後，朱本則分置於《魚麗》、《南有嘉魚》、《南山有臺》之後。本書則一從毛本，可知書名所謂《毛詩六帖》非泛言者，蓋亦有取於王陽明復《大學古本》之遺意。每詩之下，首引小序，次引毛《傳》、鄭《箋》、孔《疏》、朱《傳》及諸家詩訓，於毛、鄭、孔引用尤多，於朱説則間有駁辯。然則六帖第一帖之「依附紫陽」，殆飾辭耳。

本書所據《毛詩正義》底本亦不難知。今依阮元本《十三經注疏》及校勘記比對，徐光啓所用《毛詩正義》與閩本、明監本、毛氏汲古閣本爲同一系統，毛本晚出，故閩本與監本必居其一。今查：徐書卷二《小雅·瞻彼洛矣》「鞞琫有珌」一章，《疏》云「《説文》云『公珕蜃』而不及於蜃」，閩刻本同。阮元云：「明監本及毛本『及』誤『别』。」徐書卷三《大雅·既醉》引鄭《箋》「《春秋傳》曰：『颕考叔純孝也，施及莊公。』」「頴」字從閩本作「頴」，未從明監本、毛本作

「穎」。餘證文繁不録。

本次點校，因家塾本、六卷本、范方改本皆未見，且爲存初版原貌，故不作互校，僅依上海圖書館所藏萬曆四十五年金陵書林廣慶堂刊本校勘。所做工作如下：

一、正文所引《毛詩序》、毛《傳》、鄭《箋》用阮元本《毛詩正義》對校。凡有删補皆以圓、方括號標明。間有因所依閩本致誤者，則一仍其舊，於校勘記中説明。

一、本書凡稱《傳》者皆指毛《傳》，偶有指稱朱熹《詩集傳》者，用校勘記指出，以便讀者閱讀。

一、本書各詩大多附有徐氏自爲韻譜，以黑白圈爲之，然與體例未合之處及顯係手民之誤者甚多。本次整理之後，又承上海古籍出版社編審室覆覈《詩經》本文，補其闕漏，訂其訛謬，皆繫於校勘記之下。原文則一仍其舊。

本書點校，因時間倉促，冗務纏身，加之水平所限，缺略必多，尚祈博雅君子，有以教之。

庚寅六月鄧志峰謹識

目録

鴻鴈之什

節南山之什

谷風之什

甫田之什

魚藻之什

毛詩六帖序

《詩六帖》乃徐太史玄扈先生下帷時所輯也。(大)〔太〕史爲藝林宗匠，説《詩》尤多獨見，研精抽秘，不止匡鼎解頤，當時弟子争相傳録藉以指南者，非一日矣。第寒儒繕寫無資，咸冀殺青。又十餘年，書賈始搆善本議剞劂，命余序之。余亦學《詩》人也，夙沾太史膏馥，故深知是書妙處，能補紫陽之缺略，闡《箋》、《傳》之精微者也。蓋昭代尊崇紫陽，傳註外一切抹殺，即毛《傳》、鄭《箋》確有正見，亦不敢竄入一二，僅襲紙上陳言互相影附，沉痼日久，將千古風人性靈都不及探索，又安望其漱芳而資博耶！太史恪遵考文，首《翼傳》，次《存古》，既能調劑兩家之説；所爲《廣義》、《擥藻》、《博物》，又多箋疏家所未及，無論紫陽已。此於明經者固大有裨益，而叶韻一帖尤古樂復古之端也。古者里巷吟咏俱播之樂官，其諧聲應節原宛轉相通。東遷後樂師失其官，而孔子删述又在散佚之餘，故未得詳示其故。迨休文四聲一出，循塗守轍，惟韻脚是泥，即紫陽亦多牽强遷就，而古意蕩然矣。今太史審音諧韻，但按節以和，韻不拘一而章法不淆，叶不泥古而聲調自合，和平頓挫，誦之琅然，當日樂府節奏恍然在耳。自此尋繹，《風》、《雅》遺意，今人俱可倣模，寧非復古之一助哉！或曰：「是書爲太史帳中秘，奈何輕懸之都市？」不知太史志兼三立，雅不喜以文字炫長，故未及壽之梨棗，今藉手嘉惠後學，正太史淑世念也，聞之必當莞爾，夫豈有慽焉！時萬曆丁巳夏月吉旦，海上唐國士一卿父題于長春樓中。

毛詩六帖

翼傳　依附紫陽，研尋經旨。
存古　毛《傳》、鄭《箋》，存其雅正。
廣義　《傳》、《箋》以外，創立新意。
攀藻　詩賦雜文，憲章六義。
博物　鳥獸草木，搜緝異聞。
正叶　攷求音韻，審詳訛舛。

毛詩韻譜説

嘗謂古樂不復，第其節奏散亡，至於聲音之道生人至今相傳不易，故樂有古今，韻無古今也。徒以方俗不同，故一字有至數十音耳。今人讀《詩》，動稱「古叶」，與今韻截然不類，博洽之士旁引曲證以就其説，要其中間竟多附會。以愚而論，定無「古叶」之説。若知諧聲轉註，則知宛轉相通、自然成韻，不容絲毫造作也。自恨淺劣，於《詩》理本無所見也，僅此一事似爲獨得。蓋茲義顯然，載於人口，但能屏去「古叶」二字，便得了了，亦不必多爲之辭。謹率所知，條列如左，其有未詳，闕之以竢。如博雅君子以爲良然，乞爲正其訛、補其未備也。音聲輾側，難以言窮，反覆相從，不拘一則，若加反切，仍屬方隅之見。故今所次第，又亦略諸。其每篇會最篇首，不以分章爲斷，使爲韻語者有所徵矣。

首章　㊀㊀●㊀　鳩洲逑

二章　●㊀●㊀㊁㊁●㊁　流求　得服側

三章　●㊀●㊀●㊁●㊁　采友　芼樂

右韻譜句作一圈，無韻之句作黑圈，有韻句作白圈，中書一、二、三、四字。其隔句用韻，無關大體者，止改作白圈，有再隔者間以雙白圈。其第二句欲轉韻而第一句仍上韻者，止作一白圈。韻有古今者，緣沈休文著書泥滯一隅，但自用其方言，取求順耳，不暇通知謡俗，憲章古典，而〔宋〕人《禮部韻》復因仍其書，用以取士，故約書盛行，至今見《易》、《詩》等書及騷賦中有與之不合者，輒稱爲古韻，遂有古今之目。説古韻者又復不能深求，但任意以數字爲主，而以餘字强效其聲。試尋其所以然之故了不可得，所以合者固多，失者亦自不少。而後人復仍其謬誤，綜緝成篇，目爲古韻，爲古詩騷賦者用焉。是則訛上之訛，而千歲不覺也。今韻始于沈休文，是以至是；令邢子才、魏收、王褒、庾信之屬爲之，定不乃爾。

《詩》本體格不同，至其疾徐輕重、緩急抑揚，如天籟之鳴，咸歸自然，不由造作。自魏武以還，聲律盡亡，僅此紙上之言，唯循其音韻，尚可得其脉絡節奏於萬分之一耳。今一味牽强，音調乖舛，是以私心欲希是正。雖古樂無傳，然妙解今世音律者亦必不以愚言爲妄也。

荒淺之識，豈敢求勝前人，但欲求其所以然之故。求其故而不得，雖先儒所因仍、名流所論述，援因辯證，如雲如雨，必不敢輕信所疑，妄書一字。吴淞徐光啓謹言。

毛詩六帖講意國風卷之一

國風

程子曰：二南之詩，爲教于衽席之上、閨門之内，上下貴賤之所同，故用之鄉人、邦國，而謂之正風。

劉氏曰：男女亂倫，而邶、鄘、鄭、衛之風變；君臣失道，而王、豳之風變；畋遊荒淫，而齊國之風變；儉嗇褊急，而魏國之風變；以至唐風變而憂傷，秦風變而武勇，陳風變而淫遊歌舞，檜、曹之風變而亂極思治，雖不可以風化天下，而亦各有音節，如季札所觀是已。故樂官兼掌其詩，使夫學者時習之，以自省而知所戒也。

〔周南〕

關雎（章）

《序》曰：《關雎》，后妃之德也，風之始也，所以風天下而正夫婦也。故用之鄉人焉，用之邦國焉。風，風也，教也，風以動之，教以化之。詩者，志之所之也。在心爲志，發言爲詩。情動于中而形于言，言之不足，故嗟嘆之；嗟嘆之不足，故咏歌之；咏歌之不足，不知手之舞之、足之蹈之也。情發于聲，聲成文謂之音。治世之音安以樂，其政和；亂世之音怨以怒，其政乖；亡國之音哀以思，其民困。故正得失、動天地、感鬼神，莫近于《詩》。先王以是經夫婦，成孝敬，厚人倫，美教化，移風俗。故《詩》有六義焉：一曰風，二曰賦，三曰比，四曰興，五曰雅，六曰頌。上以風化下，下以風刺上，主文而譎諫，言之者無罪，聞之者足以戒，故曰風。至於王道衰、禮樂廢、政教失、國異政、家殊俗，而變風、變雅作矣。國史明乎得失之迹，傷人倫之廢，哀刑政之苛，吟咏性情以風其上，達于事變而懷其舊俗者也。故變風發乎情，止乎禮義。發乎情，民之性也；止乎禮義，先王之澤也。是以一國之事繫一人之本，（爲）〔謂〕之風；言天下之事形四方之風，謂之雅。雅者正也，王政之所由興廢也。政有小大，故有《小雅》焉，有

《大雅》焉。頌者，美盛德之形容，以其成功告于神明也。是爲四始，《詩》之至也。然則《關雎》、《麟趾》之化，王者之風，故繫之周公。南言化自北而南也。《鵲巢》、《騶虞》之德，諸侯之風也，先王之所以教，故繫之召公。《周南》、《召南》，正始之道，王化之基，是以《關雎》樂得淑女以配君子，憂在進賢，不淫其色；哀窈窕，思賢才，而無傷善之心焉，《關雎》之義也。

雎鳩之情，摯而復有別；淑女之和，樂而且恭敬。要重有別、恭敬。上匡衡之説，最得此義。

《方言》：美心曰窈，美狀曰窕。

興取于荇菜者，以其柔順芳潔，可羞于神明也。

樂之友之，是我去友他樂他。蓋以我友之樂之之情，而寄諸琴瑟鐘鼓也。琴瑟，絲聲，有婉娩媚順意；鐘鼓，金革聲，有宣揚蹈厲意。

朱子曰：讀《詩》，只是將意思想像去看，不如他書之要捉縛挾定。詩意只是疊疊推將上去，因一事上有一事，一事又有一事。如《關雎》形容后妃之德如此，又要知詩人形容得意味深長如此，又當知所以治國平天下，人君必當如文王，后妃必當〔如〕太姒，其原如此。

徐士彰曰：《詩》之取興，如《易》之取象，未有無意義者。自學《詩》不傳，而人皆昧昧然矣。則是後之讀《詩》者，於「多識鳥獸草木之名」一句尚未能盡，而况于所謂興觀羣怨，事父母、君者哉。

又曰：讀《詩》非如讀他經，只是「諷詠以昌之」一句爲要。蓋六經皆記聖人之言，而《詩》獨記聖人之聲，天下之感人者莫如聲。而今只心和氣平，將古人之詩三復一過，便是有不覺手舞足蹈之意，此南容三復白圭所以爲善讀《詩》也。

《漢書》曰：《易》基《乾》、《坤》，《詩》首《關雎》，《書》美釐降。夫婦之際，人道之大倫也。可不慎歟！

《關雎》在《詩》則爲首篇，正始也；在樂則爲卒章，成終也。此「樂而不淫，哀而不傷」，夫子所以歎也。説者以爲清商之律，惜也，其繁音促節不可以考矣。

《疏義》曰：凡興體，有義相因者，有語相應者。相因相應兼備者多，義不相因而語又不相應者絶少。如此詩首章以物之耦興人之耦，物摯而有別，人則和樂而恭敬，義相因也。二章、三章以事理當然爲興，而且上下呼喚成文，則義既相因，而語又相應也。

朱子曰：雎鳩兩兩相隨而不相失，然亦不曾相近，立處須隔丈來地，所謂「摯而有別」也。

《通解》曰：幽閒自有中形外言，不可專指德，亦不可專指容。

朱公遷曰：采擇非一端，烹煮非一道，故亦曰無方。

豐城朱氏曰：文王之德，一言以蔽之，曰敬，乾之健也；太姒之德，一言以蔽之，曰淑，坤之順也。曰「好逑」者，能體坤之順以承乾也。

顧伯欽曰：「求之不得」，謂未得淑女可爲好逑者耳。若既有其人，便無俟求。當與「堯不得舜」三句例看。「悠哉」二句，便是「寤寐思服」之氣象也。

葛覃（章）

《序》曰：《葛覃》，后妃之本也。后妃在父母家，則志於女（工）〔功〕之事，躬儉節用，服澣濯之衣，尊敬師傅，則可以歸安父母，化天下以婦道也。

徐士彰曰：看首章，要體認當時初夏景象，須描寫得出。看二章，要得他一段勤勞愛惜意思。看三章，要得他不敢自專、不忍忘親的意思。

師氏，古者婦必有師，所以學事人之道也。國君則取大夫之妾，或士之妻老無子而明于婦道者爲之。

此爲婦人之詩，模寫景物，宛然在目，而勤儉孝敬，又藹然閨門之修、化治之職，有後世能言之士所不及者。

薄，發語詞，猶楚詞之言「蹇」、言「羌」也。或云薄是略施其功不爲過飾，則「薄言采之」是略采，「薄言往愬」是略愬耶？

（沂）〔汙〕澣内有上面「服之無斁」意。

此詩本爲治葛而作，首二章已竟其事，若無末章則意義淺短，氣象寂寥矣。他却從治葛上説到歸寧，歸寧内仍帶説衣服，合而復離，遠而復近，立意冠冕，氣脈悠長。後人作體物詩賦，大都題外生意，蓋本于此。《詩》中如此等處，不獨人倫之準則，蓋亦辭家之鼻祖也。

劉安成曰：《周禮》，王后禮服有六。文王未常稱王，則太姒亦未必備此六服，但泛言禮服而已。

師氏，即古所謂姆也。《左傳》宋伯姬「傅不在，宵不下堂」是也。

張南軒曰：周自后稷以農爲務，歷世相傳，其君子則重稼穡之事，其室家則重織紝之勤，相與服習其艱難，詠歌其勞苦，此實王業之根本也。夫治常生于敬畏，而亂常起於驕肆。使爲國者每念稼穡之勞，而其后妃又不忘織紝之事，則驕矜放恣何自而生？故誦「服之無斁」之章，則知周之所以興；誦「休其蠶績」之章，則知周之所以衰。

一　●●㊀㊀●㊀　萋飛喈

二　●㊀㊀㊀㊀㊀　谷莫濩綌斁

三　●㊀㊀㊀㊁㊁　歸私衣　否母

卷耳（章）

《序》曰：《卷耳》，后妃之志也。又當輔佐君子，求賢審官，知臣下之勤勞。内有進賢之志，而無險（陂）〔詖〕私謁之心，朝夕思念，至於〔憂〕勤（勞）也。

通篇皆是托言。凡托言皆是幻想，非實事也。采物，幻想也。登高飲酒，亦幻想也。思而不遂，展轉想像，展轉起滅，遂有幾許境界，幾許事件耳。「詩以道性情」，又曰「詩言志」，此之謂也。此作實説，便説不通。此等《詩》中多有之，如《采緑》、《何人斯》、《載馳》之類，不一而足，可以類推。細讀《離騷》，便曉此意。

看此詩，要得他一段思念之切不能爲情的意思，又要得他哀而不傷的情性，方好。只動一個「嗟我懷人」念頭，便把卷耳都不采，便去登高以望。而酌酒又不能解，又不勝其憂歎，於此體貼，可以得詩人之情性。以上二章詩從容玩味，有無限意味。人情、天理，本非二事；夜叉、羅刹，即是菩提也。如此一詩，不過閨門情態，而用之得正，便足以美教化、厚風俗；稍一邪僻，便有幾許傷義之事，便有幾許喪國亡家之禍。幾微之端，不可不審。故先王以此爲教，而夫子言《詩》，則曰「一言以蔽之，曰『思無邪』」，思無邪者，如此詩其較著者也。采卷耳而未滿傾筐，正宜采也，而心忽念君子，便爾都無意緒。模寫人情，得其神理，雖顧長康、陸探微之畫，何以加此。若説手爲情奪，不滿傾筐，便是呆話頭也。

曰「酌(全)〔金〕罍」，「惟以不永懷」，俱是無聊之詞。

「云何吁矣」，當作如何其憂歎乎，憂嘆之極也。此不易之説，衆説皆非。

佛經云，能知大地，皆屬想持，如是得成初發心菩薩。若人了得此義，即許讀《詩》。

登山以望君子，如古樂府「遠望可以當歸」之意。

楊用修曰：唐人詠閨情云「裊裊庭前柳，青青陌上霜。提籠忘採葉，昨夜夢漁陽」，即首章義也。

又曰：「鶯啼緑樹深，燕語雕梁晚。不省出門行，沙場知近遠。」

又曰：「夢裡分明見關塞，不知何路向金微」，即後章之意也。大抵思望之辭，雖非經歷實事，然而寄意深矣。

一　●㊀●㊀　筐行

二　●㊀●㊀　嵬隤罍懷

三　㊀㊀㊀㊀　岡黄觥傷

四　㊀㊀㊀㊀　(殂)〔砠〕瘏痡吁

樛木

《序》曰：《樛木》，后妃（待）〔逮〕下也。言能（待）〔逮〕下，而無嫉妬之心焉。

纍者，維繫。荒者，徧覆。縈者，盤旋。綏字自與纍字相應，將字自與荒字相應，成字自與縈字相應。古人一言一字，都非漫然者也。高而能施，天之道也。與天合德，故福履及之。不妬忌固是立言之意，但講樂只中還須含蓄，方似宫人語氣。通篇以卑順受益爲興。

黄葵峰曰：毛氏以履爲禄，未是。余謂履即踐履之履，蓋人以樂易爲心，自然行與吉會，所履皆福也。

《雅》曰「茀禄爾康矣」、「天保定爾，亦孔之固」，綏也；《易》曰「天之所助者順」、「自天祐之，吉無不利」，將也；《頌》曰「綏以多福，俾緝熙于純嘏」，成也。

嚴氏曰：讀此詩，想見文王宫庭之雝穆矣。

一 ●㊀●㊀ 纍綏

二 ●㊀●㊀ 荒將

三 ●㊀●㊀ 縈成

螽斯（章）

《序》曰：《螽斯》，后妃子孫衆多也。言若螽斯不妬忌，則子孫衆多也。

始言「詵詵」，次言「薨薨」，終言「（楫楫）〔揖揖〕」者，蓋集而飛，飛而後聚，此羽蟲之常，亦作詩者立言有序也。

古人作文，下字不苟。只將詵詵、薨薨、（楫楫）〔揖揖〕字想像，亦足以盡螽斯之狀。凡物群則争，獨螽斯群而能和，故其羣愈衆，此自然之理。

《解頤》曰：上無嫉妬之心，則下無怨恨之意。和氣充溢，瑞氣流衍，自有不期然而然者。

按《管蔡世家》，武王共母兄弟十人：伯邑考、武王發、管叔鮮、周公旦、蔡叔度、曹叔振鐸、成叔武、霍叔（虔）〔處〕、康叔封、聃季載。而《左氏傳》云：「管、蔡、郕、霍、魯、衛、毛、聃、郜、雍、曹、滕、畢、原、（豊）〔酆〕、郇，文之昭也；邗、晉、應、韓，武之穆也；凡、蔣、邢、茅、胙、祭，周公之胤也。」天（璝）〔潢〕繁衍，何慮千億。信乎子孫之盛，非前後所及矣。

一　●㊀●㊀　詵振

二　●㊀●㊀　薨繩

三　●㊀●㊀　揖蟄

桃夭（章）

《序》曰：《桃夭》，后妃之所致也。不妬忌，則男女以正，婚姻以時，國無鰥民也。

桃之華而後實，實而後葉，亦有序之言。

女子之賢，詩人不能知，即以正以時知之也。王姬之賢，詩人不能知，即車之肅雝知之也。以正以時想其賢，以其賢想其宜室家。

凡言被化者切勿言被化，後俱準此。

宜室者，爲人妻盡妻道，夫婦咸和，無反目也。宜家者，爲人婦盡婦道，尊卑允協，無間言也。朱子所謂「孝不衰於舅姑，敬不違於夫子，慈不（違）〔遺〕於卑幼，義不咈於夫（子）〔之〕兄弟」①，是也。

一　●㊀●㊀　華家

① 引文出自朱善《詩解頤》，此據四庫全書本校改。

二 ●㊀●㊀ 實室

三 ●㊀●㊀ 蓁人

兔罝(章)

《序》曰:《兔罝》,后妃之化也。《關雎》之化行,則莫不好德,賢(才)〔人〕衆多也。

曰干城,禦侮之臣也。曰好仇,則君明臣良矣。曰腹心,同心同德矣。

嘉耦曰配,怨耦曰仇。而《關雎》及此言好仇者二,是詞家舞弄處,今里巷歌曲尚有此稱謂也。句法能品。赳赳,言無文飾也。

腹心,若但言公侯此心,武夫亦此心,則與好仇何異?此所謂同心同德者,情投意契,足任公侯心膂之托也。

商王受力行無度,播棄黎老,昵比罪人,淫酗肆虐。臣下化之,朋家作仇,脅權相滅,何其偷也。文武作而豪傑興,又何多耶。《記》曰「政者正也」,君爲政,則百姓從政矣。

好逑、腹心,由干城而極言之也。

一 ●㊀●㊀ (干)〔丁〕城

二　●㊀●㊀　逵仇
三　●㊀●㊀　林心

芣苢（章）

《序》曰：《芣苢》，后妃之美也。和平，則婦人樂有子矣。

徐士彰曰：風人之詞，雅澹和平，況此又爲婦人所作。看此詩全要模寫他一段無事而相樂意思出，方得王民皞皞氣象。

讀《芣苢》之詩，可以見和平之情。讀《中谷有蓷》之詩，可以識仳離之苦。而世之興衰亦係之矣。

賦其事，便是相樂，不可又作相樂語。

嚴粲氏曰：此詩無形容譬喻之辭，讀之自見喜意。

吳師道曰：此詩終篇言樂，不出樂字，讀之自見意思，此文字之妙。

《蠡測》云：讀此詩者，可以意會，不可以迹求。細繹婦人之辭，非天下康熙而無兵戈之擾，夫婦相守而無征役之悲，時和年豐而無流離之苦，何以使之優游自得，相與賦詩而樂其事哉。固宜爲文王之世，周南之化也。

一 ●㊀●㊀ 采有
二 ●㊀●㊀ 掇捋
三 ●㊀●㊀ 袺襭

漢 廣

《序》曰：《漢廣》，德廣所及也。文王之道被於南國，美化行於江漢之域，無思犯禮，求而不可得也。

上三詩既言家齊國治之效，此又録《漢廣》、《汝墳》，則以南國之詩附之，見天下有可平之漸矣。

端莊以容貌言，静一以情性言。

「不可求」句，煞要體認。此正所謂致其貞淑，不貳其操。情欲之感，無介於容儀；燕私之意，不形於動静。使人望而知敬，淫慝之意自消，故曰「不可求」。嘆其不可求，正是深言其德，非謂欲求之而不可得也。

宋隋王誕爲襄州時，作《樂府遺聲》。都邑三十四曲，有《大堤曲》。古辭云：「朝發襄陽城，暮至大堤曲。大堤諸女兒，花艷驚郎目。」

「言秣其馬」，猶太史公所謂「願爲之執鞭」。蓋慕其不可求之，而甘爲賤役，以其秉彝好德之誠也。其實亦是託言。

後二章末四句，反覆申詠，嘆羨無已之意。若說如此其不可求，故願爲之秣馬，便爾全無義趣。此詩反覆興比，與「奕奕寢廟」章一例。

《韓詩》曰：「《漢廣》，悅人也。」朱《傳》二章用其意。

一　●㊀●㊀㊁㊁㊁㊁　休求　廣泳永方

二　●㊀●㊀㊁㊁㊁㊁　楚馬　廣泳永方下同

三　●㊀●㊀㊁㊁㊁㊁　蔞駒

汝墳（章）

《序》曰：《汝墳》，道化行也。文王之化行乎汝墳之國，婦人能閔其君子，猶勉之以正也。

《漢廣》變淫風，《汝墳》識公義。二詩見深淺之間。

讀「魴魚頳尾」一章，見詩人之言婉而不迫，殊有深長之思。孔邇者，言在□鮮懷保之下也。

朱子解惄字，於此則曰「飢意也」，於《小弁》則曰「思也」。二訓合看，方得其解。□「惄如調饑」、「惄焉如擣」，模寫情致，兀如破的，俱句法妙品。訓中「飢意」，意字亦佳。

「條枚」、「條肄」，非爲紀時而時序自見。《詩》之善立言如此。「不我遐棄」者，兩地相違，事有難測，一或不戒，無相見期。「既見君子」，都無慮矣。

「孔邇」本父母來，只是甚親之意。此語不過四字，而想其氣象，恰有依依膝下之意，盛世君民之情一至於此，直是可念。

（潘岳西征賦）〔柳宗元《貞符序》〕曰：「環四海以爲鼎，跨九垠以爲鑪。爨以毒燎，煽以虐焰。」即所謂如燬者也。

許氏曰：昔商民樂湯之仁而不知桀之虐，曰「夏罪其如台」。今周氏雖知紂之虐，而曰「父母孔邇」，易地則皆然。

黃佐曰：周民猶知商爲王室，文王之心見矣。

後漢周磐居貧，養其母儉薄不充。（當）〔嘗〕誦《詩》至《汝墳》之卒章，慨然而嘆，乃解韋帶，就孝廉之舉。蓋以《韓詩》解「父母孔邇」，爲父母迫饑寒之憂，辭家爲禄仕故也。

一　●㊀●㊀　枚飢
二　○㊀●㊀①　肄棄
三　㊀㊀●㊀　尾燬邇

麟〔之〕趾（章）

〔《序》〕曰②：《麟之趾》，《關雎》之應也。《關雎》之化行，則天下無犯非禮。雖衰世之公子，皆信厚如《麟趾》之時也。

徐士彰曰：《集註》言「王者之瑞」亦自麟而言之③，非遂謂文王之公子即有興王之兆也。文王此時以服事殷，詩人雖美公子爲麟，亦如天上麒麟之意，豈遽以興王言之也。此等處下語，要有斟酌。

全篇宜首二章對，末章另作。

---

① 此章韻譜當作「●㊀●㊀」。
② 依前例，「曰」前當有「序」字。
③ 「註」當作「傳」。

嚴氏曰：「吁嗟麟兮」，指公子言也。猶楚狂稱孔子曰「鳳兮」也。

一　㊀㊀●　趾子

二　㊀㊀●　定姓

三　㊀㊀●　角族

〔召南〕

鵲　巢

《序》曰：《鵲巢》，夫人之德也。國君積行累功，以致爵位。夫人起家而居有之，德如(鳴)〔鳲〕鳩，乃可以配焉。

「盈之」，解作「衆(賸)〔媵〕姪(姊)〔娣〕之多」，此錯經解義之法。

「成之」，始終無缺之意。主百兩送迎，而衆媵姪(姊)〔娣〕帶說。婦人之德，無非無儀。鳩性之拙，亦無非無儀之意。「無成而代有終」，妻道也。鳩居成巢，亦無成有終之義。后妃有幽閒貞靜之德，故既得之，則琴瑟鐘鼓以樂之。夫人有貞靜純一之德，故其來歸也，則百兩以御之。

《蠡測》曰：方者，居之定也。盈者，居之滿也。詩本以鳩言也。

鄭氏曰「滿者，衆（滕）〔媵〕姪（姊）〔娣〕之多」，則以詩之寓意言也。

黄氏《通解·例》曰：「《毛傳》以興同比體，如《鵲巢》則直以鳥爲其人，故訓詁曰『盈，滿也，謂衆媵姪（姊）〔娣〕之多』。朱子始謂引物起興，不用毛例，是也，猶然襲用，偶不删去，《集傳》中惟此爲誤。」按此可破諸説之紛紛矣。

一 ●○●○ 居御
二 ●○●○ 方將
三 ●○●○① 盈成

采蘩

《序》曰：《采蘩》，夫人不失職也。夫人可以奉祭祀，則不失職矣。

---

① 此篇韻譜當作：
一 ●㊀●㊀
二 ●㊀●㊀
三 ●㊀●㊀

「僮僮」，竦敬，步雖移而被不動之狀。「祁祁」，舒徐，行有即而被無急遽之意。「被之僮僮」，與公侯之濟濟蹌蹌一也。「被之祁祁」，與公侯之陶陶遂遂一也。夙夜，非自旦而夜，只是昧晦未分爲夜，天光向晨爲夙，一時事也。《家語》所謂質明行事。《左氏傳》：苟有明信，澗、溪、沼、沚之毛，蘋、蘩、薀、藻之菜，筐、筥、錡、釜之器，潢、汙、行潦之水，可薦於鬼神，可羞於王公。《風》有《采蘩》、《采蘋》，《雅》有《行葦》、《(洞)〔泂〕酌》，昭忠信也。

采蘩之類有必躬必親意，然非必自己爲之，使人爲之，亦是自爲之也。

嚴氏曰：此形容夫人孝敬宗廟，周旋中禮，其德可見矣。

《祭統》曰：夫祭也者，必夫婦親之，所以備外内之官也。官備，則俱備。君純冕立于阼階，夫人副褘立于東房，君執鸞刀羞嚌，夫人薦豆，此之謂夫婦親之。

一　●㊀●㊀　沚事

二　●㊀●㊀　中宮

三　㊀㊀㊁㊁　僮公　祁歸

草　虫

《序》曰：《草虫》，大夫妻能以禮自(閑)〔防〕也。

見者，覩其儀容。覯則有接遇密邇之意。必既見既覯，而後冲冲者降，惙惙者悦，傷悲者夷。使未見未覯，其憂能自已乎。

降者，念慮下息，正與冲冲相反。惙惙而悦，傷悲而夷，俱一一相應，古人下字不苟如此。草虫鳴則阜螽躍，物類相感相召如此。夫婦相須，反覆睽異，此反興也。

登山采蕨，只是説時物之變。二句一連説，言此時而陟彼南山則蕨可采矣，非果是自去登山以望君子，亦非《卷耳》托言之例。

朱子曰：此詩見行役有時，故雖有别離之思，而無怨恨之情，所以爲風之正也。

王三極曰：時物變，則行役之久可知。故思之切，而隨時皆足以感之。不可用時物屢變意。

愚謂歸(戌)〔戍〕在仲春，故言草蟲。與《小雅》同。見有道之世戍役以時。而詞亦無異，則上之體下、下之自言皆出于正。而一心一德風之盛也，《草黄》歌而周東矣。

一　㊀㊀●㊀●●㊀　虫螽忡降

二　●㊀●㊀●●㊀　蕨惙悦

三　●㊀●㊀●●㊀　薇悲夷

采蘋(章)

《序》曰：《采蘋》，大夫妻能循法度也。能承法度，則可以承先祖、共祭祀矣。

宗室，大宗之廟，大夫奉祭之所也。蓋惟諸侯之嫡子世爲諸侯，其第二子以下，謂之別子。別子始爲大夫。乃大夫之始祖繼別子者，謂之大宗，立宗室以祀之，爲百世不遷之廟。若諸侯則祭於都宫，大夫之別子則但爲繼禰之小宗，不得祀於宗室矣。此詩既曰宗室，非美大夫妻而何？室之制南向，而主皆東向。室西南隅爲奥，神靈所棲之地也，所尊者居此，故所奠者亦在此。

蘋、藻二物，故盛之湘之，各以二器。此舊説也，看來亦不必然。筐、筥、錡、釜，紛然不一而足，總見兢兢飭治、嚴恭宗祐之意。

雪山王氏曰：祭之蒩皆以水産，取其潔也。

古註以爲，古者婦人先嫁三月，教以公宮，教成祭之。戴岷隱取其說，云與《昏義》合①。

甘棠（章）

《序》曰：《甘棠》，美召伯也。召伯之教，明於南國。

通註不過數言，而一時民情愛戴有加無已，直是無可奈何。真所謂言有盡而意無窮者。其後，乃去後非没後也。二《南》皆周公制作時所輯，此時召公尚無恙，而此詩人又在制作之前，豈得爲没後耶。

《左傳》：思其人，猶愛其樹。

思其人故愛其樹，蓋以其惓惓於心者，而托之物，非以甘棠而興思也。

《史記·燕世家》曰：召氏甚得兆民和，巡行鄉邑，有棠樹，决政事其下。人思召伯，懷棠

---

① 此篇韻譜原缺，當作：

一 ㊀㊀㊁㊁ 蘋濱 藻添

二 ●㊀●㊀ 筥釜

三 ●㊀●㊀ 下女

樹，不忍伐之。

張叔翹曰：此詩南人寄愛一棠，而歌咏不置如此，徒以召伯一舍之故。詳味之，則召伯之有德於南人，南人之係心於召伯，無限意思藹然於言外見之。真可謂善立言矣。

《考索》曰：周南，天子所都，周公不得專有其美。召公專主諸侯，則南國之教得以稱召伯也。在《易》，二與四同功而異位，二多譽，遠也。四多懼，近也。周公近，召公遠，有詩無詩，此其異歟！

愚謂三章六「勿」字，其惓惓不忍之心，有加無已，真有至勿拜而無窮者，非禁非戒。

一　●㊀㊀　伐茇

二　●㊀㊀　敗憩

三　●㊀㊀　拜説

行露

《序》曰：《行露》，召伯聽訟也。衰亂之俗微，貞信之教興，强暴之男，不（得）〔能〕侵陵貞女也。

劉氏曰：此詩之貞女，猶《周南·漢廣》之貞女也。而彼之出游，人自不犯。此雖蚤夜自守，而猶有張暴之訟。是又被化有遠近，作詩有先後，不可遽分優劣也。《周南》有《漢廣》，《召南》有《行露》篇，夫子所以録之者，蓋以男女之欲人情不免於此，能自守之以正，可以見化之入人深也。《周南》之女人自不犯，《召南》之女僅於自守，《邶》、《鄘》而下，則男女皆靡矣。此可以見風之漸降也。

雀淫物，鼠貪物，故以爲强暴之比。

角音鹿，嘴之鋭而鉤者，凡鷙鳥皆有之。雀有喙而無角，鼠有齒而無牙。今穿屋穿墉，則事之可疑而亦理之易明者也。自訴自暴白也，非(訢)〔訴〕于召伯。

「誰謂」四句，連類精切，情詞懇至，覆盆之冤了然可見。被近來説者紛紛將語氣强作一直説下，殊少情致。看來只須照他辭氣，「何以」處還着一轉，見人不我諒，方是言雀能穿屋者也。能穿屋，似乎有角矣，誰謂雀無角乎？使其無角，何以穿我屋也。言外便見穿屋而實無角之意。總是實無，而迹則似有，負屈難明，莫見昭雪者也。

「誰謂」二句本是兩層，語意甚急，反覆申咏之，得其解。凡説詩到難通處，要把舊時講解盡數撤去，只將本文吟咏玩索，翻覆百遍，其義自見。

要知此等自守自訴之言，都是作詩者代爲之言，以美其貞信之節耳，非實是女郎所作。《(烈)〔列〕女傳》：召南申女，申人之女也。既許嫁於酆，夫禮不備而欲迎之，女曰：「夫婦，人倫之始也，不可不正。夫家輕禮違制，不可以行。」遂不肯往。夫家訟而致之獄，女終以一物不具，一禮不備，守節操義，必死不往，而作是詩。

愚謂此詩(與)〔於〕人己之間、邪正之際，委曲嚴明，當屬神品。「豈不夙夜」句，見及時而嫁，禮之所宜，而禮有未至，則冒貢不爲也。先獄後訟者，韻叶無義。先「室家不足」，而後「亦不女從」者，其辭宛，其志決，之死不變，亦賢矣哉。

先王因人情而作禮，則禮亦情也。禮有未至，則雖有無情之辭，其如抑情而自守者乎？故在强暴，則無禮而以爲有禮，有情而實爲無情，非其實也，禽獸也。在女子，有禮即爲有情，無禮即屬無情，不駕虛也，聖賢之徒也。

一　㊀㊀㊀　露夜露

二　㊀㊀●㊀●㊀　角屋獄足①

① 此章韻譜當作「㊀㊀●㊀㊀㊀　角屋獄獄足」。

三　㊀㊁㊀●㊁　牙家　墉訟從①

羔　羊

《序》曰：《羔羊》，《鵲巢》之功致也。召南之國化文王之政，在位皆節儉正直，德如羔羊也。

節儉正直，即於衣服有常、從容自得上見之。不作兩層，縫之突兀，謂之紽。縫有界限謂之緎。合二爲一謂總。素、五二字亦有意。素者不尚其華，五者無取於多。

錢氏曰：兩皮之縫不易合，故織白絲爲紃，施於縫中，連屬兩皮，因以爲飾。凡人有愧心者，必有愧容，故夫子申申夭夭，稱爲盛德。退食委蛇，不愧不怍故也，是以謂正直。

《書・畢命》曰：「茲殷庶士，席寵惟舊，怙侈滅義，服美于人，驕淫矜誇，將由惡終。」俗之不良乃爾。文王一先以卑服，道以懿恭，而過化存神，一至于此。自非上聖，其能若是！

---

① 此章韻譜當作「㊀㊁㊀㊁㊁㊁　牙家　墉訟訟從」。

《螽測》曰：舊説羔裘，燕居之服也。既曰燕居，則在私居，乃又自公而退食，何也？按《羔羊》卿大夫，居私朝之服，私服則在公矣，非燕居也。

愚謂有諸内必形諸外，故垂裳即恭己之德，素絲見正直之節。《注》「公門」二字是蛇足。

《羔羊》大夫，進乎道矣。居蔚反朴，幾于難名。故特反覆於素絲委蛇，而卑服之風、無爲之化，此其基也。

讀《羔羊》而不游心於無聲無臭者，不可與言《詩》也。至德之世上下相忘，衣衣食食而已。其一念自得，有周旋于終食而不違者，故惡衣菲食，禹之明德遠矣。耻惡衣惡食者，未足于議也。

一　⊖⊖●⊖　皮紽蛇

二　⊖⊖●⊖　革緎食

三　⊖⊖●⊖　縫總公

殷其雷

《序》曰：《殷其雷》，勸以義也。召南之大夫，遠行從政，不遑寧處，其室家能閔其勤勞，勸以義也。

此雷與此人①，以南山興此所，在字與遑字，反相呼應。而「莫敢或遑」，又與殷殷相反應，蓋相反興也。

「早畢事」，是朱子爲賢婦周旋語意，亦本《小序》勸以義意。此解之善者，非在穿鑿傅會之例。

殷殷，輕雷不動聲也。雷本無定，反有定；君子有定，反無定也。

古者戍役，中春而歸。閨中思婦，此時獨切。蓋以至家之期望之故也。此時雷乃發聲，故言殷雷。蟄虫始振，故言草虫、阜螽。草木萌動，故言采薇、采蕨。俱即時即景而言。可見歸期未至，亦未敢遽望其歸，足明詩人情性之正。專言私情，而奉公之急躍然在於言表，足明詩人不盡之旨。《序》所云「勸以義」者，可謂刺其中扃者也。

一　●㊀●㊀㊁㊁　陽遑

二　●㊀●㊀㊁㊁　子哉下同

① 依上下文，「此雷」當作「以雷」。

三　●㊀●㊀㊁㊁　下處①

（標）〔摽〕有梅

《序》曰：《（標）〔摽〕有梅》，男女及時也。召伯之國，被文王之化，男女得以及時也。

全要得自守意，莫作急於從人語氣。

輔氏曰：懼時之過者，情也；待士之求者，禮也。

此詩視《桃夭》，亦少貶矣，其猶《行（雷）〔露〕》、《死麕》之《漢廣》與②。凡詩有淺深者，皆一時之言由淺入深，自立言之法耳。

庶者，未定之詞。士者，知禮義之人也。迨字，有遑遑恐晚之意。

---

① 此篇韻譜當作：
一　●㊀●㊀㊁㊁　陽遑　子哉下同
二　●㊀●㊀㊁㊁　側息
三　●㊀●㊀㊁㊁　下處

② 「之」後疑闕一「於」字。

〔標〕〔摽〕有梅，說者以爲仲夏之時，非也。仲夏之時則梅已將熟矣，安得而有〔標〕〔摽〕落，又安得有頃筐之多也。梅花繁，初結實時，常多而易落，故如此。嘗試驗之，亦稍後于桃夭時耳，非如仲夏之說也。

一　●㊀●㊀　七吉

二　●㊀●㊀　三今

三　●㊀●㊀　塈謂

小星

《序》曰：《小星》，惠及下也。夫人無妒忌之行，惠及賤妾，進御於君，知其命有貴賤，能盡其心矣。

三五在東，初昏、將旦皆然。初昏而稀，星始出也；將旦而稀，星既没也。

此詩只說勤勞而安于命，而夫人之不妒，衆妾之感恩，因此可見。若講中要講如何不妬①，如何感恩，殊難措詞，語亦不雅，斷非詩人之意。昔人稱《易》在畫中，詩在言外，言外之旨，此類可見。若將言外之意强入言内，其去温柔敦厚之義奚啻千里。

當夕，專夜也。《疏義》云《内則》「妻不在，妾御莫敢當夕」，謂妾避女君之御日，此「當夕」字用彼文，不取其義。按禮，天子之后每夕皆進於王，所以正内治。五日一休，以休沐爲義。則一嬪與其御進，凡四十有五日而九嬪畢見。自諸侯以下，妾媵雖有多寡，然皆用五日之制。此衆妾疑即女御也，進御於君，必從其嬪，不敢自往，故曰「莫敢當夕」。非是見星往還，謂之莫敢當夕也。

《蠡測》曰：衾裯，君所寢大被、襌被也。衆妾或抱衾以進於君，或抱裯以進於君，自是衆妾職也。此蓋進御時事，上文已有見星往還之意，此不須再言見星往還矣。只以其抱衾與裯賤妾之役，而曰「實命不猶」，誠自知命之所賦卑不猶尊，敢不自盡其心以供衾裯之役乎。

一　●⊖●⊖⊖　東公同

① 「若講中」之「講」，疑當作「詩」。

二 ●㊀●㊀㊀ 昂裯猶①

江有汜

《序》曰：《江有汜》，美媵也。勤而無怨，嫡能悔過也。文王之時，江沱之間有嫡不以其媵備數，媵遇勞而無怨，嫡亦悔過也。

禮，諸侯之媵，八歲備數，十五從嫡，二十承事君子。未任承事，則還，待年父母之國。通詩於叙事之中，寓慶幸之意。辭氣要得和平，雖有各上半節，是説不與偕行，然衆妾叙此，乃是見己此行所由，非怨之而復追其既往之愆也。

悔、處、嘯、歌，是媵行時大喜過望，故遥正嫡如此。嘯即悔時，歌即處時，并作一句，纔增二虚字，遂爾玄妙微至。此等語句不知其所由來，當是神化所至也，句法神品。三百篇如此樣者，亦未可多得，明《詩》之士，所宜服膺。

① 此篇韻譜當作：
一 ㊀㊁㊀㊁㊁ 星征 東公同
二 ㊀㊁㊀㊁㊁ 星征 昂裯猶

一 ㊀●㊀●㊀ 汜以（處）〔悔〕

二 ㊀●㊀●㊀ 渚與（悔）〔處〕

三 ㊀●㊀●㊀ 沱過歌

野有死麕

《序》曰：《野有死麕》，惡無禮也。天下大亂，强暴相陵，遂成淫風。被文王之化，雖當亂世，猶惡無禮也。

次章以上三句興下一句，詩體中又是一格。不言誘之者，蒙上章之文也。荆川云：此句只是誘之之由。

末章决是詩人惡强暴之言。氣和而莊，語婉而切，於調笑戲劇之中，寓深惡痛絶之意。反覆申詠，酷似當日從旁呵止之狀也。若作女子拒之之言，不應紆緩乃爾。説者於此雖刻意作凌厲之語，終難合拍，因箋注家滯一我字，遂展轉跢蹩耳。

一 ㊀㊁㊀㊁ 麕春隔 包誘隔

二 ㊀㊀㊀㊀ 樕鹿束玉

三　㊀㊀㊀　兑悦吠

何彼襛矣

《序》曰：《何彼襛矣》，美王姬也。雖則王姬，亦下嫁于諸侯。車服不(繁)〔繫〕其夫，下王后一等，猶執婦道以成肅雝之德也。

「曷不肅雝」二句，諸説如聚訟。看來肅雝二字只就車上説，知其能敬且和以執婦道，是説詩看出，詩人元無此意也。若説不敢斥言王姬，故以其車言之，亦未是。今只尋取興意便得。其解言華之襛也，此何華而若是盛乎？乃唐棣之華也。夫以唐棣之華宜其盛矣。車之肅雝，此何人之車若是肅雝乎？乃王姬之車也。夫以王姬之車宜其肅雝矣。只就車上贊其和敬，非是直言其人之和敬，亦非以今日之車而知其後日之和敬也。王姬被化與其有和敬之德，俱藏在本文王姬二字内。車之肅雝，只是範我馳驅、和鸞有節之意。

南子以車聲而知蘧伯玉。夫以伯玉之車宜有轔轔之轍，則王姬之車宜有肅雝之度矣。大抵説《詩》只宜諷詠本文，拘牽舊説，了無究竟。

鄭氏曰：「下王后一等，謂車乘厭翟，勒面繢總，服則褕翟。」厭翟，次其羽使相近也。勒爲馬絡頭也。勒面，謂以如王龍勒之韋爲面飾也。繢，畫文也。總，以繒爲之，着馬勒，直兩耳與兩鑣。五色皆備成章曰褕。翟，畫褕者。

孔氏曰：「王(居)〔后〕五路，重翟爲上，厭翟次之。(王)〔六〕服褘衣爲上，褕翟次之。」言族類之貴，則先女而後男，尊王也；言婚姻之合，則先男而後女，從夫也。

次章分説，三章合説，此二章亦要本德來，是以見其可美。否則王姬下嫁不止一人，婚姻配(令)〔合〕尤屬常事，何須嘆賞乃爾。

曰「平王之孫」，不獨見天潢之派，亦見其被化于文王、太姒。曰「齊侯之子」，不獨見五等之尊，亦見其象賢于太公、丁公。

文王而曰平王，孔氏曰：文，謚之正名也。稱者則稱德不一，以德能平正天下故稱平王，如《書》稱寧王也。

「曷不肅雝」二句，含蓄不盡。反覆申誦，宛然塞路聚觀，企踵盱眸，相顧嘆賞之語。若如今人所説，了無含蓄，了無意緒，皆緣不體認語氣故耳。

一　㈠㈠㈠㈡①　穠(斷)〔雝〕隔　華車隔

① 此章韻譜當作㈠㈢㈠㈢。

二　●⊖●⊖　李子

三　●⊖●⊖　緡孫

騶虞

《序》曰：《騶虞》，《鵲巢》之應也。《鵲巢》之化行，人倫既正，朝廷既治，天下純被文王之化，則庶類繁殖，蒐田（田）〔以〕時。仁如騶虞，則王道成也。

不言民而言物，見詩人之善立言也。通詩都不要牽出仁民字樣來，方得其旨。

違道可以干百姓之譽，百姓有知，聲音笑貌尚可得而動也。如五伯假仁，足傾震一時矣。至夫草木禽獸不識不知，自非因心之恩，果能浸淫洋溢，布濩游衍，安得此阜滋蕃廡之效耶？以非勉强所得，故曰仁心自然，「于嗟乎騶虞！」

曰「壹發五豝」者，射每發四，矢中有叠雙，非五而何。此語善于形容，殆可謂《子虛》、《上林》之涓滴也。

一　⊖⊖⊖　葭豝虞

二　⊖⊖●　蓬豵

〔邶〕

柏舟

《序》曰：《柏舟》，言仁而不遇也。衛頃公之時，仁人不遇，小人在側。

此詩極盡婦人之情狀，往愬於兄弟，反求於身心，婦人之情也。「覯閔既多，受侮不少」，亦婦人之事也。「寤辟有(標)〔摽〕」，婦人之自遣如此。「不能奮飛」，婦人之自分如此。至於「耿耿不寐，如有隱憂」、「心之憂矣，如匪澣衣」，則又婦人不得於夫而戚戚之常態也，可謂盡其形容者矣。

人心切於憂，則其心惟於憂之一路上分明，故曰耿耿，小明也。「如有隱憂」，如字正形容耿耿之意。

不曰隱憂，而曰如有隱憂，極善形容憂恨之意。句法妙品。

正風以《關雎》爲首，夫婦之正也。變風以《柏舟》爲首，夫婦之變也。閨門爲萬化之原，故夫子謹之。

嗟夫！家之有棄婦，國之有逐臣，事異而情同者也。讀《柏舟》之詩，蓋有餘悲焉。夫臣有忠而見默，婦有貞而見棄，切悼沉憂，古今一體。甚哉，誠心之難明而流俗之難悟也。然貞婦不以無罪見棄，而變其從夫之心，謂夫之不可貳也，故莊姜咏匪石〔以〕自誓；忠臣不以無罪見逐，而移其從君之志，謂君之不可二也，故屈原賦《懷沙》以自沉。嗚呼！不幸而處君臣夫婦之變，此亦足以觀矣。愬於兄弟，亦托言之。夫者婦之天，不得於夫則無往而非拂逆之鄉。故言「逢彼之怒」，無非是形容其困阨無聊之狀。此等處皆意在言外者也。

「我心」二章，皆是自求見棄之故而不可得，非徒揚己而已。

「憂心悄悄」，（王）〔主〕不得於夫説。「愠於羣小」，不得於夫所致也。迭，更也。更是更易之更，非更代之更。

煩冤，心煩而屈抑也。瞶眊，心皇惑而亂也。「如匪澣衣」，極形容不得自如之狀。「不能奮飛」，不是欲去而不能去，亦不是安于義而不肯去，要蒙上文「如匪澣衣」來相反看，只是恨其不能脱然無累之意。

荀子曰：爲人妻者，夫有禮，則柔順而聽從；無禮，則恐懼而修省。

此詩《序》以爲仁人不遇，而《傳》以爲婦人之詩，以《序》説無實據也。其曰婦人之詩，不知何所據乎？考其所稱引，不過衛宣夫人一事，不知《列女傳》所稱諸詩極其附會。信雜説而疑本序，何也？近時説者以爲「不能奮飛」非婦人所宜言，遂斷以《序》説爲是。據此一（話）

〔語〕，恐亦未足相服。愚意謂仁人婦人，既兩無實證，便當以舊説爲準。若以詞氣卑弱，斷爲婦人之詩，則温厚和平，詩之常體，安得稍屬哀婉，便爲婦人耶？且《楚辭》之目其君也，或言美人，或言夫君。古詩亦有不得于君而托于棄婦者，詩中假托寓意，無所不至。彼明言夫婦而意在君臣，讀者尚當求之文字之外，況此未嘗一字及夫婦，而徒緣子政影響之談，望形揣聲，遽變專門師承之説，可謂濟師偏邦稱兵大國，謬之甚也。宋人箋《詩》，多從臆斷，大戾本旨。緣他不肯服膺古義，專務排擊，又未曾妙達誠理，强作解事故耳。箋註行世已久，雖朱子亦因仍其説，沾襲之爲累，一至於此。

「我心匪石」，鮑(昭)〔照〕《白頭吟》：「直如朱絲繩，清如玉壺冰。何慚宿昔意，猜恨坐相仍。」

嚴氏曰：夫婦之經，萬化之原。《關雎》、《鵲巢》爲三百篇綱領，風之正也。反乎此者，變也。《邶》、《鄘》、《衛》，皆衛風也。衛禍基于衽席，覃及宗社，居變風之首，二南之變也。王道盛，則諸侯不得擅相并，存《邶》、《鄘》之名，不與衛之滅也。

叔翹曰：按劉向疏引此詩「憂心悄悄，愠于群小」，小人成羣，誠足愠也，而著《列女傳》則以爲衛宣夫人。朱子註《孟子》，亦曰衛之仁人見怒於羣小，而傳《詩》則斷爲婦人，何其自相矛盾耶？

黃葵峰云：此詩當從《序》說，首章上不得(與)〔于〕君也，次章下不得于僚類也，三章內不失乎己也，四章外不理于口也，五章仍歸在憂君也。

又曰：柏舟雖堅牢，而不用以載物，惟隨水漂流而已。以比仁人忠實(而)而不用以治國，惟使隨衆馳驅而已。

又曰：「此詩舊作女子說，然女子有行，遠父母兄弟矣。今欲據之將歸而相依相居耶？抑藉兄弟爲重，使與己復相得耶？是所未(諭)〔喻〕。」

又曰：維時羣小工巧，阿諛逢迎，以取寵遇。此仁者不能渝心改度，曲狥時好，即屈原所謂「寧死不忍爲此態」者也。故曰「我心」云云，言其心不可得而渝變也；曰「威儀」云云，言其度不可得而改易也。呂東萊曰：「威儀閑習，自有常度，不可選擇以循時也。」

又，首章「隱憂」，憂君慮國也。四章「憂心」，憂讒畏訕也。

又曰：同姓之臣，義無可去，安于分之所當盡而已。故曰「不能奮飛」。即箕子「我不顧行遯」之意也。

一　㊀㊀●㊀●㊀　舟流憂遊
二　●㊀●㊀㊀㊀　茹據愬怒
三　㊀㊁㊀㊁㊀㊁　石席棣隔　轉卷選隔

四　⊖⊖●⊖●⊖　悄小少摽

五　●⊖●⊖●⊖　微衣飛

緑衣

《序》曰：《緑衣》，衛莊姜傷己也。妾上僭，夫人失位，而作是詩。

憂之不已，只是憂夫婦之變。謝氏説爲君憂，爲君之子憂，爲國之後日憂，不可用。凡説詩强作大話者，最害事，可以爲戒。

徐士彰曰：前之憂，憂今日遇此而無聊也。後之思，思古人處此之有道也。然亦求自盡而已矣，非有冀於夫也，非有憾於羣小也。

我意定于此矣，而考諸古人，確與我相合，恰似我先有此物而古人得之，故曰「實獲我心」。此等處有欣然會意之狀，句法神品。昔人讀《莊子》，曰「了不異人」，非所謂「我思古人，實獲我心」者耶？

「我思古人，實獲我心」，《文賦》：「雖杼柚於予懷，怵他人之我先。」「絺兮綌兮，凄以其風」，班婕妤《怨歌行》：「新裂齊紈素，皎潔如霜雪。裁爲合歡扇，團團似明月。出入君懷袖，動揺微風發。常恐秋節至，涼飈奪炎熱。棄捐篋笥中，恩情中道絶。」

「我思古人，實獲我心」，鮑照《白頭吟》：「古來共如此，非君獨撫膺。」《蠡測》云：「詩人之意，蓋謂凡妾見寵，婦人多嫉心忿争便是處失其宜，而我亦有過矣。故思古人有處之得宜者，實爲我之法，我當以之自勵也。凡已見棄婦人，能安心幽静最爲盡善，此我之心也。故思古人有處之盡善者，實得我之心，我但以之自安也。」

一	●⊖●⊖	裏已
二	●⊖●⊖	裳亡
三	●⊖●⊖	治訧
四	●⊖●⊖	風心

燕燕

《序》曰：《燕燕》，衛莊姜送歸妾也。

嚴氏曰：風人含不盡之意，此但叙其别離之恨，而子弒國危之戚，皆隱然在不言之中矣。

身、心二字對言，塞實淵深，德之藴于内者也；温和惠順，德之著于外者也。

徐士彰曰：前三章末二句有無限悽愴之情，而後一章末二句又婦人臨別叮嚀之語，詩人亦可謂能道其情矣。

燕之宿也相向，其飛也相背，故以差池之羽爲別離之意。古詩「東飛伯勞西飛燕」，蓋本於此。古人一比一興皆有意義，而今亡之矣。

末章叙戴嬀之德，不是見離恨之。故凡人朝夕聚首，雖深恩厚誼都可相忘，一經別離，便想像他平日許多好處。詩之曲盡人情，於此可見。

「如雨」，方別也。「佇立」，已別也。「實勞我心」，別後也。曰「實勞我心」，深乎傷哉。目斷行塵，無淚可揮矣。

莊姜見愠羣小，而戴嬀獨能以恩相信，寂寞深宫，所持賴者斯人而已。涸魚喣沫，何日忘之！方將依以待老，而遽爾暌違，邈若墜雨乎。況其別也，何爲而別？其歸也，何事而歸？情悽目眩，心焉如割，痛哭流涕，猶未足以極其意也。

輔氏云：以恩相信，嫡妾相與之情，于是爲至。

蘇氏曰：禮，婦人送迎不出門，遠送于野，情之所不能已也。

「先君之思」，夫人之自盟素矣，而戴嬀之言如此，非所謂「同心之言，其臭如蘭」者乎。投分冥固，道契無爽，果有難爲別者矣。講此要有斟酌，若説有《緑衣》之怨，恐我不念先君，故惓惓相誨，則莊姜之賢不至於此。

「先君之思」，或作平日，或作臨岐之贈言也，俱可。

玩「先君之思」二句，便見得當時子弒國危、朝夕不保，煢煢嫠婦相依相恤之意。情狀悲惋，景色淒涼，黯然在目。

一　●㊀●㊀●㊀　羽野雨

二　●㊀●㊀●㊀　頏將　及泣

三　●㊀●㊀㊁㊁　音南心①

四　●㊀●㊀●㊀　淵身人

日月

《序》曰：《日月》，衛莊姜傷己也。遭州吁之難，傷己不見答于先君，以致困窮之詩也。

呼日月而但云「照臨下土」，尊之之詞也。呼父母而遂言「畜我不卒」，親之之詞也。

① 二、三兩章韻譜顛倒。

輔氏曰：處己，則曰「我思古人」；〔處人〕，則曰「逝不古處」。處己處人，各有當矣。「畜我不卒」，非欲父母養之終身也。只如今人説養我不了誤我一生，真婦人語也。若如前説，則癡騃之談耳。於父母則曰「畜我不卒」，于夫則曰「報我不述」，皆深悲極痛之詞。「德音」是言詞即「顧我則笑」之類，然皆出於戲慢，故曰「無良」。如今人稱「没好説話」，宛然婦人語也。

「俾也可忘」，句法妙品。有望之之意，哀婉可掬。

曰「（獨）〔寧〕不我顧」，則有蒙其顧者矣。

《蠡測》曰：德音者，尊夫之詞。

此詩四章，皆是（訢）〔訴〕于日月，而深冀幸其一悟也。

終　風

《序》曰：《終風》，衛莊姜傷己也。遭州吁之暴，見侮慢而不能正也。

狂風不及夕，今「終風且暴」甚矣，然猶見日也。霾則晦霧于下，曀則掩曀乎上，不見日矣。又積而成虺虺之雷，殊無霽期矣。以比莊公之狂惑，有加而無已也。

徐士彰曰：「顧我則笑，謔浪笑（傲）〔敖〕」、「惠然肯來，莫往莫來」，笑矣而曰「笑（傲）〔敖〕」，來矣而曰「莫來」。只此四句，便極盡情狀。

「終風且暴」即是説莊公，以下不須補出正意。蒙霾，蔽塞不開之意。霾，《爾雅》曰「大風揚塵，自下而上」也。

「莫往莫來」，還作不一於往，不一于來。莫者，難必之意。以爲往矣，忽然而來；以爲來矣，忽然而往。所謂如飄風是也。「懷」如懷抱之懷，藏于中而不能釋之意。

呂氏曰：驟風迅雷，其止可待。曀曀之陰，虺虺之雷，則殊未有開霽之期也。

莊姜所處，夫則狂惑，妾則上僭，子則暴而無禮，乃能處人倫之變，而不失天理之常，此變風所以始于莊姜也。

詳味《日月》、《終風》，見莊姜惻然望天之情，見詩人忠厚之意。《長門賦》，義本于此。

劉安成曰：《柏舟》、《緑衣》，唯自憂歎，未嘗指莊公之爲人也。至《終風》則言其狂惑蔽錮，而猶不忍斥言，及《日月》然後極其詞焉。此豈情之得已哉！

一　㊀㊀㊀㊀　暴笑敖悼
二　㊀㊀㊀㊀　霾來來思
三　㊀㊀㊀㊀　曀曀寐嚏

四 ●〇●〇 靁懷

擊 鼓

《序》曰：《擊鼓》，怨州吁也。衛州吁用兵暴亂，使公孫文仲將而平陳與宋，國人怨其勇而無禮也。

徐士彰曰：「我獨南行」、「憂心有忡」，味詩人含蓄之意，似不言鋒鏑死亡，而有隱然寓于其間者，蓋不忍言之也。如此則於「不我活兮」、「不我信兮」處方有味。若露出，即淡然無味矣。朱註所云，特解經之法，而非風人之旨也。

《左氏》：隱公元年，鄭與叔之亂，公孫滑出奔衛，衛人爲之伐鄭，取廩延。二年冬，鄭人伐衛，討滑之亂也。四年春，衛州吁弑桓公而自立。宋殤公之即位也，公子馮出奔鄭，鄭人欲納之。及衛州吁立，將修先君之怨于鄭，而求寵于諸侯，以和其民。使告於宋曰：「君若伐鄭以除君害，君爲主，敝邑以賦與陳、蔡從，則衛國之願也。」宋人許之。于是陳、蔡方睦於衛，故宋公、陳侯、蔡人、衛人伐鄭，圍其東門，五日而還。秋，諸侯復伐鄭，敗鄭徒兵，取其禾而還。九月，衛人殺州吁于濮。

劉氏曰：東門之役五日而還，出師非久，而民怨若此。身犯大逆，衆叛親離，莫肯爲之用耳。

凡人處危困之極，則視天下之苦無甚於我者。故曰「土國城漕，我獨南行」，即所謂「誰謂荼苦，其甘如薺」者焉。

開口便説從軍，危之也。此時未便如此，只寬説從軍所爲之事。

「死生契闊」，作二事看，一死一生，一彼一此，俱不忘棄也。或云死生之期極爲契闊，因下章但言契闊不言死生故也。愚滯可笑。

《蠡測》云：「擊鼓其鏜，踴躍用兵」，此賦州吁好兵喜鬪之狀。人所甚憚者而州吁樂之也。

張叔翹曰：「死生」四句，亦非二意。蓋契闊之約，業有成説矣，又執手而叮嚀之，以致其繾綣之意耳。《注》意亦爾。

一	㊀㊀●㊀	鏜兵行	
二	㊀㊀●㊀	仲宋忡	
三	㊀㊀●㊀	處馬下	
四	㊀㊀㊁㊁	闊説	手老
五	㊀㊀㊁㊁	闊活	洵信

凱風

《序》曰：《凱風》，美孝子也。衛之淫風流行，雖有七子之母，猶不能安其室，故美七子能盡其孝道，以慰其母心，而成其志〔爾〕。

劉氏曰：首章言凱風、棘心，而下句無應，遂承言母氏之劬勞，故屬比。次言風與棘，而以母與子應，故屬興。

陳止齋曰：一門昆弟都有舜耕歷山氣象，蓋善處母子之變者。

徐士彰曰：味此詩可以得古人幾諫之道。

「勞苦」、「莫慰母心」，朱《註》云「微指其事」，大穿鑿。此註與「展我(生)〔甥〕兮」、「明非齊侯之子」一類，俱非詩旨，詳七子之意，無非痛自刻責爾。

一　㊀㊀㊁㊁　南心　天勞

二　●㊀●㊀　薪人

三　●㊀●㊀　下苦

四　●㊀●㊀　音心

雄雉

《序》曰：《雄雉》，刺衛宣公也。淫亂不恤國事，軍旅數起，大夫久役，男女怨曠。國人患之，而作是詩。

念其久役而不得歸，但得保全亦幸矣。此正思之最深最切處，沿情之作至此，可謂説盡衷曲矣。《王風》「苟無飢渴」亦此意，胡氏「發乎情止乎禮義」之説太呆。

第三章上二句言久，下二句言遠。

見日月之往來，而念君子之從役不知其幾更日月矣，能無思乎。然自今日言歸，猶可慰也，而道之云遠，不知何時來乎。若云日月往來，君子一往而不來，則似興體，且非詩人語氣。大抵詩人之言惟淡知乎，不必求之以深，不然反失其旨。

《漢書》：萬里之外以身爲本。

勉君子而曰「百爾君子」者，詩人詞不迫切，且衆人皆知德行，然後朋儕之間和氣充溢，推賢讓能，俱無傷也。

「不忮不求」，凡功賞名利皆是。軍旅之中尤争能争功之地，故特言之。

《疏》云：思君子之詩多矣，而未有及於德行者，此《雄雉》之所以爲賢也。

程子訓《詩》云：「『瞻彼日月，悠悠我思。道之云遠，曷云能來。』思之深也。『百爾君子，不知德行。不忮不求，何用不臧。』勉以正也。」當時以爲得解經之法。

「不忮不求」，杜甫《出塞曲》：從軍十餘年，能無分寸功。衆人貴苟得，欲語羞雷同。

「瞻彼日月，悠悠我思」，兩言之中，情緒萬端，含蓄無限。《傳》中但云思從役之久，未盡其妙也。

《蠡測》曰：「不忮不求」，乃寡欲之本，養心之基，修己之道，處世之方也。婦人思其夫而慮及此，其猶被聖化之未遠者乎。若生爲男子，則聖賢之徒也①。

---

① 此篇韻譜原缺，當作：

一　●㊀●㊀　羽阻

二　●㊀●㊀　音心

三　●㊀●㊀　思來

四　●㊀●㊀　行臧

匏有苦葉

《序》曰：《匏有苦葉》，刺衛宣公也。公與夫人並爲淫亂。

通詩皆微詞隱諷，而未嘗明指其失。三章特存古義，而亦未常不及今事，譏刺之意隱然見於言外。蓋男女之事，有難顯言者，此風人温厚之旨也。如《蝃蝀》卒章，則詞意俱厲矣。

《疏義》云：首章事適其可爲宜，次章物反其常爲怪，三章言古禮不可悖，四章言非類不可從。

水自帶以上至腰曰厲，由膝以下曰揭。渡水不露體，故着裏衣而渡，謂之厲。裏衣，褌也，由膝以下不須如此，但褰裳而已。

首章言無匏而涉水，當量淺深。以比嫁娶，當度禮義。濟有深淺，喻男女之禁甚嚴也。「有瀰濟盈」，喻淫者之縱欲也。「有鷕雉鳴」，喻室女之懷春也。濟盈濡軌，喻縱欲者必違乎禮。雉鳴求牡，喻求配者不待其偶。用鴈，不獨取其和也，亦貴其偶，所謂從一而終之義也。旭日，不獨取其明也，亦貴其始也，所謂男女正始之義也。婚六禮，惟納采用幣，餘皆用鴈，《集註》但言納采，舉六禮之始耳，其實請期亦奠鴈也。

顧大韶曰：「深則厲」，深字與上深涉字别。孔《疏》云：「深涉不可渡，則深于厲矣。厲言深者，對揭之淺耳。」蓋可厲則亦不必用匏也。

一　㊀㊀㊁㊁　葉涉　厲揭
二　㊀㊀㊁㊁　盈鳴　軌牡
三　㊀㊀●㊀　鴈旦泮
四　●㊀●㊀　否友①

谷　風

《序》曰：《谷風》，刺夫婦失道也。衛人化其上，浮于新婚而棄其舊室，夫婦離絶，國俗傷敗焉。

此詩大畧以顏色之衰、德音之善作主。顏色之衰，故夫之所以棄也。屢言其德音之善，則無可棄之罪矣。

---

① 此章韻譜當作「●㊀㊀㊀　否否友」。

此詩立言甚婉曲而有餘味。夫婦之際有難顯言，章内凡七比喻，而甚怨之意藹然可掬，可謂善怨矣。

唐人多有棄婦之作，蓋亦以君臣之故，而托之夫婦者也。則此詩之作，有未可遂以爲實然矣。

「黽勉同心」，要之于久意。「德音莫違」，對顔色之違説。

「行道遲遲」二句，形容不忍相違之意，極爲可憐。「中心有違」，句法妙品。

「誰謂荼苦」二句，以荼之甘甚己之苦，相形而言，此比之變例。語意若云：如我今日所遭乃可言真苦也。

「（母）〔毋〕逝」四句，致絶意之詞，乃其不能絶意之甚者，神品。

「涇以渭濁」，鮑照《白頭吟》：鳧鵠遠成美，薪芻前見陵。

張叔翹曰：東漢竇玄妻《與夫書》曰：「衣不厭新，人不厭故。彼獨何人，而居我處。」即「（母）〔毋〕逝我梁」之意。

黄葵峰云：涇水出涇陽笄頭山，至濁，所謂「涇水一斛，其泥數斗」是也。渭水出隴西首陽山，二水會處在永興軍高陵，此涇水入渭之處也。二水合，又至同州馮翌縣入河。

羅景倫曰：太白《去婦詞》云：「憶昔初嫁君，小姑纔倚床。今日妾辭君，小姑如妾長。回頭語小姑，莫嫁如兄夫。」古今以爲絶唱。然以余觀之，特忿恨决絶之辭耳。豈若《谷風》去婦之詞曰「(母)〔毋〕逝我梁，毋發我笱。我躬不閲，遑恤我後」，雖遭放棄而猶反顧其家，戀戀不忍。乃知《國風》優柔忠厚，信非後世詩人所能彷彿也。三百篇中有擬篇，有擬章，擬句，或一二語相同。獨「(母)〔毋〕逝我梁」四句，「喓喓草蟲」四句，各再見。

《蠡測》曰：《賈誼傳》：「一二指慉。」師古曰：「慉，謂動而痛也。」言不能念我勤勞而痛之也。

末章興意，言物可棄舊而取新，人不可圖新而厭舊也。

項氏曰：洸，水涌也。其勇如之。水之潰者横暴而四出，故怒之盛者爲潰。

張叔翹曰：章内言「燕爾新婚」者三，蓋所恨在此，故不覺言之縷縷耳。「不念昔者，伊予來墍」二語，有無限悽愴不平之情。

又曰：余讀《谷風》之詩，未嘗不掩卷太息。蓋其比物連類，如泣如訴，有足悲者。且詞意宛至，詳委熟復，即後世能文之士或未之及也。乃獨見棄於夫，何哉？然跡其所自傷悼，雖以鳴不平之感，而略無怨懟過甚之辭，又庶幾乎「可以怨」矣。嗟嗟！君臣之際何獨不然，彼逐臣遷客，讀此寧無攬涕哉。

一　●㊀●㊀㊁㊁●㊂①　雨怒　菲體死

二　㊀㊀㊀㊀●㊀●㊀　遲違邇畿薺弟

三　●㊀●㊀●㊁●㊁　沚以　笱後

四　●㊀●㊀●㊀●㊀　舟游求救

五　●㊀●㊀㊁㊁㊁㊁　讐售　鞫覆育毒

六　●㊀●㊀㊁㊁●㊁　冬窮　潰肄塈

式微

《序》曰：《式微》，黎侯寓於衛，其臣勸以歸也。

許氏曰：《左傳》晏子曰：「君爲社稷死，則死之。爲社稷亡，則亡之。若爲己死而己亡，非其私昵，誰能任之。」此詩一則曰「微君之故」，一則曰「微君之躬」，可見黎侯有爲己死己亡之意。不然，主危臣辱，主辱臣死，又安得有胡爲之言哉。

---

① 此章韻譜「㊂」當作「㊁」。

讀此詩，可見當時有羈旅狼狽之君，而隣國無救恤之意。夫衛、黎接壤，唇亡則齒寒。衛爲狄滅，固以其荒淫失道，抑亦失輔車之援與。衛之滅也，齊桓因管仲之言而救之，夫知衛之所以滅，則知齊之所以覇，知衛之德齊也深，則知黎之怨衛也切矣。

「中露」、「泥中」，俱借字。

君之故，言爲君圖興復之故也。

「微君」二句，寓怨衛之意。

衛有他國之詩六：《式微》、《旄丘》、《河廣》，作于衛者也；《載馳》、《泉水》、《竹竿》，爲衛而作者也。作于衛者，衛國之所録；爲衛而作者，衛國之所傳。

按黎國在上黨壺關縣，即今潞安府黎城縣。中露，地名，今屬山西，則泥中亦必有說。録此以補傳註之缺。「微君之故，胡爲乎中露」，非怨辭也。漢光武時羣臣請上尊號，不許，耿純進曰：「天下士大夫捐親戚，棄土壤，從大王於矢石之間者，其計固望攀龍鱗，附鳳翼，以成其志耳。今大王留時逆衆，不正號位，純恐士大夫望絶計窮，則有去歸之思，無爲久自苦也。大衆一散，難可復合。」《式微》詩人，與此同意。

按鄭氏曰：「黎侯爲狄人所逐，棄其國而寄於衛，衛處之以二邑。」據此則中露、泥中，豈衛地名與。又，董氏曰：「晉伯宗數赤狄罪曰『奪黎民地』，則狄侵黎其亦舊矣。」

一　㈠㈠㈡㈡　微歸　故路

二　㈠㈠㈡㈡　微歸　躬中

旄丘

《序》曰：《旄丘》，責衛伯也。狄人迫逐黎侯，黎侯寓於衛，衛不能修方伯連率之職，黎之臣子以責於衛也。

《疏》云：一章怪之，二章疑之，三章微諷之，四章直責之。《式微》處困而思奮，《旄丘》責人而不刻，可謂賢矣。

次章曲盡人情，極婉而極切。

狐裘蒙茸，想見窮途之苦。

言葛又言裘，時歷冬夏，以見其久也。

此詩亦婉曲而有餘味，傳註極得其旨。

按今開州有旄丘，在衛之東。黎在衛西。

流離，鳥名，梟類，少好而長醜，生則漂散，故以爲名。瑣尾，則譙譙翛翛之意。

「瑣兮尾兮」，正形容流離之狀。兩語淒凉蕭索，爲怨難勝。聞者爲之撫膺，而况兄弟甥舅之國乎。

充耳，瑱也。瑱固所以塞耳，恐不應便以耳聾爲訓。且言衛之不救，而曰褎然而笑，如耳聾之人，亦少意致。愚言當作衣褎之褎，言其褎如充耳之垂，不一引手拯救也，正與奮臂攘袂相反。

「褎如充耳」，《楚詞》：「兹歷情以陳辭兮，蓀佯聾而不聞」。

一　㊀㊀㊀㊀　葛節伯日
二　㊀㊀㊀㊀　處與久〔以〕
三　㊀㊀●㊀　戎東同
四　㊀㊀●㊀　尾子耳

簡兮

《序》曰：《簡兮》，刺不用賢也。衛之賢者仕於伶官，皆可以承事王者也。

此詩亦可諷詠，如「公言錫爵」，又云「彼美人兮，西方之人兮」，有無限意致。

「簡兮簡兮」，其意則偃蹇睥睨，卑視一世，講解中只言脱畧形迹，不拘繩檢之意。俁俁，非但形體，言其威儀襟度有過人者。「赫如渥赭」，言技藝得逞，無所愧怍，而見于顔色者如此。

一　●㊀●㊀　舞處

二　㊀㊀㊀㊀　俁舞虎組

三　㊀㊀●㊀　籥翟爵

四　㊀㊀●㊀㊀㊀　榛苓人人人

泉水

《序》曰：《泉水》，衛女思歸也。嫁于諸侯，父母終，思歸寧而不得，故作是詩以自見也。

此詩因不得歸而作，其歸之不可合下已知，何待謀乎。其委曲計議，展轉猜疑，至於末章，尚有徘徊顧望、不能釋然之意，總是托此以自寫其悲怨耳，非寔事也。詳觀一詩，婦人思家之情宛然可掬。曰「女子有行，遠父母兄弟」，曰「不瑕有害」，又宛然謀度者之詞。此處可想見他幽懷成緒，萬轉千迴，無可奈何處。善叙悲怨無過于此。

首章亦字、靡字、聊字俱有深味。曰「聊與之謀」，便是無可奈何之詞。

瑕訓何，愚意還當語辭，則各處皆通。

末章非絶意之辭，玩經傳，俱是冀望之意。「安得」二字，解經之妙者。

夫子存《泉水》、《載馳》之詩，而姜氏會齊侯于禚、于防、于穀，則備記諸《春秋》，勸戒昭然矣。

此詩善寫情事，極其委曲，極其宛轉。即如「出宿」二章，中間許多周折，反覆吟咏，情致宛然。于此領悟，可得詩理詩趣。今人僅得拾晉、魏、唐人唾汗，那能此處理會也。

婦人内夫家，故曰「遠父母兄弟」。曰遠者，外之也。

吕東萊曰：還車，猶言回轅。不必云嫁時所乘之車也。

陳止齋曰：《泉水》、《竹竿》、《載馳》，皆衛女思歸也。《泉水》、《竹竿》作于無事之時，其詞緩以婉；《載馳》賦于故國已亡之日，其詞切以怨。

一 ●㊀●㊀●㊀ 淇思謀
二 ㊀㊀●㊀●㊀ 泲禰弟姊
三 ㊀㊀㊁㊁㊁㊁ 干言 牽邁衛害
四 ㊀㊀㊁㊁㊁㊁ 泉歎 漕悠遊憂

北門

《序》曰：《北門》，刺士不得志也。言衛之忠臣，不能得其志爾。

北門是暗比，不須補正意。「莫知我艱」亦泛説，「天實爲之」指貧窶言。

凡詩中暗比甚多，不能一一分疏。大率屬於忌諱，便宜含蓄，不可以爲比而遂明言之也。只要認取「言忠厚」一語。

顧我齋曰：王事政事，是世亂君暗之故；謫我摧我，是終窶且貧之故。「適」字，「一埤益」字，「謫」字，「敦」字，「一埤遺」字，「摧」字，各有意義，一一認取内外俱困情緒如何，後人《士不遇賦》極力摹擬，能過此寥寥數言否？俱字法妙品。

《莊子》曰：夫事其君者，不擇事而安之，忠之盛也。

謝疊山曰：《鹿鳴》、《四牡》之燕樂，《出車》、《杕杜》之勞來，一人之勞苦君無不知，一毫之事功君無不報，此先王之所以體羣臣也。當是時也，安有如《北門》之忠者乎①！

北風

《序》曰：《北風》，刺虐也。衛國並爲威虐，百姓不親，莫不相攜持而去焉。

此詩亦善形容衰亂之意，俱暗比。

風雪狐烏，愁慘怪異，此時尚未危亂，先有此氣象也。

謝氏曰：北風疾而有聲，不止於涼矣。雨雪霏霏而密，不止於雱矣。

徐士彰曰：赤黑爲祥，毛羽爲孽。天下之可憎怪者，莫狐、烏若也，而所見無非此者，國事可知已。

朱子曰：狐、烏之比，不但指一物而言。當國將危亂時，凡所見者，無非不好氣象也。凡

---

① 此篇韻譜原缺，當作：
一 ㊀㊀㊀㊀㊁㊁㊁ 門殷貧艱 哉之哉
二 ㊀㊀●㊀㊁㊁㊁ 適益讁 哉之哉
三 ㊀㊀●㊀㊁㊁㊁ 敦遺摧 哉之哉

厲政惡俗、天災地變皆是。

《疏義》曰：《北門》之處困，忠臣也。《北門》之去亂，智士也。又，《北風》與魏國《十畝之間》相似。然《十畝之間》意紓詞緩，猶之可也。此則危迫已甚，明夷之飛將垂其翼矣。

一　㊀㊀●㊀㊁㊁　涼雱行　邪亟下同

二　㊀㊀●㊀㊁㊁　喈霏歸

三　㊀㊀●㊀㊁㊁　狐烏車

靜　女

《序》曰：《靜女》，刺時也。衛君無道，夫人無德。

許氏曰：首言城隅，末言自牧，蓋不特相逐于城隅，亦相從于野矣。

徐士彰曰：凡朱子所謂淫奔之詩，俱屬臆斷，讀者亦當兼看《小序》。

叔翘曰：《易·大過》「枯楊生稊」，鄭康成《易》作荑。又《晉書》「生繁華於枯荑」，荑者，蓋凡草木萌牙皆是，恐不獨茅也。「匪女之爲美，美人之貽」，立言亦自婉致。

又曰：詳味此詩，《序》說難通。而橫渠、東萊諸家之說，亦似牽合，則朱註爲長。獨二章所謂彤管，《毛傳》以爲古者后夫人必有女史彤管之法。且《左傳》歌此詩取彤管焉，又似美事，姑缺之以俟知者。

一　㊀㊀●㊀　姝隅躕

二　㊀㊀㊁㊁　孌管　煒美

三　㊀㊀㊀㊀　荑異美貽

新臺

《序》曰：《新臺》，刺衛宣公也。納伋之妻，作新臺于河上而要之，國人惡之而作是詩也。

曰泚、曰洒，皆從水義，臺在河上故也。《輯録》謂鮮明高峻，皆水中臺影。

籧篨、戚施，極其言醜類之狀，俯仰有愧故耳。謝氏所謂既無人道，亦非人形也。

一　㊀㊀●㊀　泚瀰鮮

二　㊀㊀●㊀　洒浼殄

三　●㊀●㊀　離施

二子乘舟

《序》曰：《二子乘舟》，思伋、壽也。衛宣公之二子爭（先）〔相〕爲死，國人傷而思之，作是詩也。

詩人已知二子之見殺矣，然但曰遇害則一言已竟，豈不索然無味。今不言其死，而曰「中心養養」、曰「不瑕有害」，但想其去時之光景而説爲憂疑之言，則其中有無限含蓄，有無限傷悲。寥寥數言，恰有千萬言所不能盡者，此所以稱風人之致也。

此詩之意與《泉水》相似，其沿情之妙直可意會，非復口吻筆札所庶幾也。

嚴氏曰：衛自宣公殺伋、壽，以朔爲世子代立，是爲惠公。左右公子怨朔之殘殺伋，乃作亂，立黔牟。惠公奔齊。其後諸侯納惠公，黔牟奔周。惠公怨周之容黔牟，與燕伐周，立子頹爲王。惠公奔温，後惠公卒，子懿公立。百姓大臣猶以殺伋之故，皆不服。狄乘其釁，殺懿公而滅衛。嗚呼，衛之亂極矣。父子、兄弟、君臣之間相戕相賊，不惟流毒子孫，啓侮戎狄，以之殺身亡國，其餘殃所漸，且稔王室之禍。蓋綱常道盡，天地幾於傾陷矣。推原亂根，始於夫婦之不正。衽席之禍，一至於此。以是知《詩》首《關雎》，聖人之意深遠矣。

《詩》無詞同義異之例，「不瑕有害」凡再見，斷以朱《傳》爲正。呂東萊解《泉水》，則云：「言歸衛，不過差而有害，自恕之詞也。」解此篇，則云：「瑕字，即瑕疵之瑕。謂二子心本無瑕，而乃遇害，蓋深痛之詞也。」黄葵峰云：「不瑕有害，言子之往豈不過差而有害乎。蓋死非其所，不得爲無瑕也。陷父於惡，不得爲無害也。」三公皆曲説也。瑕字本非實字，乃是方言語助，其音出喉間，有聲無詞，故或借瑕玼之瑕，或借遐遠之遐，以爲其字，原無甚義解也。古訓「何」通此，何字亦是語辭。諸公將瑕字定作瑕瑜，故展轉牽合，家自爲説耳。讀書宜領其意趣，即有未通在句字間，恐亦不必委曲强解，致失其大義也。

一　●㊀●㊀　景養

二　●㊀●㊀　逝害

〔鄘〕

柏舟

《序》曰：《柏舟》，共姜自誓也。衛世子共伯蚤死，其妻守義，父母欲奪而嫁之。誓而弗許，故作是詩以絶之。

兩髦者，古者子生三日，剪胎髮爲鬌帶之子首，長則加於冠，不忘父母生育之恩也。父死脱左，母死脱右，父母死俱脱。

「不諒人只」，不可説壞，只是不信其貞潔之志耳。蓋母之欲嫁共姜，不過兒女之情，姑息之愛，爲之慮其所終耳。今共姜之自誓如此，母方且信其心之不二，幸其節之可終，惑可解而慮可釋矣。

特字有孤特之義，以特爲匹，猶以治爲亂也。

曰靡慝，意深于靡他矣。

共伯，衛僖公世子餘也。

衛詩三十九篇，前乎此者爲《静女》，爲《新臺》，後乎此者爲《牆有茨》，爲《君子偕老》，人道至此而盡，天理至此而滅矣。聖人録《柏舟》于其間，正以見人心之未嘗亡，天理之未嘗滅也。

黄葵峰曰：《史記·世家》謂武公和弑共伯而立。今觀此詩之序，謂共伯爲世子早死，其妻守義，則武公安有篡共伯自立之理乎？此《世家》之謬也。

又曰：呂東萊曰：「按武公在位五十五年，《國語》又稱年九十有五猶箴儆於國。計其初即位，其齒蓋已四十餘矣。使果弒共伯而篡位，則共伯見弒之時，其齒又長於武公，安得謂之早死？髦者，子事父母之飾，諸侯既小斂則脱之。《史記》謂釐侯既葬，共伯自殺，是時共伯已脱髦，《詩》安得猶謂『髧彼兩髦』乎。是共伯未嘗有見弒之事，武公未嘗有篡弒之惡也。」吕氏之考最詳而確，《史記》不可信。今人不信《詩》而信《史記》，何哉？

一 ●㊀●㊀㊀㊁㊁ 河儀他 天人下同

二 ●㊀●㊀㊀㊁㊁ 側特慝

墻有茨

《序》曰：《墻有茨》，衛人刺其上也。公子頑通乎君母，國人疾之，而不可道也。

醜穢已極，無所施其惡之之心也，故曰不可道。

一 ●㊀●㊀●㊀ 埽道醜

二 ●㊀●㊀●㊀ 襄詳長

三　●㊀●㊀●㊀　束讀辱①

君子偕老

《序》曰：《君子偕老》，刺衛夫人也。

三章，一章寬一章，詞愈緩而意愈和，若不見其所謂刺者。而玩其詞，想其意，則譏刺之旨愈嚴矣。

首章「副笄六珈」，正是象服。「委委佗佗，如山如河」，乃偕老之德，發而爲容者也。言夫人當有偕老之德，故有副笄六珈之飾，然則象服豈易稱哉。必有是偕生偕死、貞静專一之德，發而爲盛德之容，如此乎雍容自得、安重寬廣，夫然後象服之是宜耳。今子之不淑，既無其德，因無其容，雖有是服，如之何哉。

---

① 此篇韻譜當作：

一　●㊀●㊀㊀㊀　埽道道醜

二　●㊀●㊀㊀㊀　襄詳詳長

三　●㊀●㊀㊀㊀　束讀讀辱

服以章德，故曰象服。

揚，眉上廣也。上即高字意，廣即長字意。眉下而盛則醜惡，以上廣爲美。

咏婦人而但言服飾容貌之美，則其人可知。此詩人之微意也。夫其入奉宗廟，則副之飾也、翟之衣也；出見賓客，則服之展也。展之有飾也，非不尊且敬矣，而宣姜之行可對於先君乎，可聞於賓客乎？有靦面目，曾無復羞媿悔悟之萌，則人心亡而天理滅，覆宗之禍殆其晚矣。

嚴氏曰：翟青質，五色皆備。衛侯爵，夫人服褕翟。

「胡然而天，胡然而帝」，《子虛賦》：「眇眇忽忽，若神仙之髣髴。」

一　●㊀㊀㊀○●㊀　珈佗河宜何①

二　㊀㊀●㊀●㊀㊀●㊀　玼翟髢揥晳帝

三　●㊀●㊀●㊀●㊀　展絆顏媛

---

① 此章韻譜當作「●㊀㊀㊀●●㊀　珈佗河何」。

桑中

《序》曰：《桑中》，刺奔也。衛之公室淫亂，男女相奔。至於世族(之)在位，相竊妻妾，期于幽遠，政散民流而不可止。

許氏曰：大率言貴族以誦女之美，非果此三姓之女也。

黃葵峰曰：此間乃桑間濮上之音，孔子自衛反魯以正而絕之久矣。因卷篇殘缺，後人以此補之，《小序》又因而實之。

呂東萊曰：「《溱洧》諸篇作於成周之衰，而又止於中聲。」非也。豈有雅樂奏于郊廟賓客，而可以淫聲雜之乎？呂氏但惑于三百篇，而不知三百篇中遺逸尚多，以淫詩補之，此後世無知者之見，而非孔子刪詩之始也。

一　㊀㊀●㊀㊁㊁●　唐鄉姜　中宮下同　末句獨韻收

二　㊀㊀●㊀㊁㊁●　麥(比)(北)弋

三　㊀㊀●㊀㊁㊁●　葑東庸

鶉之奔奔

《序》曰：《鶉之奔奔》，刺衛宣姜也。衛人以爲宣姜鶉鵲之不若也。

鶉與鶉奔奔，鵲與鵲(彊彊)〔彊彊〕。

一 ㊀㊀㊀㊀ 奔(彊)〔彊〕良兄

二 ㊀㊀㊀㊀ (彊)〔彊〕奔良君

定之方中

《序》曰：《定之方中》，美衛文公也。衛爲狄所滅，東徙渡河，野處漕邑。齊桓〔公〕攘戎狄而封之，文公徙居楚丘，始建城市而營宫室，得其時制，百姓説之。

《周禮·大司徒》以土圭之法測土深，正日影以求地中。日南則影短，多暑日；北則影長，多寒日；東則景夕，多風日；西則景朝，多陰日。至之景，尺有五寸，謂之地中。天地之所合也，四時之所交也，風雨之所會也，陰陽之所和也。然則百物阜安，乃建王國焉。

《考工記》：匠人建國，水地以縣，置槷以縣，眡以景，爲規，識日出之景，晝參諸日中之景，夜考之極星，以正朝夕。

《管子》曰：一年之計在于樹穀，十年之計在于樹木，百年之計在于樹人。

首章首四句，一時事。上虚下實。如云審此時民有餘力，可以作室，遂辨方以作室也。敷衍成章，亦見文字紆徐處。草昧之初，爲百年之計，一經營種植，而立國之規模氣象有可觀矣。

「景山(于)〔與〕京」與「揆之以日」不同。彼是正宫室方面，此是正一國之方面。此亦用表，但非八尺之臬。

「終焉允臧」，承上望景觀卜來稍挨開説①，如安國家、輯人民之意。「塞淵」則推之于政，無所不善，即一馬觀之，騋牝三千矣。獨言馬者，馬政天下武備，國家所重也。

黄佐氏曰：古之徙遠方以實廣虚也，相其陰陽之和，嘗其水泉之味，審其土地之宜，然後營邑立城。此蓋古之遺，《定中》及《公劉》是也。

又曰：魯人頌僖公牧馬之盛，而先之以「思無邪」；此詩言文公騋牝之富，而本之曰「秉心塞淵」，此可以見富庶之有道也。若乃内多欲而勞師大宛之求，德多漸而招來骨利之驥，何

① 「卜」疑爲「下」之訛。

足語此。

顧大韶曰：《箋》云樹此六木于宮，似太鑿。然想其時事應爾。「爰伐琴瑟」蓋因樹木而云，此後日可用耳，非謂琴瑟全賴此也。時作將供籩實，對伐琴瑟已屬牽强，又將禮樂二字冠之，皆副急計耳。

一　㊀㊀㊁㊁㊁㊁㊁　中宮　日室栗漆瑟
二　㊀㊀㊁㊁㊁●㊁　虛楚　堂京桑臧
三　㊀㊀●㊀㊀㊀㊀　零人田人淵千

蝃蝀

《序》曰：《蝃蝀》，止奔也。衛文公能以道化其民，淫奔之耻，國人不齒也。

「女子有行，遠父母兄弟」，此婚姻正始之大禮也。只消如此說。命，天命也，所謂天叙、天秩是也。

一　●㊀●㊀　指弟
二　●㊀●㊀　雨母

三 ㊀㊀㊀㊀ 人姻信命

相鼠

《序》曰：《相鼠》，刺無禮也。衛文公能正其羣臣，而刺在位承先君之化，無禮儀也。

《爾雅翼》：鼠有見人則交其前足而拱者，謂之禮鼠。詩義或取于此。禮以反爲文，曰止者，謙抑退損之意。

一 ㊀㊀●㊀ 皮儀爲

二 ㊀㊀●㊀ 齒止俟①

---

① 此篇韻譜當作：

一 ㊀㊀㊀㊀ 皮儀儀爲

二 ㊀㊀㊀㊀ 齒止止俟

三 ㊀㊀㊀㊀ 體禮禮死

干旄

《序》曰：《干旄》，美好善也。衛文公臣子多好善，賢者樂告以善道也。

駕車用四馬固是常制，然漢制太守四馬，其加秩中二千石乃益右驂，故太守稱五馬。《書》曰「若朽索之御六馬」，則五之六之古有此制。雖六馬是天子儀衛，疑此時上下通行也。若無此制，徒言此以誇其盛，恐詩人不應孟浪乃爾。

「何以畀之」，見得經綸之蘊非淺近所能窺，廟堂之計非道路之所預聞，不可指言其何事也。此舊説固是，愚意謂此亦未盡詩人之旨。蓋下賢之典曠闕已久，一時創見，在詩人亦出不意，極爲賢士慶其遭際之隆，其意以爲不知何等陳説，方可報稱殊遇也。要在「何以」上認出他誇美讚歎、矜詡不盡之意，反不重在賢身上，方是語氣，方是詩旨。

一　㊀㊀㊁㊁●㊁　旄郊　紕四畀

二　㊀㊀㊁㊁●㊁　旟都　組五予

三　㊀㊀㊁㊁●㊁　旌城　祝六告

載馳

《序》曰：《載馳》，許穆夫人〔作〕也。閔其宗國顛覆，自傷不能救也。衛懿公爲狄人所滅，國人分散，露於漕（也）〔邑〕，許穆夫人閔衛之亡，傷許之小，力不能救，思歸唁其兄，又義不得，故賦是詩也。

此詩因制於義而不得歸，故作此以自寫其抑鬱無聊之意耳。與《卷耳》、《采緑》一例，皆想識所爲，正所謂在心爲志，發言爲詩，志之所之，便形爲咏歌嗟嘆，都非實語實事也。朱《註》所謂「自言其意」四字最得。但玩首章《傳》意，頗以爲實然，尚未看得詩情透露耳。大抵風人之致，難以言求，只要認取「詩言志」一語。自楚騷以後，托詞寓意，愈益變幻，大都原本風人，若都將實事來看，盡説不通也。如宋玉《高唐神女賦》、曹子建《洛神賦》，皆效此等詩體，元人作《西厢記》詞曲，最後有《草橋驚夢》一齣，尤大得此詩之意。

讀此詩，想見其欲歸不得，欲救不能，煩懣難堪，遑迫無聊之意。所謂「女子善懷」，斯言匪謬也。厥後宋桓立君，齊桓城楚丘，而中興之業赫焉再振。彼二君者，豈其聞是詩而興起歟。

遠、闕字義各異，俱字法妙品。

《春秋》閔公二年，冬十二月，狄入衛。以周正紀之，則孟冬也。衛之滅在去歲之冬，而「芃芃其麥」，已爲今年之夏。經歷三時，而四隣諸侯未聞振恤，以從簡書者，夫人所以爲欲控于大邦也。

「衆穉且狂」是恨詞，「無我有尤」則哀詞，氣以漸而平也。

朱子曰：聖人録《泉水》于前，所以著禮之經；列《載馳》于後，所以盡事之變。

又曰：宣姜生衛文公、衛壽子、宋桓公夫人、許穆公夫人，可見人生自有秉彝，不係氣類。

一　㊀㊀㊀㊀●㊀　驅侯悠漕憂

二　●㊀●㊀●㊀●㊀　反遠濟閟①

三　●㊀●㊀●㊁　蝱行狂

四　●㊀●㊀㊁㊁㊁㊁　麥極　子尤思之

---

① 此章韻譜當作「●㊀●㊀●㊁●㊁　反遠　濟閟」。

〔衛〕

淇　澳

《序》曰：《淇澳》，美武公之德也。有文章，又能聽其規諫，以禮自防，故能入相於周，美而作是詩也。

「終不可諼」，終者，猶云到底不忘。不是後世也。《周禮》則是「馬終古登阤也」，終古二字與此終字同義。

「如切如磋，如琢如磨」是何等工夫，「如金如錫，如圭如璧」是何等造詣。即此可以想見武公之爲人，詩人亦可謂善於名狀矣。

寬廣者，矜莊之反。矜莊而又寬廣，則是寬廣而有制也。和易者，威嚴之反。威嚴而又和易，則是威嚴而能泰也。

有謂上二章末四句猶有英氣，末章末四句則渾化無迹，爲武公漸進之益。此説不是盛德容貌。當敬而敬則瑟僴赫（喧）〔咺〕，當和而和則爲寬綽戲謔，如孔子有時而踧踖色勃，有時而申申夭夭，豈有到寬綽戲謔時便不瑟僴赫（喧）〔咺〕乎？詩人之言本自互見，而不知者巧生意見，便錯認詩意，不可不察。

「充耳」二句，便是説他尊嚴，便含有盛德意在。朱《傳》「見其」二字得旨。大都風人之言變换不一，他處大半將言内意養在言外，氣象悠然可思，此等句法却將言外意藏在言内，詞旨躍然可見。美其服飾正是美其德也，非有二義。

「會」猶合會之會，縫中也。皮弁縫中結玉爲飾，謂之綦。天子玉用五采，綦飾十二。武公諸侯，玉用三采，綦飾以七。蓋皮弁之飾，玉有七，而其玉則三色。三色，朱、白、蒼也。

末章動中乎禮，正盛德所爲。

「寬綽」四句，有聖人從心不踰之意。

金錫由於人爲，故曰鍛鍊精純，德之無渣滓似之。圭璧出於天成，故曰生質温潤，德之無圭角似之。

寬綽便是自如，故即「重較」以嘆之。「善戲謔」善字，便是中節，故言「不爲(謔)〔虐〕」以足之，不作二層。

「猗重較兮」，言如在重較之上，非謂如重較之車，亦非真在重較之上也。較與式皆車上横木，而較在式之上。無事而主則憑較，應爲敬則俯憑軾。

「充耳」二句，是詩人瞻望丰儀，就他誇獎，如《召南》贊王姬之車，東人稱衮衣繡裳，秦人美錦衣狐裘之例。要識他快覩贊歎之意，只須依本文説，若云服飾非重以德而重，此意可自已也，不可代他説。

一 ●㊀●㊀㊀㊁㊁●㊁ 猗磋磨 僩咺諼下同

二 ●㊀●㊀㊀㊁㊁●㊁ 菁瑩星

三 ●㊀●㊀㊀㊁㊁㊁㊁ 簀錫璧 綽較謔虐

考槃

《序》曰：《考槃》，刺莊公也。不能繼先公之業，使賢者退而窮處。

獨寐而寤，獨寤而言，言而又歌，歌而又宿，無往不獨，亦無往不樂也。永者，終其身之意。弗諼者，其志堅。弗過者，其願足。弗告者，其樂深。

張叔翹曰：嘗味《考槃》之詩，蓋深有所得者，非獨烟霞泉石之癖也。詩人於獨處窺之，亦可謂觀其深矣。後世之稱爲隱者，身處江湖，心懷魏闕，至使昆山獻嘲，終南貽誚，改志易操，澗媿林慚，視《考槃》君子何如哉。

黃佐氏曰：《記》曰：「事君者，量而後入。」碩人列於俳優之流，邦傑事于執炙之賤。《考槃》之賤考槃，君子其量之矣。

一 ㊀㊀㊀㊀ 澗寬言諼
二 ㊀㊀㊀㊀ 阿薖歌過
三 ㊀㊀㊀㊀ 陸軸宿告

碩人

《序》曰：《碩人》，（刺莊公）（閔莊姜）也。莊公惑于嬖妾，使驕上僭，莊姜賢而不答，終以無子，國人閔而憂之。

「碩人」二句是指畫出莊姜，以下則歷數之。

莊姜之德懿文章尤爲可美，而此章不之及者，蓋就世俗所易見而言。以爲只論此等已不可棄，况其他乎。所以重歎公之昏惑也。此等最深婉有味。

刺宣姜，刺魯桓，但言服飾容貌、威儀伎藝之美，而不言其闕。若曰惜乎其獨少此耳。閔莊姜，亦但言族類容貌有可貴重，而不言其德。若曰此尚足取，况其他乎。皆所謂詩在言外者也。

邢，周公之後。譚近齊，子爵。其言侯者，通稱也。「衛侯之妻」，説者大費思索。或言以齊侯之子爲衛侯之妻，或重妻字，言正位中宮，皆非也。只照本文平平説去，纔是詩家本色。

朱幘，鑣也，而遂以鑣鑣贊之。此以實字爲虚字，如螽斯，蟄蟲也，而遂蟄蟄；木杪，稍也，而遂言稍稍。凡古書重字大半借實字用也。

春秋時嫁女，大都倚大國爲重。如鄭忽不娶齊女，竟以失國。至其子之廢立，亦視母家之强弱，故言齊國之大，見莊姜之宜見親厚也。

周子醇《樂府拾遺》曰：孔子删《詩》，有全篇删者，《驪駒》是也。有删兩句者，「月離于畢，俾滂沱矣」，「月離于箕，風揚沙矣」是也。有删一句者，「素以爲絢兮」是也。朱子謂《碩人》詩四章，不應此章獨多一句，蓋不知其爲何詩。蓋或他詩亦有「巧笑」二語，偶於此同，而删去耳。然則「月離於箕」亦未必正爲《漸漸之石》篇中語也。

黄葵峰曰：「大夫（速）〔夙〕退，無使君勞」，言維時君行大婚之禮，大夫皆輟事早退，無敢以諮決路寢勞吾君者，所以嚴大婚之禮，而重嫡夫人正使之典也。如云無使勞於政事，不得與夫人相親，竊恐無此禮體①。

氓

《序》曰：《氓》，刺時也。宣公之時，禮義消亡，淫風大行，男女無別，遂相奔誘，華落色衰，復相棄背。或乃困而自悔喪其配耦，故叙其事以風焉。美反正，刺淫泆也。

徐士彰曰：色之盛也，士耽而女亦與之俱耽。色之衰也，女猶不爽，而士已貳其行矣。甚哉，以色事人之不終也。

看他前半截，以色媚人，以計籠人，是何等驕倨佻巧。看他後半截，乞哀不獲，追悔不及，是何等蕭索凄涼。真可謂曲盡人情矣。豈惟女德哉，世之勢交利交，翻雲覆雨，不寤掉臂之

---

① 此篇韻譜原缺，當作：

一　㊀㊀●㊀●㊀㊀　頎衣妻姨私

二　㊀㊀㊀㊀㊀㊁㊁　荑脂蠐犀眉　倩盼

三　㊀㊀㊀㊀㊀●㊀　敖郊驕鑣朝勞

四　●㊀●㊀㊀㊀㊀　活發揭孽朅

態，徒勞勤門之箴，亦可以少戒也夫。

「兄弟不知，咥其笑矣。静言思之，躬自悼矣。」何等模寫，情狀宛然，反覆再四，真值一笑。「淇則有岸，隰則有泮」，凡事俱有到頭處也。是反興，反復也，非反覆也，《序》所謂「美反正」。反正云者，復之謂也。近説多主反覆之義，亦無不可。局面一更，都非往昔，盟言在耳，逝若東流，追惟前事，有足悲者。

《傳》曰「思其復也」，《註》曰「思其可復行也」，若據此，則正是慎終之意。

朱子解《谷風》、《氓》二詩，詳委熟復，俱可玩味，真所謂無復遺憾矣。但此詩模盡情事，過於發露，未便委是婦人之言。若從《序》説，作刺奔之詩，則情理俱愜，尤可歎詠。

《曲禮》曰：「男女非有行媒，不相知名。」既曰私奔矣，又焉用夫行媒，朱子謂「責所無以難其事」，可謂見其肺肝矣。

徐士彰曰：首章可見其私奔狡譎之情，次章可見其私奔無耻之狀。

《通解》曰：罔極爲無窮之意，善惡皆可言之。《園有桃》「謂我士也罔極」，爲志念無窮極；《蓼莪》「昊天罔極」，爲父母之德無窮極；《青蠅》「讒人罔極」、《桑柔》「民之罔極」，與此「士也罔極」，皆爲反覆無窮意。

輔氏曰：《谷風》與《氓》二詩皆怨。然《谷風》雖怨而責之，其詞直。蓋其初以正也。

《氓》則怨而悔之耳，其辭隱。蓋其初之不正也。

竹竿

《序》曰：《竹竿》，衛女思歸也。適異國而不見答，思而能以禮者也。

竹竿釣水特言之，衛非遠也。其謂之遠，亦托言也。

泉源之委在左，淇水之源在右。

一 ●㊀㊀㊀ 淇思之

二 ●㊀●㊀ 右(弟)〔母〕

三 ●㊀㊀㊀ 左瑳儺

四 ㊀㊀㊀㊀ 滺舟遊憂

芄蘭

《序》曰：《芄蘭》，刺惠公也。驕而(復)〔無〕禮，大夫刺之。

芄蘭，弱草，而枝葉長蔓。本不勝末，故以興童子無才，而不能稱其服飾也。「能不我知」，非不足以見知也，言其無過人之智。

「容兮遂兮，垂帶悸兮」，形容真切，直恁戲劇無賴。

《芄蘭》刺惠公，如魯昭公猶有童心之例。

按劉向《説苑》曰：「能治煩決亂者佩觿，能射御者佩韘。」此可以補朱《註》之缺。

一　㈠㈠㈠㈠㈡㈡　支觿觿知　遂悸下同

二　㈠㈠㈠㈠㈡㈡　葉韘韘甲

河廣

《序》曰：《河廣》，宋襄公母歸於衛，思而不止，故作是詩也。

此隱之旨引而不發，躍如也。正所謂詩在言外，極爲委婉，可以玩味。寥寥數言，占盡風人之致。唐人之詩尚有得此意者。

《説苑》：「襄公爲太子，請於桓公，立目夷。公問何故，對曰：『臣之舅在衛，愛臣，若終立則不可往矣。』」襄公思母而托言於舅，恐傷父之志也。母之慈，子之孝，皆止于義而不敢過焉。不幸處母子之變者，可以觀矣。

黃葵峰曰：此詩蓋作於宋桓公猶在，襄公方爲世子，衛猶未遷，而衛戴公、文公俱未立也。故所謂「誰謂河廣」者，時衛在河北，宋在河南，故自衛適宋必涉河也。舊説宋襄公即位，其母思之而作《河廣》之詩，則在衛（公文）〔文公〕時，乃狄人之後，戴公已渡河而南，安得又有河廣可渡哉？

一　●㊀●㊀　杭望

二　●㊀●㊀　刀朝

伯兮

《序》曰：《伯兮》，刺時也。言君子行役，爲王前驅，過時而不反焉。

「甘心首疾」，句法妙品，模寫情事可念。

膏，潘也。潘，《内則》訓淅米汁也。

殳，擊兵也。車有六建，殳居一焉。

「甘心首疾」，古詩「枯桑知天風，海水知天寒。入門各有媜，誰肯相爲言。」佛經云：「如人飲水，冷暖自知。」

兩「願言」字，即甘心之意。

《周禮》，王出入，則自左馭而前驅。

言「之東」者，周既東遷，衛自西北而往，故云。

《疏義》云：憂思之苦，本不能堪，而令人首疾也。但我則思而又思，寧甘心首疾而不辭耳。

稽康《養生論》：「合歡蠲忿，萱草忘憂。」兩物也。朱《註》謂一物，再考。

黄氏佐曰：憂思，非人之欲也而欲之，可以觀情矣。樹諼以忘憂，此人之常也。至于願言心痛，乃若不欲解者，思至于不欲解，非身嘗之，孰能知之。

有狐

《序》曰：《有狐》，刺時也。衛之男女失時，喪其配耦焉。古者國有凶荒則殺禮而多昏，會男女之無夫家者，所以育人民也。

近岸危處曰厲，一曰水自帶以上曰厲。

此亦托言之比，與《綿蠻》、《碩鼠》一例。言狐即鰥夫。其曰「之子」，猶《碩鼠》之稱女也。帶以束衣，謂束褌也。若以厲爲近岸，則帶亦尋常衣帶耳。

一　●㊀●㊀　梁裳

二　●㊀●㊀　厲帶

三　●㊀●㊀　側服

木瓜

《序》曰：《木瓜》，美齊桓公也。衛國有狄人之敗，出處于漕，齊桓公救而封之，遺之車馬器服焉。衛人思之，欲厚報之，而作是詩也。

此是暗比，亦與托言之比相似，不必補出正意。

黄葵峰曰：解經固難，解《詩經》尤難。蓋詩發乎人之性情，本乎人之心志，人之性情心志固有身相與處，而有未能悉其底裏者。況古今相去，以意迎之，安能一一盡得其旨哉。若此篇《集傳》所云，則朱子之《詩》耳。愚謂詩人之意有因事而賦者，而事在詞外；有托物而興者，而興在物外；有因物而比者，而意在言表。今徒揣其辭，以贈答語類私情，地是鄭衛，一槩有心求之，以爲淫詩，失之遠矣。

一　㊀㊀㊁㊁　瓜琚　報好下同

二　㊀㊀㊁㊁　桃瑶

三　㊀㊀㊁㊁　李玖

〔王〕

黍離

《序》曰：《黍離》，閔宗周也。周大夫行役，至于宗周，過故宗廟宮室，盡爲禾黍。閔周室之顛覆，彷徨不忍去，而作是詩〔也〕。

此詩詳玩本文，不見一宗周字，亦不及一宗廟宮室等字。今俱就感黍稷而興歌上言，不可露出宗周意思，亦不露出宗廟宮室，如此則有無限感慨之情，而于「謂我心憂」、「謂我何求」處自有含蓄，且不失詩人渾厚之旨。

箕子《麥秀之歌》曰：「麥秀漸漸兮，禾黍油油兮。彼狡童兮，不與我好兮。」《通解》曰：「以此詩較箕子之歌，便有質文之異。」

「悠悠蒼天」,《史記·屈原傳》曰:勞苦倦極,未嘗不呼天也。呼天而愬,曰至此者何人哉,蓋含蓄其詞,不欲指斥其人也。

「知我者謂我心憂,不知我者謂我何求」,本文極明白。今人多説不知者固不知,而知者未知我所憂者何在,卒亦歸于不知而已。此説非是。詩人實是心憂,寔説知我,至其所以憂者,詩人尚自含蓄不露。且一詩綱領,全在「心憂」二字,何緣以「謂我心憂」者亦作不知耶?此意詩中所無,爲此説者不過泥註中「莫識已意」,故曲爲之説。亦可謂過于信傳而敢于背經矣。且有知有不知,人不盡諒,便是莫識已意。朱子亦是會意解,未嘗謂兩項俱是不知,何勞如此斡旋耶。大抵説《詩》全要尋取立言之旨,若拘泥傳註,是説傳非説經矣。况與傳意相訛舛,豈不可笑。

此詩有知有不知,意重在不知,其言知者,用以換下不知。《鴻鴈》有知有不知,意重在知。其言不知,用以形上知者。俱不爲的然之語,而指意自明,温厚之趣,即此可見。若作一例,便是呆話。

謝疊山曰:吾讀《文侯之命》,知平王之不足有爲矣。所以訓戒晉文侯者,惟曰自保其國而已。王室之盛衰、故都之興廢悉置度外,吾於《黍離》之詩重有感夫。

「行邁」二句平看,有説行之靡靡以心之摇摇故也。此言外意,不用。

劉氏曰：《小弁》曰「踧踧周道，鞫爲茂草」，則《黍離》之感慨不待於大夫行役之時，而已兆於褒姒母子僭亂之日。大夫追怨之辭，有所歸矣。

讀《詩》看本文要圓活，看傳註要圓活，看諸家疏義要圓活。如渾天諸儀相似，能曉此義，無所不通。若一字拘泥，則無所不滯。此第一關鍵，不可不知矣。

嚴氏曰：正始之化行則以周變商，周之所以王，而積風爲雅也；哀亂之俗勝則反周而商，周之所以東，而雅降爲風也。王風次衛，著盛衰之變也。

曰苗、曰穗、曰實，變文叶韻，政如《桃夭》之例。

一　●㊀●㊀●㊀●㊀㊁㊁　苗搖憂求　天人下同

二　●㊀●㊀●㊁●㊁㊂㊂　穗醉　憂求下同

三　●㊀●㊀●㊁●㊁㊂㊂　實噎

君子于役

《序》曰：《君子于役》，刺平王也。君子行役無期度，大夫思其危難以風焉。

上曰羊牛者，叙其歸之先後也。下曰牛羊者，記其類之大小也。《埤雅》：羊性畏露，晚出而早歸，常先于牛。

「苟無饑渴」，苟字見無可奈何之意，字法能品。

《通解》曰：夫「鷄棲于塒」，則日之夕，日已夕則牛羊下來矣。蓋中一句關上下句也。如此句法古文中亦罕見。

謝疊山曰：「雨雪霏霏」，遣戍役而預言歸期也。「卉木萋萋」，勞還卒而詳言歸期也。「四牡之役，寧幾何時」，勞之曰「我心傷悲」。「吉甫在鎬，不過千里」，勞之曰「我行永久」。不如是無以體羣臣也。本推己及物之恕，爲叙情閔勞之仁，豈有無期度者哉。今君子于役，至于不知其期，仁恕之意泯然矣。

一　●㊀㊀㊀●㊀●㊀　期哉塒來思

二　●㊀㊀㊀●㊀●㊀　月佸桀括渴

君子陽陽

《序》曰：《君子陽陽》，閔周也。君子遭亂，相招爲禄仕，全身遠害而已。

陶陶、陽陽以心言，心之和發而爲聲容之和也。

「其樂只且」，只就作樂上咏歎之，但要形（客）〔容〕他中心無累、安舒自得之意。其安貧忘勞等意，並不須説。

一　㊀㊀㊀●　陽簧房

二　㊀㊀㊀●　陶翿敖　末句獨韻收。

揚之水

《序》曰：《揚之水》，刺平王也。不撫其民而遠屯戍于母家，周人怨思焉。

此詩但言室家不得與己同役，而役非其職之意，隱然見于言外。亦有味乎其言。

劉氏曰：平王所以但知母家之重，而不知弑父之仇者，皆自疇昔怨父一念之差所致也。

一　●㊀●㊀㊁㊁　薪申　懷歸下同

二　●㊀●㊀㊁㊁　（苓）〔楚〕甫

三　●㊀●㊀㊁㊁　蒲許

中谷有蓷

《序》曰：《中谷有蓷》，閔周也。夫婦日以衰薄，凶年饑饉，室家相棄爾。

三章皆深悲極痛之詞。

蓷一名充蔚，一名菴蔄，能旱草也。

古之王者養民之生，及其後也，聽民之自生。至于不能聽民之自生，而又有以戕其生，則民始有不聊生者矣。《中谷有蓷》之民，不聊生之甚者也。

「何嗟及(也)〔矣〕」，只是窮困之極，而無可奈何之詞耳，無有安命意。

前二章末二句，亦皆是悲其窮厄，無有相原意。

一　●⊖●⊖⊖⊖　乾嘆嘆難

二　●⊖●⊖⊖⊖　修歗歗淑

三　●⊖●⊖⊖⊖　濕泣泣及

兔爰

《序》曰：《兔爰》，閔周也。桓王失信，諸侯背叛，搆怨連禍，王師傷敗，君子不樂其生焉。

徐士彰曰：嗚呼！鴻飛冥冥，弋人何慕焉。則爰爰之兔固不足言，而離羅之雉其亦自貽伊戚者也。

禍及君子，便見得天下多事。

一　●㊀㊀㊀●㊀㊀　羅初爲罹吪

二　●㊀●㊀●㊀㊀　罦造憂覺

三　●㊀●㊀●㊀㊀　罿庸凶聰

葛藟

《序》曰：《葛藟》，王族刺平王也。周室道衰，棄其九族焉。

「莫我有」，猶云視之若無。

《通解》曰：葛藟猶能庇其本根，左氏所云，似此詩托興之義。

一　●㊀●㊀㊀㊀　滸父父顧

二　●㊀●㊀㊀㊀　涘母母有

三　●㊀●㊀㊀㊀　漘昆昆聞

采　葛

《序》曰：《采葛》，懼讒也。

「彼采葛兮」，蓋托言以指其人，猶《氓》之稱「復關」耳。

呂東萊曰：葛爲絺綌，蕭供祭祀，艾療疾病，特訓釋三物，(非)非取義于此也。

(蔡)〔黄〕葵峰曰：此詩蓋喻君子出而有爲，或(秦)〔奉〕使四方，或承事他境，睽違雖不多時，然而讒邪方盛，乘間而投，未免風雷交異，禍生不測。故雖睽違一日，其心兢兢恐懼，即如三月、三秋、三歲之久也。

又曰：「莫道兩京非遠別，春明門外即天涯」，亦是此意。鼂錯之與景帝，非不愛也，袁盎一言，頃刻便斬東市。離搆之生于不相見，豈可不爲之寒心哉。

一　⊖●⊖　葛月

二　⊖●⊖　蕭秋

三　⊖●⊖　艾歲

大車

《序》曰：《大車》，刺周大夫也。禮義陵遲，男女淫奔，故存古以刺今大夫不能聽男女之訟焉。

言其車服之聲容，以見一時氣勢威靈，不可玩視。

「有如皦日」，左氏云有如河，有如日，有如白水。

《疏義》曰：哀痛如《黍離》，可謂忠矣。以政刑治民，如《大車》，亦庶乎有能者。

《通解》曰：《記》云：「君子禮以好德，刑以防淫。」又曰：「夫禮坊民所淫，章民之別，故男女無媒不交，無幣不相見，恐男女之無別也。」大夫能使民生畏心，則其所以坊之者，必有禮以爲刑政之本矣。

一　⊖⊖●⊖　檻菼敢

二 ⊖⊖●⊖ 啍璊奔

三 ⊖⊖●⊖ 室穴日

丘中有麻

《序》曰：《丘中有麻》，思賢也。莊王不明，賢人放逐，國人思之，而作是詩也。

顧望之意，以漸而深。

《疏義》曰：以忘親逆理、衰懦柔弱之平王爲東都之始王，則王室可知矣。是以使民無聊賴如《兔爰》，流離失所如《葛藟》，室家相棄如《中谷有蓷》，而《采葛》、《有麻》淫奔亂俗又如此，周轍欲西，難哉！故都禾黍，痛惜而已。

一 ⊖⊖⊖⊖ 麻嗟嗟施

二 ⊖⊖⊖⊖ 麥國國食

三 ⊖⊖⊖⊖ 李子子玖

〔鄭〕

緇衣

《序》曰：《緇衣》，美武公也。父子並爲周司徒，善於其職，國人宜之，故美其德，以明有國善善之功焉。

曰：此詩據《左傳》，必美武公而作。蓋桓公之薨已在幽王被弑時，此詩作於東都，其爲武公明矣。柄中兼桓公言者①，見武公之能繼也，説時宜得此意。

詩人無已之愛，改衣不盡，寄之適館；適館不盡，寄之授粲。若乃衣改矣，館適矣，粲授矣，而其衷誠藴結，猶然如故，視向三者，未足表其萬一也，且柰之何哉。故曰「中心藏之，何日忘之」，言曰不啻若是其口出，《緇衣》詩人之謂也。

此詩當上下每二句相連，自爲一意，而文義不斷。

曰：《緇衣》即《士冠禮》所謂「玄冠朝服，緇帶素韠」是也。蓋服之以聽政者。

---

① 「柄」，誤，似當作「序」。

曰：犬戎之變，父死其君；東都之遷，子定其鼎。當時列侯之德固未有出于桓、武之右者。至于周、鄭交惡，取禾中肩，而《緇衣》之風不已替乎？《春秋》之責，治有所歸矣。《左氏》隱公三年，周鄭交質，君子曰：「信不由衷，質無益也。」

蘇氏曰：諸侯入爲卿士，皆授館于王室。

《序》傳曰：司徒之職掌十二教。

《箋》曰：「緇衣者，居私朝之服也。天子之朝服，皮弁服也。」《疏》：「《考工記》曰：『染法三入爲纁，五入爲緅，七入爲緇。』《注》云：『染纁者三入而成，又再染以黑乃成緇。』」《箋》曰：「卿士所之之館在天子宮，如今之諸廬也。自館還，在采地之都我則設（粲）（餐）以授之。」《疏》曰：「諸廬，謂天子宮内，卿士各立曹司，有廬舍以治事也。」

一　㊀㊀㊁㊁　宜爲　館粲下同

二　㊀㊀㊁㊁　好造

三　㊀㊀㊁㊁　蓆作

將仲子

《序》曰：《將仲子》，刺莊公也。不勝其母以害其弟，弟叔失道而公弗制，祭仲諫而公弗聽，小不忍以致大亂焉。

《輔氏》曰：此詩雖爲淫奔之詩，然其心猶有所畏，未至蕩然而無忌也。故列于《鄭風》之首，以見其爲國之始變云。

曰：由踰里而墻而園，仲之來也以漸而迫。由畏父母而諸兄而國人，女之畏也以漸而遠。

《箋》曰：（仲子，祭仲也。）①驟諫莊公，不能用其言，故言請固拒之。「無踰我里」喻言無干我親戚也，「無折我樹杞」喻言無傷我兄弟也。仲初諫曰：「君將與之，臣請事之；君若不與，臣請除之。」段將爲害，我豈敢愛之而不誅與，以父母之故，故不爲也。懷私曰懷，言仲子之言可私懷也，我迫于父母有言，不得從也。

---

① 「仲子，祭仲也」，毛《傳》文。

《傳》曰：桑，木之衆也。諸兄，公族。

陸機疏曰：杞，柳屬，生水傍。樹如柳，葉粗而白色，理微赤，故今人以爲車轂。今共北淇水傍、魯國泰山汶水邊，純杞也。檀木皮正青滑澤，與繫迷相似，又似駮馬。駮馬，梓檎。故里語曰：「斫檀不諦得繫迷，而迷尚可得駮馬。」繫迷一名挈橀，故齊人諺曰：「上山斫檀，挈橀先殫。」

一　●㊀㊀●㊀㊁●㊁　里杞母　懷畏下同

二　●㊀㊀●㊀㊁●㊁　墻桑兄

三　●㊀㊀●㊀㊁●㊁　園檀言

叔于田

《序》曰：《叔于田》，刺莊公也。叔處于京，繕甲治兵，以出於田，國人説而歸之。

嚴氏曰：此皆其私黨之言，亦猶河朔之人以安史爲聖之類。

徐士彰曰：美者，言其無可憎議也。以其與衆混處，故見其仁；以其與衆飲酒，故見其好；以其與衆服馬，故見其武也。夫以國之介弟居守名都焉，出居閭巷，襍民伍而爲飲酒服馬之事，豈非欲與爲大姦矣乎。叔之逆，豈待使貳守貳而復見也？

廬陵彭氏曰：玩味此詩，宛然如見叔段輕獧浮楊之意。如今之貴族輕蕩子，閭里少年朋徒追逐，而極口誇美之也。

《箋》曰：武，有武節。

一　㊀㊀㊀●㊀　田人人仁

二　㊀㊀㊀●㊀　狩酒酒好

三　㊀㊀㊀●㊀　野馬馬武

大叔于田

《序》曰：《大叔于田》，刺莊公也。叔多才而好勇，不義而得衆也。

「火烈具舉」，所謂焚林而田也。

鄭氏曰：叔以國君介弟之親，京叔、大叔之貴，而所好者馳驅弋獵也，所矜者袒裼暴虎也，所賢者射御足力也，出而人思之者飲酒服馬之儔也。氣習至此，而又持其君母之愛，玩于莊公之惟其所欲，而莫之誰何也。欲不爲亂，得乎？

子先曰：讀以上二詩，固足以見陝、洛之間背公私黨之習，亦足以見其鼓勇任俠之氣。末章「喜其無傷」意不用。釋冰、鬯(兮)〔弓〕，意氣洋洋，可想見也。始而具舉，既而具阜，將終而具揚，善形容火勢。乃知詩人體物之妙，一字不苟。

《箋》曰：如組者，如組織之爲也。

《傳》曰：藪澤，禽之府也。狃，復。

《傳》曰：「如手，進止如御者之手。」《箋》曰：「如人左右手之相佐助也。」按：如組、如手，鄭註佳。今解無味。

《傳》曰：挎所以覆矢。

《箋》曰：射者蓋矢弢弓，言田事畢。

《傳》曰：掤所以覆矢。

一　●㊀㊀㊀㊀㊀㊀㊀㊀㊀　馬組舞藪舉虎所狃女

二　●㊀㊀㊀○㊀㊁㊁㊂㊂①　黃襄行揚　射御　控送

三　●㊀㊀㊀㊀㊀㊁㊁㊂㊂　鴇首手藪阜　慢罕　掤弓

《詩》有二章以下因用前章之句，前叶而後不叶。如此篇首章「叔在藪」，本叶舞、舉，而次

① 此章韻譜中「○」當作「●」。

章因用此句，遂不叶行、揚。又如《園有桃》第三句「心之憂矣」本叶殺、謡，次章因用此句，遂不叶食、國。如此之類但指一二，不能備也。

清〔人〕

《序》曰：《清人》，刺文公也。高克好利而不顧其君，文公惡而欲遠之不能，使高克將兵而禦狄于竟，陳其師旅，翱翔河上，久而不召。衆散而歸，高克奔陳。公子素惡高克，進之不以禮，〔文公〕退之不以道，危國亡師之本，故作是詩也。

《箋》曰：禦狄于境，時狄侵衛。

將軍，則將在中，左執御，右執兵器。士卒之車，則左持弓，右持矛，中人御。

《疏》：《方言》曰：「矛，吴、楊、江淮、南楚、五湖之間謂之鍦，音蛇。或謂之鋋，音蟬。或謂之鏦，錯江反。其柄謂之矜。巨中反。」

《傳》曰：重喬，累荷也。

《箋》曰：喬，矛矜近上及室題，所以縣毛羽。

《疏》曰：題，頭也。室，斂削名也。《方言》曰：「斂削自河也北，燕趙之間謂之室。」此言室，謂矛頭受刃處也。削音笑。

一　㊀㊀㊀㊀　彭旁英翔

二　㊀㊀㊀㊀　消麃喬遥

三　㊀㊀㊀㊀　軸陶抽好

羔　裘

《序》曰：《羔裘》，刺朝也。言古之君子，以風其朝焉。

「舍命」舍字，與「敬以作所」、「所其無逸」二所字同義。字法能品。司直猶司馬、司命之類，不專指諫君。只是中立不倚、危言危行之意。

《傳》曰：洵，（珣）〔均〕。侯，君也。

《箋》曰：羔裘，諸侯之朝服也。言古朝廷之臣皆忠直且君也。君者正其衣冠，尊其瞻視，儼然人望而畏之。

《傳》曰：三英，三德也。

《箋》曰：三德，剛克、柔克、正直也。粲，衆意。

《序》箋曰：鄭自莊公而賢者陵遲，朝無正直之風，故刺之。

一 ㊀㊀●㊀ 濡侯渝

二 ㊀㊀●㊀ 飾力直

三 ㊀㊀●㊀ 晏粲彥

遵大路

《序》曰：《遵大路》，思君子也。莊公失道，君子去之，國人思望焉。

《傳》曰：「寁，速也。」《箋》曰：「子無惡我擥持子之袂，我乃以莊公不速於先君之道，使我然。好猶善也，不速于善道。」

一 ㊀㊀㊀㊀ 路袪惡故

二 ㊀㊀㊀㊀ 道手魗好

女曰雞鳴

《序》曰：《女曰雞鳴》，刺不説德也。陳古義以刺今，不説德而好色也。

翱翔，有急速争時之意。「弋鳧與鴈」正具勒葉處，不獨爲飲酒之故而已。

「將翱將翔」，《淮南子》：「非争其先也，而争其得時也。」

「莫不静好」，《漢書》：「心和則氣和，氣和則形和，形和則聲和。」

曰：來者，致其來；贈者，贈其往。字義相應。

順者，即《莊子》所謂莫逆於心是也。

好之者，好其善也。我好彼善，是彼以善施我，故曰報之。字亦相應。

黄葵峰曰：治生之事非止「弋鳧與鴈」，此亦托弋鳧鴈一事，而諸所治生自可意會耳。

《序》箋曰：德謂士大夫賓客有德者。

《箋》曰：夫婦相警覺以夙興，言不留色也。

「明星有爛」，《傳》曰：「小星已不見也。」《箋》曰：「早于别色時。」

《箋》曰：「言無事則往弋射鳧鴈，以待賓客爲燕具。」「言我也。子謂賓客也。」

《疏》：《玉藻》曰：「天子佩白玉，諸侯佩山玄玉，大夫佩水蒼玉，世子佩瑜玉，士佩瓀玉。」

一　●㊀●㊀●㊀　旦爛鴈

二　㊀㊀㊀㊁㊁●㊁①　加宜　酒老好

三　㊀㊀㊁㊁㊁㊂㊂②　來贈　順問　好報

來贈之叶，不得其故。或贈、順、問同，而來字非韻。疑不能明也。

有女同車

《序》曰：《有女同車》，刺忽也。鄭人刺忽之不昏於齊，太子忽嘗有功於齊，齊侯請妻之，齊女賢而不取，卒以無大國之助，至於見逐，故國人刺之。

于「瓊(居)〔琚〕」言其美色，于「將將」言其德音，各以其類也。

「將翺將翔」，《神女賦》：「婉若游龍乘雲翔」；《洛神賦》：「翩若驚鴻，婉若游龍」；又曰：「竦輕軀以鶴立，若將飛而未翔」；又曰：「體迅飛鳧，飄忽若神，凌波微步，羅襪生塵。」

黄葵峰曰：翺翔車中，衣服迎風，輕舉之貌。

---

① 此章韻譜衍一「㊀」。

② 此章韻譜衍一「㊁」。

張叔翹曰：《史記》：「司馬相如之臨邛，從車騎閑雅甚都。」則都與閑雅當是二義。毛氏便以閑訓都，未詳所出。

黄葵峰曰：朱子以爲淫詩，然「佩玉瓊琚」豈常人有此。又姜爲齊姓，其非淫詩明矣。

《序》箋曰：忽，鄭公世子，祭仲逐之而立突。

《傳》曰：親迎，同車也。

《傳》曰：佩有瓊琚，所以納間。

《疏》：《釋草》曰：「椴，木槿。櫬，木槿。其樹如李，其華朝生暮落，與草同氣，故在草中。」陸機云：「齊魯之間，謂之王蒸。」

《箋》曰：都，閑習婦禮。

《傳》曰：行，行道也。

《箋》曰：女始乘車，壻御輪二周，御者代壻。

一　○○●○○○　車華琚都

二　○○●○○○　行英將忘

山有扶蘇

《序》曰：《山有扶蘇》，刺忽也。所美非美然。

黄葵峰曰：子都、子充以喻賢才；狂且、狡童，以喻奸佞。此昭公之所美非美，而無以自立也。

《傳》曰：「興也。」《箋》曰：「興者，扶胥之木生於山，喻忽置不正之人於上位也。荷花生於隰，喻忽置有美德者於下位也。此言用臣顛倒失其所。」

《疏》曰：荷花未開曰菡萏，已發曰芙蕖。《釋草》云：「其實蓮，其根藕，其中菂，菂中薏。」

《箋》曰：高松在山上，喻忽無恩澤於大臣也。紅草放縱枝葉於隰中，喻忽聽恣小臣。此又言養臣顛倒失其所也。

《疏》：《釋草》云：「紅蘢其大者蘬。」陸機云：「一名馬蓼，大而赤白色，生水澤中，高丈餘。」

《傳》曰：子充，良人也。

《箋》曰：狡童，有貌而無實。

一　㊀㊀㊀　蘇華都且

二　㊀㊀㊀㊀　松龍充童

蘀兮

《序》曰：《蘀兮》，刺忽也。君弱臣强，不倡而和也。

陸機有言：「落葉(似)〔俟〕微風以隕，而風之力蓋寡；孟嘗遭雍門以泣，而琴之感以末。何(則)〔者〕？欲隕之葉無所假烈風，將墜之泣不足煩哀響也。」此以簸(蘀)〔蘀〕而風飄，興彼倡而此和，蓋亦取相應相求之意。

呂東萊曰：昭公微弱孤危，其羣臣相謂：國勢如槁葉之待衝風，難將及矣。叔兮伯兮，盍各自謀，爾倡我則我和女，要女矣。要謂要結也。蓋君不能倡，故其下自相倡和也。

《序》箋曰：不倡而和，君臣各失其禮，不相倡和。

《傳》曰：「興也。」《箋》曰：「興者，風喻號令也，喻君有政教臣乃行之。言此者，刺今不然。叔伯，羣臣相謂也。羣臣無其君而行，自以强弱相服，女倡矣我則將和之。言此者，刺其自專也。」

一 ㊀㊁㊀㊁ 蘀伯隔 吹和隔

二 ㊀㊁㊀㊁ 蘀伯隔 漂要隔

狡童

《序》曰：《狡童》，刺忽也。不能與賢臣圖事，權臣擅命也。

范氏曰：昭公有狂狡之志而無成人之實，孤危將亡，君子憂之，至於不能餐息，愛君之至也。

張叔翹曰：朱子以昭公鄭國之君，不應以狡童目之。又其即位年已壯大，不可謂童也，故斥《序》說。余謂箕子《麥秀之歌》曰「彼狡童兮，不與我好兮」，《史記》謂狡童指紂也，正如此詩之意。夫紂豈非箕子之君，而當其懸頭太白時，豈復童穉之年耶？然則《序》亦未可盡非也。

一 ●○●○ 言餐

二 ●○●○① 食息

褰裳

《序》曰：《褰裳》，思見正也。狂童恣行，國人思大國之正己也。

輔氏曰：《山有扶蘇》，已得而其欲未（壓）〔厭〕之詞；《蘀兮》，未得而亟欲得之詞；《狡（重）〔童〕》，則已絶而又欲别圖之詞；《褰裳》，則未絶而防其欲絶之詞。

《序》箋曰：「狂童恣行」，謂突與忽争圖，更出更入而無大國正之。

《箋》曰：子者，斥大國之正卿。子若愛而思我，我國有突篡國之事，而可征以正之。我則揭衣渡溱水，往告難也。言他人者，先鄉齊晉宋衛，後之荆楚。

《傳》曰：狂行童昏所化也。

《箋》曰：狂童之人，日爲狂行，故使我言此也。

① 此篇韻譜當作：
一 ●○●○
二 ●○●○

一　●㊀●㊀●　溱人

二　●㊀●㊀●　洧士

詩有末句不用韻者，此詩是也。有首二句不用韻者，「滔滔不歸」、「淮水泱泱」、「左右秩秩」是也。皆用韻之變格也。「彼茁者葭」與此篇相似而微有不同。彼首章葭、豝、虞本叶，而次章則因前章之語，說見《大叔于田》。

丰

《序》曰：《丰》，刺亂也。婚姻之道缺，陽倡而陰不和，男行而女不隨。

《箋》曰：子謂親迎者。中衣裳用錦，而上加禪縠焉，爲其文之大著也。庶人之妻嫁服也，士妻紂衣纁袡。

一　㊀㊀㊀　丰巷送

二　㊀㊀㊀　昌堂將

三　●㊀●㊀　裳行

四　●㊀●㊀　衣歸

東門之墠

《序》曰：《東門之墠》，刺亂也。男女有不待禮而相奔者也。

《通解》曰：室邇人遠者，其居甚近而未得就之也。後世淫亂多襲用之。

《傳》曰：男女之際近而易，則如「東門之墠」；遠而難，則如「慮在坂」。

《箋》曰：茅蒐之爲難淺矣，易越而出，此女欲奔男之詞。

《疏》：陸機曰：「茅蒐一名地血，齊人(爲)〔謂之〕茜，徐州人謂之牛蔓，然則今之蒨草是也。」

《傳》曰：「栗，行上栗也。踐，淺也。」《箋》曰：「栗而在淺家室之內，言易竊取。栗，人所(喰)〔啗〕食而甘嗜，故女以自喻。」

一　⊖⊖⊖⊖①　墠阪遠

二　⊖⊖●⊖　栗室即

---

① 此章韻譜當作「⊖⊖●⊖」。

風雨

《序》曰：《風雨》，思君子也。亂世則思君子，不改其度焉。

徐士(焉)〔彰〕曰：「風雨如晦，鷄鳴不已」，讀之者有天地晦冥、異喙争嘵之盛意。

黄葵峰曰：士君子當昏亂之時，舉世波蕩風靡，而以得見中立不變之君子爲喜。凡有感時憂世之心者，未有無是思也。安得以邪心觀之？則亦安往而非邪哉。

《疏義》曰：喜幸之意，反覆道之。

《傳》曰：興也，風且雨，凄凄然。鷄猶守時而鳴，喈喈然。

一　㊀㊀●㊀　凄喈夷

二　㊀㊀●㊀　瀟膠瘳

三　㊀㊀●㊀　晦已喜

子衿

《序》曰：《子衿》，刺學廢也。亂世則學校不修焉。

此詩朱子謂「其詞儇薄，不可施之學校」，而《白鹿洞賦》「廣青衿之疑問」，則仍用《序》說。

黃葵峰曰：世亂學校不修，學徒離散，賢者昔司學校之教，隱身無與共修，故賦此詩，重致意焉。

《傳》曰：「青衿，青領也，學子之所服。」《箋》曰：「學子而俱在學校之(仲)〔中〕，己留彼去，故隨而思之耳。」

傳曰：「嗣，習也。古者教以詩樂，(樂)誦之歌之，絃之舞之。」《箋》曰：「嗣，續也。女曾不傳聲，問我以恩，責其忘也。」

傳曰：佩，〔佩〕玉也。士佩瓀珉而青(二)〔組〕綬。

《箋》曰：國亂，人廢學業，但好登高，見於城闕，以候望爲樂。君子之學以文會友，以友輔仁，獨學而無友則孤陋而寡聞，故思之甚。

一　㊀㊀●㊀　衿心音

二　㊀㊀●㊀　佩思來

三　㊀㊀●㊀　達闕月

揚之水

《序》曰：《(楊)〔揚〕之水》，閔無臣也。君子閔忽之無忠臣良士，終以死亡，而作是詩也。

曰：「揚之水，不流束楚」，力則弱矣。「終鮮兄弟，唯予與女」，儔則寡矣。復可信人言而相棄乎。

《傳》曰：揚，激揚也。激揚之水，可謂不能(漂)流〔漂〕束楚乎。

《箋》曰：激揚之水，喻忽政教亂促；不流束楚，言其政不行于臣下。

《箋》曰：忽兄弟爭國，親戚相疑，後竟寡于兄弟之恩，獨我與女有耳。作此詩者，同姓臣也。

一　●㊀●㊀●㊀　楚女女

二　●㊀●㊀●㊀　薪人信

出其東門

《序》曰：《出其東門》，閔亂也。公子五争，兵革不息，男女相棄，民人思保其室家焉。

《序》箋曰：五争者，謂突（冉）〔再〕也，忽、子亹、子儀各一也。

《箋》曰：有女，謂諸見棄者也。如雲者，如其從風，東西南北，心無有定。

《傳》曰：縞衣男服，綦巾女服。

《箋》曰：縞衣綦巾，所（謂）〔爲〕作者之妻服也。時亦棄之，迫兵革之難，不能相畜，心不忍絶，故言且（聊）〔留〕樂我員。此思保其室家，窮困不得有其妻，而以衣巾言之，（思）〔恩〕不忍斥之。綦，綦文也。

《傳》曰：荼，英荼也，言皆喪服也。

《箋》曰：闍謂國外曲城之中，市里也。荼，茅秀，物之輕者，飛行無常。

《疏》曰：《釋草》有「荼，苦菜」，又有「荼，委菜」。《邶風》「誰謂荼苦」，即苦菜也。《周頌》「以至荼蓼」，即委菜。鄭於《地官・掌荼注》及《既夕注》與此《箋》皆云「荼，茅秀」，然則此言如荼，乃是茅草秀出之穗，非比二種荼草也。言「荼，英荼」者，英是白貌，吴王夫差黄池之會，言「白常白旗、素甲白羽之矰，望之如荼」。

一 ㊀㊀㊀㊀㊀㊀ 門雲雲存巾員

二 ㊀㊀㊀㊀㊀㊀ 闍荼荼且藘娱

野有蔓草

《序》曰：《野有蔓草》，思遇時也。君之澤不下流，民窮於兵革，男女失時，思不期而會焉。

「婉如清揚」，如字亦與而通。或曰猶言清揚婉如，倒句法也。

《通解》曰：清揚以眉目之間言者，猶《楚詞》「目成」之意，但不顯言耳。又曰：《左傳》昭十六年，晉范宣子聘鄭，鄭六卿餞宣子，宣子請賦。子齹賦《野有蔓草》，子太叔賦《褰裳》，子游賦《風雨》，子旗賦《有女同車》，子柳賦《蘀兮》。若皆淫奔之詩，諸子者何爲不諱于客乎？不然，則諸子之志荒矣。

《箋》曰：蔓草而有露，謂仲春之月草始生霜爲露也。《周禮》，仲春之月，令會男女之無夫家者。

《傳》曰：興也。

一　●㊀●㊀●㊀　溥婉願

二　●㊀●㊀●㊀　瀼揚臧

溱洧

《序》曰：《溱洧》，刺亂也。(丘)〔兵〕革不息，男女相棄，淫風大行，莫之能救焉。

黄葵峰曰：此詩舊作淫者自叙之詞，非也。觀詩内曰士曰女，則非其自作可見矣。淫風雖行，詩人指其事而刺之，亦可謂思無邪者矣。

輔氏曰：鄭國土地寬平，人物繁麗，情意駘蕩，風俗淫泆。讀是詩者可以盡得之。「詩可以觀」，詎不信然。

嚴氏曰：鄭、衛多淫詩，衛由上之化，鄭由時之亂也。《漢地里志》皆以爲風土之習固然，若是則教化爲虚言，而二《南》之義誣矣。

(宋)〔張〕叔翹曰：按鄭、衛諸詩，朱子直詘《小序》，而斷以爲淫詩，蓋本于夫子「鄭聲淫」

之一語。余謂淫之爲言，蓋取水溢于平之義，凡人性情所發不能約之于正，而其辭放蕩無節，即謂之淫。故《樂記》曰「鄭衛之音比于慢」，子夏云「鄭音好濫淫志」，不必男女相奔然後爲淫也。然則《小序》之説亦未可盡廢矣。近世程敏政、楊守陳輩求其説而不得，則以爲秦火之後漢儒誤收以足三百篇之數，不知《左傳》載列國所賦諸詩具在，則當時已播之歌詠，何得謂漢儒羼入乎。然通乎稽寔待虛之旨，涵濡而諷詠之，得其片言可以爲終身之益，則又不必一一指證某詩爲某人作也。嗚呼！此可與知音者道也。

《疏》：陸機曰：「蘭，莖葉似藥草。澤蘭廣而長節，節中赤，高四五尺。漢諸池苑及許昌宮中皆種之，可著粉中藏衣，著書中辟白魚。」

吕氏《讀詩記》曰：《釋文》曰「芍藥」，《韓詩》云「離草」也，言相離别，贈此草也。董氏曰：「《古今注》謂芍藥可離。《唐本草》：『可離，江離。』然則芍藥江離也。」

《箋》曰：仲春之時冰已釋，水則涣涣然。

《箋》曰：伊，因也。將，大也。

一　○㊀○㊀㊂㊁㊁●㊂●㊂㊂①　涣蕳　乎且乎下同　（藥）〔樂〕謔藥下同

① 此章韻譜當作「●㊀●㊀㊁㊁㊁●㊂●㊂㊂」，下章韻譜同。

二　〇一〇一二二三●三●三三　清盈

夫子所存三百篇皆雅詩也。中有刺淫之什，亦一時君子閔時悼俗之所爲，《小序》之説斷無可疑。止緣「鄭聲淫」之一語，遂一筆竄改以爲男女相奔之作。又《樂記》通言鄭、衛，而《論語》止言鄭聲，遂于《鄭風》改作女惑男，而《衛風》改作男惑女，輾轉遷就，但憑胸臆而已。夫聲與詩其義不同。詩者樂章載于篇翰，聲者樂音出于絲竹。所謂雅樂者，其曲折抑揚咸有度數，聽之者使人和平整肅，故謂雅。世下風移，趣求悦耳，變爲柔曼之調，音律凄婉，弄引煩雜。所謂繁聲，所謂靡靡之樂，所謂狄成滌濫之音，聽之使人心意蕩溢，不能自禁，故謂之淫焉。而鄭、衛並居東土，有師延之遺聲，獨長于此，且鄭爲尤甚。如《春秋傳》所載〔師〕悝、師觸、師筏、師慧諸人以爲上賂，行于諸侯，此其徵也。若其詩則鄭、衛所奏之詩與雅樂所奏之詩一然無異，獨其音聲順耳，蕩人情性，非復作樂之本意，是以舉爲至戒焉。其曰音慢，不曰其詩慢也；其曰聲淫，不言其詩淫也。若以諸詩爲淫奔者之作，目爲淫聲，夫子何以存而不削乎？宣子之聘，諸大夫何爲稱之以喻志乎？且此爲鄭聲，則所云雅樂者定是大、小《雅》也。辭義邪正，天淵不啻，何以曰似而非，若莠之于苗，紫之于朱乎？而所云淫樂之矇者，徒以其能奏此輩鄙穢褻瀆之辭而已，亦何難之有。列國之工何處不能，而獨貴師慧諸人，以爲賂于上國乎？

〔齊〕

鷄　鳴

《序》曰：《雞鳴》，思賢妃也。哀公荒淫怠慢，故陳賢妃貞女夙夜警戒，相成之道焉。

必東方明晏于雞鳴、蟲飛晏於東方明，言之序也。

雞鳴、朝盈等語只是微諷之詞。末章雖歸責於己，亦是微諷之辭。大抵風人之言，婉至如此。

徐士彰曰：不曰君之荒於内，而曰己之甘于同夢。不曰以君之故憎我，而曰以己之故憎君。其言温厚和平，深可玩味。《序》以此詩爲陳古刺今，而朱子亦止曰古之賢妃，則不知其何許人。或詩人設爲之，亦未可知也。今人多以爲齊妃，非是。

雞聲、蠅聲不必説相同，蓋兩聲自别，而賢妃之心警畏，聞蠅聲即以爲雞。緣其心亟欲聞雞，惟恐失告故也。此説固是。但愚意警畏之意，詩人口中不要發出，放在言外更爲得旨。大槩風人之致多是借有爲機，倚無爲用，説處不是詩，詩在不説處。譬如車輪之轉，非轂非軸，妙在于空。又如鼓響於桴，聲不在木；火傳於薪，光不在燼。若將意思一句説盡，便如嚼蠟無味，又如力盡箭墜，氣勢索然矣。領畧此旨，其于説《詩》已得大半，不□□□敝耳聾，相去逾遠。

《傳》曰：雞鳴而夫人作，朝盈而君作。東方明則夫人纚，色蟹反。笄而朝，朝（既）已昌盛，則君聽朝。

一　㊀㊀㊀㊀　鳴盈鳴聲
二　㊀㊀㊀㊀　明昌明光
三　○○●○①　薨夢憎

還

《序》曰：《還》，刺荒也。哀公好田獵，從禽獸而無厭，國人化之，遂成風俗。習於田獵謂之賢，閑于馳逐爲之好焉。

儇還、茂好、昌臧俱酬報之言，字義各相應。

① 此章韻譜當作「㊀㊀●㊀」。

馳驟相遭，互爲稱譽。呂氏所謂意氣飛動，鬱鬱見於眉睫之間，得其神矣。《疏》曰：《釋獸》云：「狼，牡（驩）〔貛〕，牝狼，其子獥絶有力迅。」陸機云：「其鳴能小能大，善爲小兒啼聲以誘人，去數十步，其猛捷者雖善用兵者不能免也。其膏可煎，和其皮可爲裘。故《禮記》云『狼臅膏』，又曰『君之右虎裘，厥（在）〔左〕狼裘』是也。」

一　㊀㊀㊀㊀　還間肩（獧）〔儇〕

一　㊀㊀㊀㊀　茂道牡好

三　㊀㊀㊀㊀　昌陽狼臧

著

《序》曰：《著》，刺時也。時不親迎也。

不言其不親迎，而但言其俟我之處及服飾之美。語氣含蓄，意旨躍然，豈不有味乎其言。「間闗」之詩曰「覯爾」，此詩曰「俟我」。玩俟我二字，便含譏刺之意。紞用雜采，每章舉一色言之，瓊華、瓊英、瓊瑩，亦只是一物。木謂之華，草謂之榮，不榮而實謂之秀，榮而不實謂之英。則凡言瓊華、瓊英、瓊瑩、琇實，皆以草木之華形容玉之光色也。

黄氏佐曰：冕而親迎，夫子所以告哀公；履緰逆女，《春秋》所以譏紀子。是故親迎于衛，是世子而親迎也。韓侯迎止，是諸侯而親迎也。齊亦山東望國，獨不聞此乎。此詩疑以刺俗，而託爲婦言者。

《序》箋曰：時不親迎，故陳親迎之禮以刺之。

《疏》：孔子曰：「紞即今之絛，繩爲之，人君五色，人臣則三色①。」

一　㊀㊀㊀　著素華

二　㊀㊀㊀　庭青瑩

三　㊀㊀㊀　堂黄英

東方之日

《序》曰：《東方之日》，刺衰也。君臣失道，男女淫奔，不能以禮化也。

曰：室在寢内，闥在門内。日來暮去，來則在室，去則在闥，在闥，將行也。

---

① 此句孔《疏》未見，蓋檃括《魯語》敬姜之言而誤。

《疏義》曰：《詩》中之興，語不相應，事不相因者，始見於此。

陸德明《音義》曰：本或作刺襄公詩，非也。《南山》以下始是襄公之詩。

《傳》曰：興也，日出東方，人君明盛，無不照察也。

《箋》曰：言東方之日者，愬之乎耳。有姝然美好之子來在我室，欲與我爲室家，我無之何也。日在東方其明未融，喻君不明。

《傳》曰：履，禮也。在我室者，以禮來我則就之，與之去也。言今者之子，不以禮來也。

《傳》曰：月盛於東方，君明於上若日也，臣察於下若月也。

《箋》曰：月以興臣，月在東方亦言不明。

一 ㊀●㊀㊀㊀ 日室室即

二 ㊀●㊀㊀㊀ 月闥闥發

東方未明

《序》曰：《東方未明》，刺無節也。朝廷興居無節，號令不時，挈壺氏不能掌其職焉。

《傳》曰：（析）〔折〕柳以爲藩圃，無益於禁也。瞿瞿，無守之貌。古者有挈壺氏以水火分日夜，以告時於朝。

《箋》曰：柳木之不可以爲藩，猶是狂夫不任挈壺之事。

一　㊀㊀㊁㊁　明裳　倒召

二　㊀㊀㊁㊁　晞衣　顛令

三　㊀㊀㊀㊀　圃瞿夜莫

南　山

《序》曰：《南山》，刺襄公也。鳥獸之行，淫乎其妹，大夫遇是惡，作詩而去之。

徐士彰曰：屨有繶屨、黄屨、白屨、黑屨、散屨五等，故曰五兩。衡，東西耕之。從，南北耕之也。

《傳》曰：衡獵之，縱獵之，然後得麻。

《箋》曰：「葛屨五兩」喻文姜(於)〔與〕姪娣及傅(母)〔姆〕同處，冠緌喻襄公也。(人)五〔人〕爲奇而襄公往，從而雙之，冠屨不宜同處，猶襄公、文姜不宜爲夫婦之道。

《箋》曰：取妻之禮，議於生者，卜於死者，此之謂告。

南山二句，《傳》曰：興也。

一 ㊀㊀●㊀㊀㊀ 崔綏歸歸懷
二 ●㊀●㊀㊀㊀ 雙庸庸從
三 ●㊀●㊀㊁㊁ 畝母 告鞠
四 ●㊀●㊀㊀㊀ 克得得極

甫田

《序》曰：《甫田》，大夫刺襄公也。無禮義而求大功，不脩德而求諸侯，志大心勞，所以求者非其道也。

曰：妄作則事不遂，妄想則心徒勞。齊急功利，故以此戒之。

徐士彰曰：先哲有謂《甫田》悟進學，《衡門》悟處世，亦可謂善讀《詩》矣。

桀桀，特然獨出之貌。忉忉，惻然不安之意。

《箋》曰：興者，喻人君欲立功致治，必勤身脩德，積小以成高大。

《傳》曰：興也。

一　㊀㊁㊀㊁　田人隔　驕忉隔
二　㊀㊁㊀㊁　田人隔　桀怛隔
三　㊀㊀㊀㊀　孌丱見弁

盧令

《序》曰：《盧令》，刺荒也。襄公好田獵畢弋而不脩民事，百姓苦之，故陳古以風焉。

盧，黑色也，世稱韓盧。

鬈、偲，要見武勇意。

《序》疏曰：《釋天》云：「噣直角反。謂之畢。」李巡曰：「噣，陰氣獨起，陽氣必至，故曰畢。畢，止也。」孫炎曰：「掩免之畢，或謂之噣。」郭璞曰：「因星形以名之。《月令註》云：『綱小而柄長，謂之畢。』」

《傳》曰：令令，纓環聲。言人君能有美德，盡其仁愛，百姓欣而奉之，愛而樂之，順時遊田，與百姓共其樂，同其獲，故百姓聞而說，音蛟。其聲令令然。

《箋》曰：鬈讀當作權，權，勇壯也。

《疏》(一)〔正〕義曰：子母環謂大環貫一小環也，一環貫二，謂一大環貫二小環也。

一 ⊖⊖ 令仁

二 ⊖⊖ 環鬈

三 ⊖⊖ 鋂偲

敝笱

《序》曰：《敝笱》，刺文姜也。齊人惡魯桓公微弱，不能防閑文姜，使至淫亂，爲二國患焉。

楊氏曰：許穆夫人思歸唁其兄，許人尤之，終以義不得而止。若魯莊公剛而有制，使魯人無肯從者如許人焉，則文姜雖欲適齊，尚可得乎？

《箋》曰：鰥，魚子也。

《箋》曰：言文姜初嫁於魯桓公之時，其從者之心意如雲然。雲之行順風耳，後知魯桓微弱，文姜遂淫恣，從者亦隨之爲惡。如雨，言無常。天下之則下，不下則止。水之性可停可行，皆言姪娣之善惡在文姜。

《疏》：陸機曰：「魴，今伊、洛、濟、潁魴魚也。廣而薄肥，恬而少力，細鱗，魚之美者。遼東梁水魴特肥而厚，尤美于中國魴。故其鄉語曰『居就糧，梁水魴』是也。鱮似魴，厚而頭大，魚之不美者。故里語曰『網魚得鱮，不如啗茹』。其頭尤大而肥者，徐州人謂之鰱，或謂之鱅，幽州人謂之鴞鶛，或謂(來)〔之〕胡鱅。」

《傳》曰：興也。

一　●㊀●㊀　鰥雲

二　●㊀●㊀　鱮雨

三　●㊀●㊀　唯水

載驅

《序》曰：《載驅》，齊人刺襄公也。無禮義，故盛其車服，疾驅於通道大都，與文姜淫，播其惡於萬民焉。

曰：通詩皆極道其明目靦顏，了無顧忌之狀。曰夕發，曰豈弟，曰遊遨，曰翱翔，形容盡矣。「魯道有蕩」，見國人觸目之地。

《序》箋曰：故，猶端也。

《傳》曰：發夕，自夕發至旦。

《疏》曰：《釋器》云：「輿〔革〕前謂之鞎，後謂之茀。」郭璞曰：「鞎以革鞔，車軾也。茀以韋鞔，後戶也。」又云：「竹前謂之禦，後謂之蔽。」孫炎曰：「禦以簟爲車飾也。」郭璞曰：「蔽以簟衣，後戶也。」

《箋》曰：此「豈弟」猶言發夕也，豈讀當作闓，音開。弟，《古文尚書》以弟爲圛，音亦。明也。

《傳》曰：翱翔，猶彷徉也。

一	⊖⊖●⊖	薄鞹夕
二	⊖⊖●⊖	濟（濔）〔濔〕弟
三	⊖⊖●⊖	湯彭翔
四	⊖⊖●⊖	滔儦敖

猗嗟

《序》曰：《猗嗟》，刺魯莊公也。齊人傷魯莊公有威儀技藝，〔然〕而不能以禮防閑其母，失子之道，人以爲齊侯之子焉。

《周禮·梓人》：「張皮侯而棲鵠則春以功，張五采之侯則遠國屬，張獸侯則王以息燕。」此所謂正，則五采之侯，蓋賓射也。諸侯朝會，王張此侯與之射，故曰遠國屬。《射人職》曰：「王以六耦射三侯，三獲、三容。樂〔以〕《騶虞》，九節五正。」

「抑若揚兮」，句法妙品。

李氏曰：莊公有威儀技藝之美，而不免《猗嗟》之刺；昭公習威儀之節，而不能止乾侯之禍；漢成帝善修容儀，升車正立不内顧，而不能制趙氏之禍。雖多才藝而不能務本，亦何補哉。

《通解》曰：只用一甥字，則其刺魯莊公明矣。

張叔翘曰：此爲齊人之詩，則「展我甥兮」。詩人本意蓋欲露出魯莊公來，未必有明非齊侯之子意。《小序》云揣摩之説，朱子因之耳。

《通解》曰：《記》言聲音必及干戚羽旄，然後謂之樂。故樂必舞而後成。雖國君之子教于成均，亦必成童舞象，既冠則舞《大夏》也。故舞是兼文武言。

晉樂廣云：凡論人必先稱其所長，則其所短不言自見矣。

嚴氏曰：變風之體，意在言外。如此詩極言其人之美而以歎息之辭發之，是其人所不足者必有出于容貌威儀技儀之外矣。讀者默會其意，見得自「猗嗟」而下，句句是稱美處，節節是歎息處，詞不急迫而意深切矣。

《傳》曰：抑，美色。揚，廣揚。目上爲(明)〔名〕，目下爲清。

《箋》曰：正，所以射於侯中者。天子五正，諸侯三正，大夫二正，士一正。外皆居其侯中參分之一焉。

《箋》曰：選，謂於倫等最上貫習也。

《傳》曰：四矢，乘矢。

《箋》云：禮射三而止，每射四矢，皆得其故處，此之謂復射。必四矢者，象其能禦四方之亂也。

一　⊖⊖⊖⊖⊖　昌長揚揚蹌臧

二　⊖⊖●⊖⊖　名清成正甥

三　⊖⊖⊖⊖⊖　孌婉選貫反亂

〔魏〕

葛屨

《序》曰：《葛屨》，刺褊也。魏地陿隘，其民機巧趨利，其君儉嗇褊急，而無德以將之。

「摻摻」四句，總是褊急，皆由俗之儉嗇來。輔氏説非是。

繚戾猶言繚綃。

唐人論《詩》有隱字體，謂「可以履霜」之上隱下不字，其説非也。「可以履霜」者，本是不可履霜，而今却用以履霜，一似可以履霜者然。此言與「宜岸宜獄」一例，意旨殊佳。若作隱字格，則淡然無復義趣。惟「不戢不難，受福不那」，古詩「黄鳥不戀枝」，此則不字上似有豈字。古詩「枯桑知天風，海水知天寒」，此則知字上似有不字，謂之隱字亦無不可。然尋其語氣，頗似詰問之意。會得此意，當知豈字、不字亦不消得。故曰：古人文字圓滿具足，後人補綴皆畫蛇添足也。

嚴氏曰：齊始伯也，晉代興也。齊之次在晉，而魏乃晉之所滅也。魏先唐，猶邶、鄘之先衛也。

黄葵峰曰：此詩乃詩人詠以爲刺，亦非女子所作。

《傳》曰：糾糾，猶繚繚也。

《箋》曰：葛屨賤，皮屨貴。魏俗至冬猶謂葛屨可以履霜，利其賤也。言女子者，未三月，未成爲婦。裳，男子之下服，賤，又未可使縫。俗使未三月婦縫裳者，利其事也。

《傳》曰：提提，安諦也。婦至門，夫揖而入，不敢當尊，宛然而左辟。

《箋》曰：婦新至，慎于威儀如是，使之非禮。

《箋》曰：服，整也。襋也，領也，在上。好人尚可使整治之，謂屬著之。

一 ●㊀●㊀㊁㊁ 霜裳 襋服

二 ㊀㊀㊀●㊀ 提辟揥刺

汾沮洳

《序》曰：《汾沮洳》，刺儉也。其君儉以能勤，刺不得禮也。

是貴人而曰不似貴人，轉其語以爲刺也。

張叔翹曰：以上二詩蓋皆爲在位者儉嗇褊急，非居上之體，所以刺之。故曰「國奢則示之以儉，國儉則示之以禮」。

又曰：玩二詩所謂女子縫裳、采桑、采莫，政與公儀休拔園葵、去織婦者相反，蓋有與民争利之意，所以刺之。特詩人語意含蓄不露耳。若止是儉嗇，亦未可刺也。

《箋》曰：言我也采莫以爲菜，是儉以能勤。雖然，非公路之禮也。公路主君之軞車，庶子爲之。晉趙盾爲軞車之族，是也。

《傳》曰：萬人爲英。

《疏》：陸機云：「莫莖大如(著)〔箸〕，赤節，節一葉，似柳葉，厚而長，有毛刺。今人繅以取繭緒，其味酢而滑。始生可以爲羹，又可生食，五方通謂之酸迷，冀州人謂之乾絳，河汾之間謂之莫。」《釋草》云：「藚，一名牛脣。」郭璞曰：「如續斷，(節節)〔寸寸〕有節，拔之可復。」陸機云：「今澤瀉也。其葉如車前草大，其味亦相似，徐州、廣陵人食之。」

一　㊀㊀●●㊀㊀①　洳莫度度路

二　㊀㊀●㊀㊀㊀　方桑英英行

三　㊀㊀●㊀㊀㊀　曲藚玉玉族

園有桃

《序》曰：《園有桃》，刺時也。大夫憂其君國小而迫而儉以嗇，不能用其民，而無德教，日以侵削，故作是詩也。

---

① 此章韻譜當作「㊀㊀●㊀㊀㊀」。

徐士彰曰：此詩之作，魏蓋未并於晉，是晉獻公以前之詩。「我歌且謡」，一云是憂之所寓，一云是寫其憂。夫人有所藴結於中，則必有所寄以發舒其懷抱。「我歌且謡」固是憂之所寫，亦是寫憂，二説原不相左也。

罔極，本行國説。

我愈以爲憂，彼愈以爲是，而以我爲非。衰世人情，大抵不越此二端，此國是所以日非，而亂亡接迹也。若以憂者爲是，便能警悟圖廻，則何亡國敗家之有乎。

《通解》曰：以核充殽，以憂度曲，此興意也。《疏義》以出納相對爲興，未是。

輔氏曰：《黍離》之憂，憂王室之已覆也。《園有桃》之憂，憂魏國之將亡也。憂其已覆而不我知，則亦已矣。憂其將亡而不我知，則欲其思之者亦宜也。

《傳》曰：興也。「園有桃，其實之殽」，國有民得其力。

《箋》曰：魏君薄公税、省國用，不取于民，食園桃而已。不施德教民無以戰，其侵削之由由是也。

《箋》曰：無知我憂所爲者，則宜無復思念之以自(正)〔止〕也。

一　㊀㊀㊀㊀●㊀㊁㊁●㊁㊁㊁　桃殽憂謡驕　哉其知知思(下同)

二　㊀㊀●㊀●㊀㊁㊁●㊁㊁㊁　棘食國極

陟　岵

《序》曰：《陟岵》，孝子行役，思念父母也。國迫而數侵削，役乎大國，父母兄弟離散，而作是詩也。

徐士彰曰：孝子思親，不言己之念親，而反言親之念己，則所以存諸心者益切。不言己之自慎，而言親之欲其慎，則所以保其身者益至。詳味之，(謁)〔藹〕然有天親慘怛之情焉。劉元城謂其(未)〔末〕句自儆自恕，可以見忠孝之心，亦吾發詩人之意者也。

《疏義》曰：觀《陟岵》，而魏之所以役其民者可知。觀《碩鼠》，而魏之所以賦其民者可知。

《傳》曰：父尚義，母尚恩，兄尚親也。

《箋》曰：止者，謂在軍事作部列時。

一　㊀㊀●㊁●㊁　(岐)〔岵〕父　已止

二　㊀㊀●㊁●㊁　屺母　寐棄

三　㊀㊀●㊁●㊁　岡兄　偕死①

十畝之間

《序》曰：《十畝之間》，刺時也。言其國削小，民無所居焉。

徐士彰曰：閑閑，無累自適貌。泄泄，舒而不迫貌。桑者亦只是老農、老圃之謂，不論其爲植桑、採桑也。

《傳》曰：閑閑然男女無别，往來之貌。（行與子還）或行來者，或來還者。泄〔泄〕，多人之貌。

一　㊀㊀㊀　間閑旋

《箋》曰：古者一夫百畝，今十畝之間，往往來者閑〔閑〕然，削小之甚。逝，逮也。

---

① 此篇韻譜當作：

一　㊀㊀㊁㊁●㊁　岵父　子已止

二　㊀㊀㊁㊁●㊁　屺母　季寐棄

三　㊀㊀㊁㊁●㊁　岡兄　弟偕死

二〇一　外泄逝

伐　檀

《序》曰：《伐檀》，刺貪也。在位貪鄙，無功而受禄，君子不得進仕耳。

此君子只是先事後食，介石自守之士。伐檀亦是借用，事與稼穡、狩獵一例，非必真伐檀也。寘之河干，是言爲其事無其功耳。時文不稼不〔稼〕〔穡〕中，尚云不改其伐檀之志，果以君子爲輪輿者流也，豈非矮人觀場。

稼穡而得禾也，吾安之。稼穡而不得禾也，吾甘之。若不稼不穡，何以得禾？即有之不願也。

五不字，見勵志。

許氏曰：此詩吟咏得來，見此人何等志節。此等詩尋繹他意，却有起懦激貪之趣。至于窮餓如此而不變，方是不素餐。不素餐不必更推深一層，即此便是。

孔叢子曰：吾於《伐檀》，見君子先事後食也。

末二句要歸重志上。

叔翹曰：胡取，胡可取也。胡瞻，胡可瞻也。

「伐檀」三句，《箋》曰：「是謂君子之人，不得進仕也。」「不稼」四句，「是謂在位貪鄙，無功而受禄也」。「彼君子，斥伐檀之人」。

《疏》：《釋水》文云：「大波爲瀾，小波爲淪，直波爲涇。」郭璞曰：「瀾，言涣瀾也。淪，言藴淪也。涇，言徑涏也。」《釋天》云：「冬獵爲獸，宵甲爲獠。」李巡曰：「冬圍守而取禽。」故郭璞曰：「獠猶燎也，今之夜獵載鑪照者是也。江東亦呼獵爲獠。」又，《釋天》文云：「火田爲狩」，（你）〔孫〕炎曰：「放火燒草，守其下風。」

《箋》曰：三百億，未秉之數。

《疏》：《釋鳥》云：「鶉鷃，其雄鶛，牝庳。」李巡曰：「鷃一名鶉。」郭璞曰：「鷃，鵪之屬也。」

一　㊀㊀㊀●㊀●㊀●㊀　檀干漣廛貆餐

二　㊀㊀㊀●㊀●㊀●㊀　輻側直億（時）〔特〕食

三　㊀㊀㊀●㊀●㊀●㊀　輪漘淪囷鶉飧

碩　鼠

《序》曰：《碩鼠》，刺重斂也。國人刺其君重斂蠶食於民，不修其政，貪而畏(之)〔人〕若大鼠也。

此詩托言之比，與各處不同。蓋爲尊者諱，故寓意於鼠，不必補出正意。下段亦不必言鼠，亦不必言人，只順文説爲是。

《疏義》曰：魏國土地削小，儉嗇褊急，已可哀矣。而又昏亂殘虐以促之，使賢者思去其朝，人民思去其國，上下離心，不亡何待。故載《碩鼠》於國風之(未)〔末〕，以見見并於晉之由。

黄葵峰曰：「爰得我直」，遂其生，無屈伸也。

《箋》曰：古者三年大比，民或于是徙。

《疏》：郭璞曰：「大鼠，碩似兔，尾有毛，青黄色。好在田中食菽豆，關西呼鼩音劬。鼠。」許慎云：「碩鼠五技，能飛不能上屋，能游不能度谷，能緣不能窮木，能走不能先人，能穴不能覆身。」陸機云：「今河東有大鼠能人立，交前兩脚于頸上跳舞，善鳴，食人禾苗，人逐則走，入樹空中，亦有五技。或謂之雀鼠，其形大，故《序》云大鼠也。」

一　㊀㊀㊀㊀㊀㊀㊀㊀　鼠黍女顧女（王王）〔土土〕所

二　●㊀●㊀●㊀㊀㊀　麥德國國（極）〔直〕

三　●㊀●㊀●㊀㊀㊀　苗勞郊郊號①

〔唐〕

蟋蟀

《序》曰：《蟋蟀》，刺晉僖公也。儉不中禮，故作是詩以閔之，欲其及時以禮自虞樂也。此晉也而謂之唐，本其風俗，憂深思遠，儉而用禮，乃有堯之遺風焉。

曰：外深於居，憂深於外。瞿瞿未見於爲，至蹶蹶則爲矣。蹶蹶未至于安，至休休則安矣。此立言之序，可想見其憂深思遠之情狀矣。

---

① 二、三兩章韻譜當作：

二　㊀㊁㊀㊁㊀㊁㊁㊁　鼠女女隔　麥德國國直隔

三　㊀㊁㊀㊁㊀㊁㊁㊁　鼠女女隔　苗勞郊郊號隔

曰：此詩言逾迫而意愈切。首言居，猶是本分常事，未及其餘也。次言外，則及其餘矣。然猶是過而備之耳，未切于憂也。言憂則操心危、慮患深，當在多凶多懼之地，而比上之思備其餘者益切矣。

曰：「職思其憂」，是樂中有憂。「良士休休」，是憂中有樂。

曰：《唐》詩言「今我不樂，日月其除」、「今我不樂，日月其慆」，有憂深思遠之意。《秦》詩言「今者不樂，逝者其耋」、「今者不樂，逝者其亡」，有歎老拊髀之風。讀此二詩，可見風俗之異。

黄葵峰曰：周禮八蜡，於歲終息民。孔子曰：「終歲之苦，一日之樂，何爲已甚也。」則《蟋蟀》之詩以歲暮及時爲樂，亦所當然。而遽以「職思其居，好樂無荒」言之，以此處世，豈有過乎。

「職思其外」，或以水旱之類言之，非也。既云思慮之所不及，又可指寔言之乎。

孔《疏》云：役車方箱，可載任器以供役。亦用以納禾稼，役車休是農（上）〔功〕畢也。朱子曰：河東地瘠民貧，風俗勤儉，乃其風土習氣有以使之。至今猶然，則在三代之時可知矣。

《箋》曰：「我，我僖公也。」日月其除，「謂十二月當復命農計耦耕事」。無已大康，「欲其用禮爲節也。所居謂國中政令」。

《傳》曰：瞿瞿，顧禮義也。休休，樂道之心。

《疏》陸機云：「蟋蟀似蝗而小，正黑有光澤如漆，有角翅。一名蛬，一名蜻蛚，楚人謂之王孫，幽州人謂之趨織。里語云：『趨織鳴，懶婦驚。』」

顧大韶曰：外不是外患，如是作便與思憂無異。

一　●●㊀●㊀●㊀　莫除居瞿①

二　●●㊀●㊀●㊀　逝邁外蹶

三　●●㊀●㊀●㊀　休慆憂休

山有樞

《序》曰：《山有樞》，刺晉昭公也。不能修道以正其國，有財不能〔明〕〔用〕，有鐘鼓不能以自樂，有朝廷不能灑掃，政荒民散，將以危亡。四隣謀取其國家而不知，國人作詩以刺之也。

曰：前篇以職業爲憂，此篇以死亡爲憂，故曰「答前篇之意而解其憂」。然方生而遽以死

① 此章韻譜似當作「㊀㊁●㊁㊀㊁㊀㊁　堂康荒下同莫除居瞿」，後二章亦當隨改。

爲憂，其憂豈不愈深；言雖欲樂，而情寔迫切，有得一日過一日之意思，其意豈不愈蹙。末章二(旦)〔日〕字可味，有姑勿掛念，且及時行樂之意。

古詩「生年不滿百」、「廻車駕言邁」、「東城高且長」、「驅車上東門」之類，皆祖述此詩之意。

古詩「蟋蟀傷局促」，此言永日，正與前篇相反。多憂則日短，又曰愁多知夜長。何也？曰：居幽處獨，慇慇慕遠，則雖短而似長；應務營業，矻矻勞生，則雖長而似短。憂則一名，寔有二義。

邊讓《章華賦》曰：「登瑶臺以回望兮，冀彌日而消憂。」且以喜樂，且以永日，疑是終日喜樂之意。

江淹《赤虹賦》：「悵何意之容與兮，冀暫緩此憂年。」

《詩緝》曰：愁當覺日長，作樂當覺日短。朱《註》乃反言之，蓋來日苦短，宜及今爲樂，以延引此日也。

《前漢書·地理志》：《蟋蟀》、《山有樞》，皆思奢儉之中，念死生之慮。

《傳》曰：興也。國君有財貨而不能用，如山隰不能自用其財。宛，死貌。

《箋》曰：愉讀曰偷，偷取也。

《疏》：郭璞曰：「栲似樗色，小而白，生山中，（正）〔因〕名云。亦類漆樹，俗語曰『櫄、樗、栲、漆，相似如一』。」陸機云：「山樗與下田樗略無異，葉似差狹耳。吴人以其葉爲茗，方俗無名，此爲栲者似誤也。」今所云爲栲者，葉如櫟木，皮厚數寸，可爲車輻，或謂之栲櫟。許慎正以栲讀爲糗。今之言栲，失其聲耳。杻，檍也。葉似杏而尖，白色皮正赤，爲木多曲少直，枝葉茂好。二月中葉疏，華如練而細，蕊正白，蓋樹。今官園種之，正名曰「萬歲」。既取名於億萬，其葉又好，故種之（此）〔共〕汲山下，人或謂之「牛筋」，或謂之「檍材」，可爲弓之幹也。

曰：永，引也。

顧大韶曰：此詩不可太説得高曠，恐似晉以後人語。

一　㊀㊀●㊀●㊀●㊀　樞榆婁驅愉

二　㊀㊀●㊀●㊀●㊀　栲杻埽考保

三　㊀㊀㊀㊀●㊀●㊀　漆栗食瑟日室

末章多食字一韻，其聲調較前則急。

揚之水

《序》曰：《揚之水》，刺晉昭公也。昭公分國以封沃，沃盛强，昭公微弱，國人將叛而歸沃焉。

曰：作此詩者，止曲沃之黨，如鄭人歸段之類是也。若國人皆叛，則聞命可以告人，而沃之傾晉豈(侍)〔待〕武公哉。

「素衣朱襮」，諸侯朝祭服之裏衣也。

衣本丹朱而曰素，素即純字意。

晉人之於曲沃也，再弒君而三立君，抗兵相拒者數十載，至以王命之故不得已而從之，安得昭侯之初遽便歸沃哉。其曰不敢告人，所以深告昭侯也，而卒不悟，悲夫。

《(云)〔左〕傳》：穆侯大子曰仇，其弟曰成師。穆侯薨，仇立，是爲文侯。文侯薨，昭侯立，封成師于曲沃。師復諫曰：「吾聞國家之立也，本大而末小，是以能固。故天子建國，諸侯立家。今晉侯甸也，而建國，本既弱矣，其能久乎？」

黄氏佐曰：「言不敢告人者，蓋反辭以見意，故泄其謀，欲昭侯知之也。」此説良是。蓋既欲從(伕)〔沃〕，且隱其謀，而反播之聲歌，何哉？

《傳》曰：興也。

《箋》曰：激揚之水，激流湍疾，洗去垢濁，使白石鑿鑿然。興者，喻桓叔盛强，除民所惡，民得以有禮義也。

《傳》曰：諸侯繡黼丹朱中衣。

《箋》曰：繡當爲綃。綃黼丹朱中衣，以綃黼爲領，丹(未)〔朱〕爲純也。

《傳》曰：聞曲沃有善政，命不敢以告人。

《箋》曰：畏昭公謂己動民心。

一　●●●㊀●㊀①　鑿襮沃樂

二　●●㊀㊀●㊀　皓繡鵠憂

三　●㊀●㊀　粼人

---

① 此章韻譜當作「●㊀㊀㊀●㊀」，下章同。

椒聊

《序》曰：《椒聊》，刺晉昭(侯)〔公〕也。君子見沃之盛强，能修其政，知其蕃衍盛大，子孫將有晉國焉。

曰：碩大者言其威靈氣勢，且篤，亦氣勢深厚鞏固之意。

輔氏曰：聖人録此二詩，見民無常懷，而在上者不可不自强於治也。

《傳》曰：興也。

《箋》曰：椒之性芬香而少實，今一捄之實蕃衍盈升，非其常也。興者，喻桓叔晉君之支别耳，今其子孫衆多，將日以盛也。碩謂壯貌狡好也，大謂德美廣博也。無朋，平均不朋黨。

《疏》：《釋(本)〔木〕》云：「椵，大椒。」郭璞曰：「今椒樹叢生，實大者爲椵。」陸機云：「椒聊，聊，語助也。椒樹(以)〔似〕茱萸，有針刺，葉堅而潤澤。蜀人作(荼)〔茶〕，吴人作茗，皆合煮其葉以爲香。今成皋諸山間有椒，謂之竹葉椒，其樹亦如蜀椒，少毒(毒)〔熱〕，不中合藥也。可著飲食中，又用烝雞豚，最佳香。東海諸島亦有椒樹，枝葉皆相似，子長而不圓，甚香。其味似橘皮，島上獐鹿食此椒葉，其肉自然作椒橘香。」

一　●㊀●㊀㊁㊁　升朋　聊條下同

二　●㊀●㊀㊁㊁　掬篤

綢繆

《序》曰：《綢繆》，刺晉亂也。國亂則婚姻不得其時焉。

此以偶然而見爲興，《注》「忽見」字佳①。「今夕何夕」，有喜慰、驚疑、怳然似夢之態。「如此良人何」，言情不能自盡也。歡樂有極，喜幸無量。

三山李氏曰：淫佚之禍生於奢侈，唐之風俗尚儉，婚姻雖不得其時，猶未至于淫奔也。

張叔翹曰：「子兮子兮，如此良人何」，猶唐詩所謂「東方未明奈樂何」者也。蓋出自望外，喜不自禁，故曰奈此良人何哉。此語當以意會之耳。

《傳》曰：興也。三星，參也。在天，謂始見東方也。男女待禮而成，若薪芻待人事而後束也。三星在天，可以嫁娶矣。

---

① 此指朱子《詩集傳》。

《箋》曰：心有尊卑，夫婦父子之象，又爲二月之合宿，故嫁娶者以爲候焉。

一　㊀㊀●㊀●㊀　薪天人人

二　㊀㊀●㊀●㊀　芻隅逅逅

三　㊀㊀●㊀●㊀　楚户者者

杕杜

《序》曰：《杕杜》，刺時也。君不能親其宗族，骨肉離散，獨居而無兄弟，將爲沃所并爾。

既曰不如同父，而又求比佽于人，蓋不如同父言其不我親、不我助也，我親我助，則他人猶同父也。

許氏曰：此詩恐亦用晉沃骨肉相争，致使民之兄弟欲相棄背，而知禮者自相戒之辭耳。

《傳》曰：興也。湑湑，枝葉不相比也。

《疏》：陸機曰：「赤棠與白棠同耳。但子有赤白美惡，子白色爲白棠，甘棠也，少酢滑美。赤棠子澀而酢無味。」

《箋》曰：菁菁，稀少之貌。

一 ○○○●○●○●○ 杜湑踽父比佽
二 ○○○●○●○●○ 菁睘姓 比佽①

《詩》有二章以後，後半截與首章辭句相同者。然多在轉韻之後，如「將仲子兮」、「溱與洧」、「有杕之杜」之類是也。不然，則每章一韻者，如《綢繆》、《碩鼠》之類是也。有首章不轉韻，次章以後用其語，而仍復轉韻者，此篇及《采苓》之類是也。

羔裘

《序》曰：《羔裘》，刺時也。晉人刺其在位，不恤其民也。

「豈無他人，惟子之故」，形容仰望之切，而不恤其民意在言外，所謂責人忠厚，此類是也。

孔氏曰：《北風》刺虛，則曰「攜手同行」；《碩鼠》刺貪，則曰「適彼樂國」。皆無顧戀之心。此則念其舊好，不忍歸他人之國，其情篤厚如此。

---

① 此篇韻譜當作：
一 ㊀㊀㊀●㊀●㊁●㊁ 杜湑踽父 比佽
二 ●㊀㊀●㊀●㊁●㊁ 菁睘姓 比佽

《傳》曰：祛，袂也。本末不同，在位與民異心，自用也。居居，懷惡不相親比之貌。究究，猶居居也。

《箋》曰：羔裘、豹祛，在位卿大夫之服也。其役使我之民人，其意居居然，有悖惡之心，不恤我之疾苦。此民，卿大夫采邑之民也，故云豈無他人可歸往者乎。我不去者，乃念子故舊之人。

究究，當是米鹽瑣屑，不能寬大之意。

一　㊀㊀●㊀　祛居故

二　㊀㊀●㊀　褎究好

鴇　羽

《序》曰：《鴇羽》，刺時也。昭公之後大亂五世，君子下從征役，不得養其父母，而作是詩也。

首五句以鴇之性不便樹止，今乃飛集于苞栩之上，以比民之性不便于勞苦，今乃以王事之故，不得耕田以供子職。此詩之比又是一體，以首二句比中二句，末二句另說。或云如此則似興體，要于「苞栩」下補出正意，而下則推言所以如此者，以「王事靡盬」之故也。不知詩中斷無推原之體，若疑其似興，謂作詩遂無明比，則《白華》諸章其義難通。且「王事」三句，正意中原無不便勞苦，則上半節分明是比，原與興體不同。讀詩全要領取大畧，政不必米鹽較計，且更爲曲説以就之也。呼天而訴者，幾幸之意也。

黄葵峰曰：「王事靡盬」，隱公五年，王命虢公代曲沃而立哀侯于翼。作詩者其此時乎。

《序》箋曰：五世者，昭公、孝侯、鄂侯、哀侯、小子侯。

《傳》曰：興也。

《疏》：孫炎曰：「物叢生曰苞，齊人名曰稹。」郭璞曰：「今人呼物叢緻者爲稹，根相迫迮細緻貌亦謂叢生也。」《釋木》云：「栩，杼。」郭璞云：「柞樹也。」陸機云：「今柞櫟也。徐州人謂櫟爲(抒)〔杼〕，或謂之爲栩。其子爲皂，其殼爲汁，可以染皂。今京洛河内多言杼汁，謂櫟爲杼。」鴇鳥連蹄，性不樹止，〔樹止〕則爲苦。

《傳》曰：行，翮也。

一　㊀㊀㊀㊀●㊀　羽栩盬黍怙所

二　㊀㊀●㊀●㊀　翼棘稷食極

三　㊀㊀●㊀●㊀　行桑粱嘗常

無衣

《序》曰：《無衣》，美晉武公也。武公始并晉國，其大夫爲之請命乎天子之使，而作是詩也。

曰命不出於大子，必有外患，便危而不安；必有後患，便凶而不吉。

華谷嚴氏曰：武公之事，國人所不與也。以《晉世家》考之，初，潘父弑昭侯而迎桓叔，欲入晉，晉人發兵攻桓叔，桓叔敗歸曲沃。晉人共立昭侯子平，是爲孝侯。此桓叔初舉而國人不與也。其後曲沃莊伯弑孝侯於翼，晉人又攻莊伯，莊伯復入曲沃，晉人復立孝侯子郄，是爲鄂侯。此莊伯再舉而國人不與也。及鄂侯卒，莊伯伐晉，晉人立鄂侯子光，是爲哀侯。此莊伯三舉而晉人又不與也。至是武公伐晉侯，緡滅之，盡以其寶器賂周釐王，釐王命武公爲諸侯，晉人不得已而從之耳。然聖人致嚴於名分之際，陳成子之事至沐浴而請討，蓋以人倫之大變，天理所不容，人人得而討之。《無衣》之詩不删者，所以著世變之窮，傷周之衰也。

東萊吕氏曰：以《史記》、《左傳》考之，平王二十六年，晉昭侯封成師于曲沃，專封而王不問，一失也。三十二年，潘父弑昭侯而王不問，二失也。四十七年，曲沃莊伯弑晉孝侯而王又不問，三失也。桓王二年，莊伯攻晉王，不惟不討，且反使尹氏武氏助之，四失也。至是武公篡晉，僖王反受賂命爲晉侯，五失也。以此五失觀之，則禮樂征伐移於諸侯，降于大夫，竊於陪臣，其所由來漸矣。

黄葵峰曰：此詩《序》以爲美武公者，蓋其大夫自美之，《序》因之而不改耳。當時王法不明，大臣親臣自幸其君之得爲諸侯，而何暇計其義與否乎。此詩之美，無怪其然矣。曰「豈曰無衣」，便見其跋扈要君之意。《五代史》劉仁恭謂梁使者曰：「旌節吾自有之，但要長安本色耳。」其言一也。

王應麟曰：自僖王命曲沃爲晉侯，而篡臣無所忌。威烈王之命晉大夫，襲釐之跡也。有曲沃之命則有三大夫之命，出爾反爾也。《周禮》注：「侯伯鷩冕七章。鷩即華蟲也。」

一　㊀●㊀　七吉

二　㊀●㊀　六燠

有杕之杜

《序》曰：《有杕之杜》，刺晉武公也。武公寡特，兼其宗族，而不求賢以自輔焉。

曰：此所謂士之尊賢者也，非王公之尊賢者也。然讀其詩亦可想見其切至之情。「曷飲食之」，不是承寡弱來，謂恐不足以致之也。此正是中心好之處，可謂形容真切。此語與《泉水》、《竹竿》「駕言出遊，以寫我憂」相似，皆是幾望，非絶意之詞。《傳》中「無自而得」，即《泉水》傳中「安得」字。若以爲絶意，非《傳》旨也。不能解傳，豈望能解經乎。

「中心好之」二句，緊緊相承。若以「曷飲食之」直作無自而得飲食，則又是「噬肯適我」之意，不惟語意重復，且「中心好之」句辭意反輕，了無義趣矣。

《傳》曰：興也。

《箋》曰：道左，道東也。日之熱恒在日中之後，道東之杜，人所宜休息也。今人不休息者，以其特生陰寡也。興者，喻武公初兼其宗族，不求賢者與之在位，君子不歸，似乎特生之杜然。

《箋》曰：中心誠好之，何但飲食之，當盡禮極歡以待之。

一　㈠㈠●㈠㈡㈡　杜左我　好食

二　●㈠●㈠㈡㈡　周遊　好食

葛生

《序》曰：《葛生》，刺晉獻公也。好攻戰，則國人多喪矣。

此詩宛曲有味，蓋亦善於立言者也。後人閨情詩多本于此。人無憂則雖求不覺其求。憂思之切，夏日冬夜獨爲難遣，故極言之以盡情。夏之日，冬之夜，古詩：「愁多知夜長，仰觀衆星列。」陶怨歌楚調，未夕思鷄鳴，及晨願烏遷。」江淹《別賦》：「夏簟青弓晝不暮，冬釭凝弓夜何長。」此等翻案最多，終是本初二語宛轉無盡，含蓄有餘，愈諷愈深，愈尋愈遠。句法神品。

《傳》曰：興也。葛生延而蒙楚，蘞生蔓于野，喻婦人外成于他家。

《序》(曰)箋：喪，棄亡也。夫從征役，棄(王)〔亡〕不反，則其妻居家而怨思。

《疏》：陸機曰：「蘞似栝樓，葉盛而細，其子正黑如燕薁，不可食也。幽州人謂之烏服，其莖葉煮以哺牛除熱。」

《箋》曰：亡，無也。言所美之人無于此，吾誰與居乎，獨處家耳。從軍未還，未知生死，其今無如此。

《傳》曰：齊則角枕錦衾。禮，夫不在斂枕篋衾席，韣而藏之。

《箋》曰：夫雖不在，不失其祭也。攝主，主婦猶自齊而行事。旦，明也。我君子無于此，吾誰與齊乎，獨此潔明。

一　㊀㊀●㊀　楚野處

二　㊀㊀●㊀　棘域息

三　㊀㊀●㊀　粲爛旦

四　●㊀●㊀　夜居

五　●㊀●㊀　日室

采　苓

《序》曰：《采苓》，刺晉獻公也。獻公好聽（說）〔讒〕焉。

曰：此詩之比，與《碩鼠》同體，俱不欲斥其事，姑指一物言之。「人之爲言」上不必補出正意，緊承采苓説去，但又不必説采苓。凡托言之比，只借一事發端，下言彼，即言此也。

曰：苓生於隰，苦生於田，葑生於圃。

凡讒人似是之言，駕空飾僞，能投於卒然之頃，而不能不露於從容審察之後。故「舍旃舍旃」，爲止讒之法。若「盗言孔甘，如或酬之」，則是招佞之媒，引邪之囮耳。

《傳》曰：興也。苓，大苦也。

《箋》曰：「采苓采苓」者，言采苓之人衆多非一也。皆云采此苓于首陽山之上，首陽山之上信有苓矣，然而今之采者未必于此山，然而人必信之。興者，喻事有似而非。苟，且也。爲言，謂爲人爲善言以稱薦之，欲使見進用也。「舍旃舍旃」，謂謗訕人，欲使見貶退也。此二者且無信，受之且無答然。

《疏》：陸機云：「苦菜在山曲及澤中，得霜(枯)〔恬〕脆而美，所謂堇荼如飴。」

一　○㊀㊀㊀㊀㊀㊀㊀　苓顛言信旃然

二　㊀㊀●㊀㊁㊁㊁㊁　苦下與　旃然言焉下同

三　㊀㊀●㊀㊁㊁㊁㊁　葑東從①

〔秦〕

車鄰

《序》曰：《車鄰》，美秦仲也。秦仲始大，有車馬、禮樂、侍御之好焉。

君坐臣亦坐，便是並坐，不必比肩。

嚴氏曰：「既見」二句，簡易相親之俗也；「今者」二句，悲壯感慨之氣也。秦之强以此，而止於秦亦以此也。

曰：首章二有字可玩，見前此則無之意。「未見君子，寺人之令」，已儼然諸侯之禮；而「既見君子，並坐鼓瑟」，則猶然戎夷之俗。

---

① 此篇韻譜當作：
一　〇㊀㊁㊀㊁㊁㊁㊁　苓顛信　言隔旃然言焉下同
二　㊀㊀㊁㊀㊁㊁㊁㊁　苦下與
三　㊀㊀㊁㊀㊁㊁㊁㊁　葑東從

鼓瑟鼓簧，豈復彈箏拊髀，擊甕扣缶，而歌呼烏烏，快耳者乎！

鼓瑟鼓簧，今者不樂，或以爲樂前章之車馬寺人，固不是。或以爲樂其國勢之方新，亦不是。大抵看詩當得其大旨，不必如此拘滯也。

黄氏佐曰：此言樂貴及時，不則虚老歲月耳。已有安能色色待數十百年之意。秦之能强者在此，而岐、豐忠厚之風變矣。

後二章，《傳》曰：興也。

《箋》曰：興者，喻秦仲之君臣所以各得其宜。

一　㊀㊀●㊀　鄰顛令

二　㊀㊀●㊀●㊀　漆栗瑟耋

三　㊀㊀●㊀●㊀　桑楊簧亡

駟驖

《序》曰：《駟驖》，美襄公也。始命有田狩之事、園囿之樂焉。

此詩備盡田獵之始終，後世《子虚》、《上林》、《長楊》、《羽獵》、《廣成》諸作，雖纚纚千言，窮工極變，其規模體格不出乎此。

「六轡在手」不是説御之善，只帶在馬上説，總見車馬之盛。

曰：次章是一串意，而各二句又自相連，各一句又自有意，宜圓活看。

末章諸説紛紛，皆非詩旨。有作以馬駕車而載犬，尤謬。蓋車馬不專爲載犬而設，而車上之所載亦不止於一犬也。人遊而馬閑，車輕而犬休，俱見從容整暇之意。只宜疊疊説去，細玩本文自見。

大抵説《詩》固要拆肌分理，但其條理脉絡頗與他書不同。他書記述古人議論事迹，其對待照應言下粲然。《詩》則記古人聲音，其對待分拆只論其音律，不宜論其事理。《風》、《雅》之體，大率二句爲一節，惟三《頌》稍有變體。然如常爲多要其大，都全要認取韻脚，審其用韻便可得其節奏。如此詩末章園與閑叶，鑣與驕叶，則上下二句斷然各爲一節。若將遊於北園，以人作主，而下車馬分對，以犬帶説，此等分析在他書則可，以之説《詩》，決然非是。又如「四方既平」四句，平、定、争、寧，一韻而兩兩自相呼應，斷然各兩句爲一節，四句對説爲是。若以四方爲頭，王國定、時靡争爲對，而歸重於王心，豈爲無見，然决非詩人之旨也。自韻學久廢，盛用（英）〔吴〕才老叶音，雖朱子未免據此。此義寥寥，千古絶響矣。嗚呼，目前近事至易至簡，而數百年來遂無知者，豈不可惜，豈不可笑。《詩》義不明，亦復安足怪乎。

徐士彰曰：古者狩以講武，主習馳射擊刺，未嘗以犬從禽。今曰「載獫歇驕」，則仍戎俗而非先王之道也。

張氏曰：讀《車鄰》、《駟驖》之詩，則知秦之立國，自其始創，則不過盛其車馬、奉養之事，競爲射獵之娱而已。蓋不及於用賢治民也。則其流風，亦習乎是而已。

讀《車鄰》、《駟驖》二詩，固足以見秦人躍馬賈勇之氣，亦足以見其樸簌鄙陋之風。

媚子，《傳》曰：能以道媚於上下者。

《箋》曰：媚於上下，謂使君臣和合也。此人從公往狩，言襄公親賢。

《箋》曰：公所以田則克獲者，乃遊於北園之時，時則已習其四種之馬。載，始也。始(甲)〔田〕犬者，謂達其搏噬，始成之也。此皆遊于北園時所爲也。

《疏》孔氏曰：《夏官》校人辨六馬之屬，種馬、戎馬、齊馬、道馬、田馬、駑馬。天子馬六種，諸侯四種。

一　㊀㊀㊀㊀　阜手子狩
二　㊀㊀㊀㊀　牡碩左獲
三　㊀㊀㊁㊁　園閑　鑣驕

小戎

《序》曰：《小戎》，美襄公也。備其兵甲以討西戎，西戎方彊而征(戊)〔伐〕不休，國人則矜其車甲，婦人能閔其君子焉。

晁錯有言：「器械不利，以其卒予敵也。」又曰：「兵不完利，與空手同；甲不堅密，與袒裼同；弩不可以及遠，與短兵同；射不能中，與無矢同；中無能入，與亡簇同。此將不省兵之禍也，五不當一。」秦襄始國，介在戎夷，而能修其兵甲，致其果毅，一時車馬强盛，器械犀利，赫然必勝、攻必取之氣①。且其制度工巧，處置精密，一婦人能言之，雖宿將舊卒不過於此。蓋秦之尚武習戰，所由來漸矣。世修其業，雖六國之强竟以詘焉。至於始皇承累世之烈，終并天下，豈虚也哉。

《序》箋曰：矜，夸大也。國人誇大其車甲之盛，有樂之意也。婦人閔其君子，恩義之至也。作者叙外内之(者)〔志〕，所以美君政教之功。

---

① 疑「赫然」後缺一「守」字。

一 ㊀㊀㊁㊁●㊁●㊁ 收輈 驅續靷玉曲

二 ㊀㊀㊁㊁㊂㊂●㊂㊃㊃ 阜手 中驂 合軜邑 期之

三 ㊀㊀㊀㊀㊁㊁㊁●㊂●㊂ 羣錞苑 膺弓縢 興音

首章

《周禮》：「輿人爲車，輪崇車廣衡長參如一，謂之參稱。三分車廣，去一以爲隧。」所（爲）〔謂〕「淺收」也。

輿人所爲田車、兵車、乘車，則謂之輈。車人所（謂）〔爲〕牛車、羊車、栢車則爲之轅。輈人爲輈，輈有三度。國馬之輈，深四尺有七寸，田馬之輈深四尺，駑馬之輈深三尺有三寸，軓前十尺。又曰，凡揉輈欲其孫而無弧深。又曰，輈深則折，淺則負。輈欲弧而無折，經而無絶，進則與馬謀，退則與人謀，所謂梁輈也。《輈人》：「輈欲頎典。」鄭氏《注》曰：「頎典，讀爲懇殄。駟馬之轅率尺所一縛，所謂五棃也。」

輿下三面材皆曰軓。

《車人》：短轂則利，長轂則安。

駕兵車用國馬。國馬者，種馬、戎馬、齊馬、道馬也。高八尺。

《箋》曰：此羣臣之兵車，故曰小戎。

《箋》曰：揜軓在(軌)〔軾〕前，垂輈上。

《疏》孔氏曰：陰，揜軓，謂輿下三面材，以(版)〔板〕木横側車前，所以陰映此軓也。輈在軓前，横木映軓，故鄭云在輈軾前，垂輈上，謂陰板垂輈上也。

按陰板在軓前，其長當與車廣同，兩靷繫處在其兩頭。

《疏》：《釋畜》云：「馬後左足白驤，右足白馵。」樊光云：「後右足白驤，左足白馵。」郭璞云：「馬膝(二)〔上〕皆白爲惟馵，後左脚白直名馵。」

《箋》曰：言我也。玉有五德。

《箋》曰：上六句國人所矜，下四句者婦人所用閔其君子。

《疏》孔氏曰：《地理志》云天水隴西民以板爲屋，然則秦之西垂民亦板屋也。此章舊叶固非，近楊用修所著《古音略》云：「細味數四，當作三换韻，乃得其讀。收、輈爲一韻，驅、續、馵、玉爲一韻，屋、曲爲一韻。讀詩至此，可解頤矣。」其驅音去，續音緒，馵如字，玉音裕，屋、曲如字，愚以謂若只如此叶，頤亦未便可解也。此爲秦人詩，當省秦人語音。收、輈一韻，驅、續、玉、馵一韻，不待言矣。屋字其音烏，上聲，曲字去聲，今曲逆縣人人知讀如去遇，何由得爲一韻？蓋屋字與轂雖隔句用韻，不關本叶，而曲則與驅、續、彝、玉爲一韻，止是兩换韻耳。若以屋、曲作一韻，此是南音。南音則續、玉、屋、曲并是一韻，而驅、彝難通矣。舊叶純用南音，而强叶驅、彝二字爲入聲，誠然無謂。用修則一章之中半用北音，半用南音，以此勝彼，其與幾何。嘗謂古今沿革多所不同，惟方俗音韻日用相傳，當中古不變①。古人爲詩，那得韻書，如今人對本子咿唔，止是用其方言稱情而作。若了此旨，便能宛轉相通，並無窒碍，何須用叶。今以南人之音讀北人之文，自然齟齬，意不能通。則不惜是非，强爲之讀，動稱古叶，不敢致問，果爾則古人當另有一種韻書，出於方言謡俗之外。而當時婦人女子、田夫牧豎，皆能闇誦，用以作詩，豈有此理哉！訛以傳訛，莫之能反。如用修者博極羣書，自立門户，後生所服膺，而猶未能深解此義，可爲扼腕也。又五方之音各自所習，從來久遠不能相變，亦未可相非。止若細求之，則古人文字與今人俗語大半相合，不論中州、齊、魯，雖荆楚、閩、越莫不皆然。嘗怪緣後世作韻書者見聞所主，局於面墻，加以譌字雜出，六書不講，遂疑古今人不相及耳。嚴君平、楊子雲輩從輶軒使者求異域方言，而近時有欲變八閩之音從中州之韻者，以古況今，一何寥絶！啓自蚤歲窺見此義，欲著一書，就正於當代通人、後來作者，庶幾一洗千古。而困

① 疑「中古」之「中」當作「終」。

於公車之業，逡巡數載，厥圖未遂。然自恨黥淺，自非更讀數千卷書，涉數萬里路，未便可率爾下筆也。聊述其意於此。

次　章

「龍盾之合」者，車廣，一盾不足以爲衛，故合載之。

《疏》孔氏曰：四馬八轡，而經傳皆言六轡，明有二轡當繫之馬之有轡者，所以制馬之左右，令之隨逐人意。驂馬欲入，則偪于脅驅，内轡不須牽挽。故知納者，納驂内轡，繫於軾前。

《箋》曰：方今以何日爲還期乎，何以然了不來？言望之也。

末　章

干大者爲櫓，中者爲伐。伐中，故不畫龍而畫鳥羽也。

「厹矛」二句，韓子曰：其矛之利，無物不陷也；其盾之堅，物莫能陷也。

《傳》曰：蒙，討羽也。

《箋》曰：蒙，〔龐〕〔厖〕也。討，雜也。畫雜羽之文于伐，故曰〔龐〕〔厖〕伐。

《疏》：《曲禮》曰：「進戈者前其鐏，進矛戟者前其錞。」是矛之下端者當有鐓也。鋭底曰鐏，半底曰鐓。

《疏》孔曰：《爾雅》有駵白駁、駵馬白腹騵，則駵是色名。説者皆以駵爲赤色，若身鬣俱赤則爲騂馬，故爲赤身黑鬣，今人猶謂此爲駵焉。此當補次章内。

蒹葭

《序》曰：《蒹葭》，刺襄公也。未能用周禮，將無以固其國焉。

「蒹葭」二句形容秋色蕭索凄凉，宋玉悲秋一章蓋始於此。

「宛在水中央」，想像模擬，恍然如見之意。若髣若髴，若滅若没。此等語言，吾不自知其所從來，殆神化所至。句法神品。

徐士彰曰：嘗因是詩而求之，秦俗强悍，既非桑間、濮上之懷私，又不可謂《緇衣》、《杕杜》之好賢，則所謂懷人者果何人，而求之果何爲也？意者同袍偕作之念、並坐鼓簧之習不能忘，而猶有《車鄰》、《駟驖》之意與。又何其言之婉而切也！嗟夫，何地無賢，何地無好賢之人，况秦之地即岐、豊、洛、鎬之故墟也。蒹葭秋水之思，安知非《隰桑》、《瓠葉》之遺乎？是又不可以盡疑之矣。

曰宛然，便非實見。曰中央，便不可即。

「在水一方」，亦只是想像其所在，非有定處也。「宛在水中央」，亦在一方上生出。

昔人有言：「名可得聞，身不可得見，天子不得臣，諸侯不得友。」其伊人之謂。諦想風流，豈非超然埃𡏖之外，如顔闔、宋纖之流者乎。

張叔翹曰：所謂「道阻且長」、「在水中央」，亦是形容其恍惚不可即，當以意會。若泥其詞，則天下寧有不可至之道與水哉！後之人思其人而不得，或托之道阻，或托之一方，蓋此意也。

《傳》曰：興也。〔《箋》曰：〕「蒹葭在衆草之中，蒼蒼然强盛，至白露凝（成）〔戾〕爲霜，則成而黄。興者，喻衆民之不從襄公政令，得周禮以教之則服。伊當爲緊，緊猶是也。所謂是知周禮之賢人，乃在大水之一邊，假喻以言遠。」

《傳》曰：逆流而上曰遡洄，逆禮則莫能以至也；順流而下曰遡游，順禮求濟，道來迎之。

《箋》曰：此言不以敬順往求之，則不能得見。宛坐見貌，以敬順求之則近耳，易得見也。

《疏》郭璞曰：「（兼）〔蒹〕似萑而細，高數尺，蘆葦也。」陸機云：「（兼）〔蒹〕，水草也。堅寔，牛食之令牛肥彊，青、徐州人謂之（兼）〔蒹〕，兖州、遼東通語也。」

《傳》曰：湄水，隒也。音檢。

《箋》曰：升者言其難至，如升阪。右者言其迂迴也。

一 ㊀㊀●㊀●㊀●㊀ 蒼霜方長央

二 ㊀㊀●㊀●㊀●㊀ 蔞晞湄隮坻

三 ㊀㊀●㊀●㊀●㊀ 采已涘右沚

終南

《序》曰：《終南》，戒襄公也。能取周地，始爲諸侯受顯服，大夫美之，故作是詩以戒勸之。

以錦衣加於狐裘之上，以黻繡於裳之上。

渥丹，花名，色正赤，今江南人猶以是稱之。

「君子至止」，亦見始莅新都意，不必盡泥時說。

「不忘」猶無窮也。

《疏義》曰：《車鄰》、《駟驖》、《終南》，秦之始興也，而國人之美其君者不過田獵之娛、車馬、侍御、衣服、燕樂而已，禮樂教化未之聞也。嗚呼，此豈創業垂統之謂哉！

《傳》曰：興也。終南，周之名山，中南也。宜以戒不宜也。

《箋》曰：問「何有」者，意以爲名山高大，宜有茂木也。興者，喻人君有盛德乃宜有顯服，猶山之木有小大也，此之謂戒勸。「至止」者，受命于天子而來也。

《傳》曰：紀，基也。堂，畢道平如堂也。〔《箋》曰：〕畢，終南之道名，邊如堂之墻然。

《傳》曰：黑與青謂之黻，五色備謂之繡。

《疏》：《釋木》云：「槄，山榎。」孫炎曰：「條，槄也。」郭璞曰：「今山楸也。」陸機云：「皮葉白，色亦白，宜爲車板。能濕，又可爲棺木。宜陽。共（比）〔北〕山多有之。」梅，柟。孫炎曰：「荆州曰梅，楊州曰柟。」郭璞曰：「似杏寔酢。」陸機云：「梅樹皮葉似豫（章）〔樟〕，豫（章）〔樟〕葉大如牛耳，一頭尖，赤心，（葉）〔華〕赤黄，子青不可食。柟葉大，可三四葉一藂，木理細緻於（於章）〔豫樟〕，子赤者材堅，子白者材脆。江南及新城、上庸，蜀皆多樟柟，終南山與上庸、新城通，故亦有柟也。」

一　●㊀●㊀●㊀　梅裘哉

二　●㊀●㊀㊀㊀　堂裳將忘

黄鳥

《序》曰：《黄鳥》，哀三良也。國人刺穆公以人從死，而作是詩也。

陶淵明《(哀)〔咏〕三良》詩，無貶辭。至唐李德裕謂爲社稷死則死之，不可許以死，與梁同據安陵君同譏也。雖然，三良固有所迫而不獲已耳。東坡《過秦穆公墓》曰：「穆公生不誅孟明，豈有死之日而忍用其良？」罪康公也。

吕氏曰：訓防爲當者，蓋如隄防之防水。百夫之禦，則能禦百夫者也。

應(邵)〔劭〕曰：「秦穆公與羣臣飲，酒酣，公曰：『生共此樂，死共此哀。』於是奄息、仲行、鍼虎許諾，及公薨，皆從死。」陶詩云：「厚恩固難忘，君命安可違。」其序亦謂康公從治，命以三子爲殉。蓋據此也。而東坡和陶詩云：「三子死一言，所死良以微。」又曰：「顧命有治亂，臣子得從違。」謂三良亦不得爲無罪也。

《傳》曰：興也。交交，小貌。黄鳥以時往來，得其所。人以壽命終，亦得其所。

《箋》曰：黄鳥止於棘，以求安已也，此棘若不安則移。興者，喻臣之事君亦然。今穆公使臣從死，刺不得黄鳥止於棘之本意。

《箋》曰：人皆百其身，謂一身百死猶爲之，惜善人之甚。

一　●㊀●㊀㊀㊀㊁㊁㊂㊂●㊂　棘息息特　（宂）〔穴〕慄下同天人身下同

二　●㊀●㊀㊀㊀㊁㊁㊂㊂●㊂　桑行行防

三　●㊀●㊀㊀㊀㊁㊁㊂㊂●㊂　楚虎虎禦

晨　風

《序》曰：《晨風》，刺康公也。忘穆公之業，始棄其賢臣焉。

《傳》曰：興也。鬱，積也。先君招賢人，賢人往之（駚）〔駃〕疾①，如晨風之飛入北林。

《箋》曰：先君謂穆公。

《傳》曰：思望之，心中欽欽然。

《箋》曰：言穆公始未見賢者之時，思望而憂之。

「如何」二句，《箋》曰：此以穆公之意責康公。

---

① 駃，徐氏所用閩刻本《毛詩正義》作「駚」，今改回。依阮元，當從他本作「駛」。

《傳》曰：駮如馬，倨牙，食虎豹。

《箋》曰：山之櫟、隰之駮，皆其所宜有也，以言賢者亦國家所宜有之。

《疏》：《釋木》云：「櫟，其實梂。」孫炎云：「櫟，實橡也。」陸機云：「秦人謂柞櫟爲櫟，河内人謂木蓼爲櫟，椒（榝）〔樧〕之屬。其子房生爲梂，木蓼子亦房生。此秦詩也，宜從其方土〔之〕言柞櫟是也。（馭）〔駮〕馬，梓榆也。其樹皮青白駮犖，遥視似駮馬，故謂之駮焉。下章亦以山隰之木相配，不宜云獸。」

《疏》：陸機曰：「檖一名赤羅，一名山梨，今人謂之楊檖，實如梨，但小耳。一名鹿梨，一名鼠梨，今人亦種之，極有脆美者，亦如梨之美。」

一　㊀㊀●㊀㊁㊁　風林欽　何多下同

二　㊀㊀●㊀㊁㊁　櫟駮樂

三　㊀㊀●㊀㊁㊁　棣檖醉

無　衣

《序》曰：《無衣》，刺用兵也。秦人刺其君好攻戰、亟用兵，而不與民同欲焉。

謝氏曰：幽王没於驪山，此中國之大耻，周家萬世不可忘之大仇也。讀《文侯之命》，可以知平王君臣無復仇之志矣。獨《無衣》一詩，毅然以正天下之大義爲己任，其心忠而誠，其氣剛而大，其詞壯而直。吾乃知岐、豐之地，被先王之化最深，雖世降俗末，人心天理不可泯滅者尚異於列國也。

同仇者欲以相死，非相恤也。

讀《小戎》、《無衣》二詩，可見秦人用兵有本教。晁錯有言，合刃之急有三，一曰得地形，二曰卒服業，三曰器用利。夫以雍州之固，河山百二，而加以《小戎》之利器，《無衣》之練卒，能合其三，故世世有勝，非幸也。

《左傳》申包胥如秦乞師，秦穆公爲之賦《無衣》，九頓首而坐。蓋一韻一頓首，今人簡牘中動稱九頓，何取於九也。

《傳》曰：興也。上與百姓同欲，則百姓樂致其死。

《箋》曰：此責康公之言也。君豈嘗曰「女無衣，我與同袍」乎？言不與民同欲。于，於也。君不與我同欲，而於王興師，則云「修我戈矛，與子同仇」，往伐之，刺其好攻戰。

《傳》曰：袍，襺也。

《疏》孔氏曰：《（王）〔玉〕藻》云：「纊爲襺，緼爲袍。」純著新綿名爲襺，雜用舊絮名爲袍。

《箋》曰：襗，褻衣，近污垢。

《説文》云：襗，袴也。

《傳》曰：戈長六尺六寸，矛長二(大)〔丈〕。

《箋》曰：車戟常。

一　●㊀●㊀㊀　袍矛仇

二　●㊀●㊀㊀　澤戟作

三　●㊀●㊀㊀　裳兵行

渭陽

《序》曰：《渭陽》，康公念母也。康公之母晉獻公之女，文公遭驪姬之難，未反而秦姬卒，穆公納文公。康公時爲(公)〔大〕子，贈送文公於渭之陽，念母之不見也，我見舅氏，如母存(馬)〔焉〕。及其即位，思而作是詩也。

近時時藝有講「悠悠我思」云：「亡者有還之日，而死者無生之年。」頗有含不露之意。又不如顧東江一義講：「驪駒駕矣，而繾綣於方寸者無窮，豈但别離之是念耶？」數語蘊藉尤深，可謂得詩人之旨。

《左氏》文公七年，晉敗秦師於令狐，秦康公納公子雍於晉，不受。禦秦師，敗之令狐。十二年，秦伯伐晉，報令狐之役。

送之不必説遠，贈之不□□□，只是叙其事如此。

文公之入當爲列侯，贈別之儀，皆君侯之服御也。

通詩委曲深至，「悠悠我思」一語，含悲蓄怨，酸楚無量。後世綴文之士雖連篇累牘，未若兹言之難窮也。

《傳》曰：母之昆弟曰舅。

《疏》：「《釋親》文。孫炎曰：『舅之言舊，尊長之稱。』」

一　●㊀●㊀　陽黄

二　●㊀●㊀　思佩

權　輿

《序》曰：《權輿》，刺康公也。忘先君之舊臣與賢者，有始〔而〕無終也。

此詩與彈鋏之歌相似。

曰：造車自輿始，造衡自權始，故借此二字爲始字。

曰：公食大夫，宰夫設六簋。此言每食四簋，則燕食非禮食也。

夏屋還作授室看。

嚴氏曰：以《伐木》觀《權輿》，周、秦氣象判然矣。

張叔翹曰：秦故棄禮義尚首功之國，其始之待賢也陽浮慕之，非真能悦賢者也，則其終之不繼宜矣。然則《權輿》之詩，其逐客坑儒之漸歟。

《傳》曰：夏，大也。

《箋》曰：屋，具也。渠渠，猶勤勤也。言君始於我厚設禮食，大具以食我，其意勤勤然。

《傳》曰：四簋，黍、稷、稻、(粮)〔粱〕。

《疏》：內方外圓曰簋，以盛黍稷。內圓外方曰簠，用貯稻(粮)〔粱〕。皆容一斗三升。

一　㊀㊀㊀㊀㊀　乎渠餘乎輿

二　㊀㊁㊁㊀㊀　乎乎輿隔　簋飽

第二章首尾同韻，中二句同韻，與「誕寘之隘巷」同體。

〔陳〕

宛丘

《序》曰：《宛丘》，刺幽王也。荒淫昏亂，游蕩無度焉。

《傳》曰：值，持也。

《箋》曰：翳，舞者所持以指揮。

《疏》：《釋鳥》云：「鷺，（舂）〔舂〕鉏。」郭璞曰：「白鷺也。頭翅背上皆有長翰毛，今江東人取以爲睫攡，名之曰白鷺縗。」陸機云：「鷺，水鳥，好而潔白。齊魯之間謂之舂鉏，遼東、樂浪、吴、揚人謂之白鷺。青脚，高尺七八寸，尾如鷹尾，啄長三寸。頭上有毛數十根，長尺餘。毵毵然與衆毛異好，欲取魚時則弭之，今吴人亦養焉。楚威王時有朱鷺，合沓飛翔而來舞，則復有赤者，舊鼓吹《朱鷺曲》是也。然則鳥名白鷺，赤者少耳。」

一　㊀㊀●㊀　湯上望

二　㊀㊀㊀㊀　鼓下夏羽

三　㊀㊀●㊀　缶道翿

東門之枌

《序》曰：《東門之枌》，疾亂也。幽王淫荒，風化之所行，男女棄其舊業，亟會於道路，歌舞於市井爾。

宛丘，游蕩之極也。東門之枌，淫欲之端也。陳詩多言東門，豈此門之外獨盛歟。東門人所出入，宛丘人所往來，國之交會也。有枌栩之陰，人所趨聚也。子仲，陳大夫氏。夫以大夫氏之女，聚舞已非所宜，況男女相與而慕悦乎。

黄佐氏曰：殷湯制官刑，儆於有位，曰：敢有恒舞於宫，酣歌於室，時謂巫風。陳之史巫紛若，初不過歌舞於宫室中耳，國人男女化之，而邦君終以亡國，湯之王言信哉。

《疏》：《釋木》云：「枌，白榆。」郭璞曰：「枌，榆先生葉〔先生〕〔卻著莢〕，皮色白，是枌爲白榆也。」

《傳》曰：原，大夫氏。

《箋》曰：「旦，明。于，曰。差，擇也。〔明〕〔朝〕日善明曰相擇矣，以南方原氏之女，可以爲上處。績麻者婦人之事也，疾其今不爲。」

若爲自言而曰「不績其麻」，不以殺風景乎？

《傳》曰：「鬷，數也。」《箋》曰：「總也。朝旦善明曰往矣，謂之所會處也。於是以總行欲男女合行。」

「視爾」二句，《箋》曰： 此本淫亂之所由。

《疏》：《釋草》文。舍人曰：「荍一名芘芣。」郭璞曰：「今荆葵也。似葵，紫色。」謝氏曰：「小草多華少葉，葉又翹起。」陸機云：「似蕪菁，華紫緑色，可食，微苦。」

一　●㊀●㊀　栩下

二　㊀●㊀㊀　差麻娑

三　㊀㊀㊁㊁　逝邁　荍椒

二章原字不叶，差、麻或疑字誤，然文意既通，而四句之中已叶二韻，既足成音，未必是誤也。疑亦用韻之變格耳。姑□之以竢知者。

衡（下）〔門〕

《序》曰：《衡門》，誘僖公也。願而無立志，故作是詩以誘掖其君也。

食色性也，人之大欲存焉。二者如此，他復何求焉。後二章「豈其」字、「必」字，正與首章「可以」字相呼應。通詩一氣看下方是，蓋所謂素位而行不願乎其外也。

《通解》曰：陳詩十篇，二詩蕩，六詩淫，一詩刺惡人。汙穢之風、不良之法皆可者，惟《衡門》君子卓乎砥柱，賢者哉。

鄭之淫也，而有《東門》。陳之蕩也，而有《衡門》。聖人删《詩》，特存此義，所以見天理之常存，而人心之不死也。

曰食魚娶妻，雖不是借言，然賢者之意自當廣也。

《釋迦遺教經》：汝等比丘，若欲脱諸苦腦，當觀知足。知足之法，即是富樂安穩之處。知足之人，雖卧地上，猶爲安樂。不知足者，雖處天堂，亦不稱意。不知足者，雖富而貧；知足之人，雖貧而富。不知足者常爲五欲所牽，爲知足者之所憐愍，是名知足。

張叔翹曰：讀《衡門》之詩，使人自遠。深味之，可以安澹泊之分，可以息馳動之情。

《箋》曰：賢者不以衡門之淺陋，則不遊息於其下。以喻人君不可以國小則不興治，致政化。泌水之流洋洋然，飢者見之可飲以樂飢。以喻人君慤願，任用賢（君）〔臣〕，則政教成，亦猶是也。何必河之魴然後可食，取其口美而已。何必大國之女然後可妻，亦取貞順而已。以喻君任臣何必(至)〔聖〕人，亦取忠孝而已。

一　●㊀●㊀　遲飢

二　●㊀●㊀　魴姜

三　●㊀●㊀　鯉子

東門之池

《序》曰：《東門之池》，刺時也。疾其君之淫昏，而思賢女以配君子也。

張叔翹曰：晤，解也。蓋我與歌之，彼自解之之意。

《疏義》曰：愛慕之意反覆道之。

《傳》曰：興也。漚，柔也。

《箋》曰：於池中柔麻，使可緝織作衣服。池者，喻賢女能柔順君子，成其德教。

《傳》曰：「晤，遇也。」《箋》曰：「猶對也。言淑姬賢女，君子宜與對歌，相切化也。」

《疏》：陸機云：「紵亦麻也，科生數十莖，宿根在地中，至春自生，不歲種也。荆、揚之間一歲三收，今官園種之，歲再刈，刈便生。剥之以鐵，若竹挾之表，厚皮自脱，但得其裏韌如

(箸)〔筋〕者，謂之徽紵。今南越紵布，皆用此麻。菅似茅而滑澤無毛，根下五寸中有白粉者，柔韌宜爲索，漚乃尤善矣。」

一　●㊀●㊀　麻歌

二　●㊀●㊀　紵語

三　●㊀●㊀　菅言

東門之楊

《序》曰：《東門之楊》，刺時也。昏姻失時，男女多違。親迎，女猶有不至者也。

《疏義》曰：疑慮之意反覆道之。語不相應，義不相因，因所見以起興。

《傳》曰：興也。

《箋》曰：楊葉牂牂，三月中也。興者，喻時晚也，失仲春之月。親迎之禮以昏時，女留他色不肯時行，乃至大星煌煌然。

一　㊀㊀●㊀　楊牂煌

二　●㊀●㊀　肺晳

墓門

《序》曰：《墓門》，刺陳陀也。陳陀無良師傅，以至於不義，惡加于萬民焉。

《傳》曰：墓道之門，幽閒希行，用(主)〔生〕此棘薪，惟斧可以開析之。

《箋》曰：興者，喻陳陀由不覩賢師良傅之訓道，至陷於誅絶之罪。

《傳》曰：夫，傅相也。

《傳》曰：梅，枏也。

《箋》曰：梅之樹善惡自有，徒以鴞集其上〔而鳴〕，人則惡之，性因惡矣。以喻陳陀之性本(末)〔未〕必惡，師傅惡而陳陀從之而惡。

《疏》：陸機云：「鴞大如班鳩，緑色，惡聲之鳥也，入人家凶。賈誼所賦鵩鳥是也。其肉甚美，可爲羹臛，又可爲炙。漢供御物，各隨其時。」

一　㊀㊀●㊀㊁㊁　棘斯知　已矣

二　㊀㊀●㊀㊁㊁　梅萃訊　顧予

防有鵲巢

《序》曰：《防有鵲巢》，憂讒賊也。宣公多信讒，君子憂懼焉。

曰：鵲善相也，安則爲巢。苕宜荒地，不（淺）〔戕〕則旨。中唐有甓，人罕踐之，則成其美。卭有旨鷊，人莫（淺）〔戕〕之，則成其文。

《疏義》曰：憂慮之意反覆道之。

侜與譸同。《書》「譸張爲幻」，言駕不根之辭以侜張之，而生彼攜貳之心也。

《傳》曰：興也。

《箋》曰：防之有鵲巢，卭之有旨苕，處勢自然。興者，喻宣公信多言之人，故致此讒人。

誰，誰讒人也。所美謂宣公也。

《疏》：陸機云：「苕，苕饒。幽州人謂之翹饒，蔓生，莖如勞豆而細葉，似蒺藜而青。其莖葉緑色，可生食，如小豆藿也。」李巡曰：「瓴甋一名甓。」郭璞曰：「甂甎也。今江東呼爲瓴甓。」（旨鷊）〔鷊，綬〕，《釋草》文。郭璞曰：「小草有雜色似綬也。」陸機云：「鷊五色，作綬文，故曰綬章。」

一　㊀㊀●㊀　巢苕忉

二　㊀㊀●㊀　甓鷊惕

月出

《序》曰：《月出》，刺好色也。在位不好德而説美色焉。

《神女賦》：其始來也，耀乎若白(目)〔日〕初出照屋梁；其少進也，皎若明月舒其光。

曰：皎，光明也。皓，潔白也。照，照臨也。僚，美好之意。瀏，清亮之意。燎，開明之意。窈糾，言其幽遠而愁結也。憂受，言其煩擾而生受也。夭紹，言其糾緊而急迫也。《疏義》謂人心平則舒緩，有憂則糾緊也。悄悄然其心之愁懣也，慅慅然其心之騷動也，慘慘然其心之悲愴也。

《傳》曰：興也。皎，月光也。

《箋》曰：興者，喻婦人有美色之白皙。

《傳》曰：僚，好貌。舒，遲也。窈糾，舒之姿也。

《疏》正義曰：《方言》云：「自關而東，河濟之間凡好謂之姣。」

一　㊀㊀㊀㊀　皎僚(繚)〔糾〕悄

二　㊀㊀㊀㊀　皓懰受慅
三　㊀㊀㊀㊀　照燎紹慘

株林

《序》曰：《株林》，刺靈公也。淫乎夏姬，驅馳而往，朝夕不休息焉。

徐士彰曰：首章本言從夏姬也，然但指其子，而不直斥其所從之人。末章本言從夏姬之頻也，然不指其人，而但言其所至之地。此《詩》之所以爲厚也。

朱氏曰：衛之亂至於《墻有茨》而極，於是有狄入衛之禍。陳之亂至於《株林》而極，於是有楚入陳之禍。比事以觀，可以爲淫亂者之戒矣。

《箋》曰：匪，非也。言我非之株林，從夏氏子南之母爲淫泆之行，自之他耳，觝拒之辭。

《傳》曰：大夫乘駒。

《箋》曰：我，國人我君也。君親乘君乘馬，乘君乘駒，變易車乘以至株林，或説舍焉，或朝食焉，又責之也。馬六尺以下曰駒。

一　㊀㊀㊀㊀　林南林南

二　㊀㊀㊀㊀①　馬野　駒株

澤　陂

《序》曰：《澤陂》，刺時也。言靈公君臣淫於其國，男女相悦，憂思感傷焉。

《月出》，男念女也。《澤陂》，女念男也。

《疏義》曰：思念之情反覆道之。

張叔翹曰：思美人而不得見，則憂傷之心將如之何，是以寤寐無爲而涕泗爲之滂沱也。

注似與詩文氣不貼。

王氏曰：《澤陂》，《株林》之應也。有《關雎》之風，則薰爲《桃夭》之正，而《麟趾》應之。有《宛丘》之俗，則流爲《株林》之淫，而《澤陂》應之。微之著也如此夫！

《傳》曰：興也。

《箋》曰：蒲，柔滑之物。芙蕖之莖曰荷，生而佼大。興者，蒲以喻所説男之性，荷以喻所

① 此章韻譜當作「㊀㊀㊁㊁」。

説女之容體也。正以陂中二物興者，喻淫風由同姓生。

《疏》：《釋草》云：「荷，芙蕖。其莖茄，其葉蕸，其本(蜜)〔蔤〕，其華菡萏，其實蓮，其根藕，其中的，的中薏。」李巡曰：「皆分別蓮莖、葉、華、實之別名。菡萏，蓮花也。的，蓮實也。薏，中心也。」郭璞曰：「蔤，莖下白蒻在泥中者。今江東人呼花爲芙蓉，北方人便以藕爲荷，亦以蓮爲荷。蜀人以藕爲茄，或用其母爲花名，或用根子爲母葉號。此皆名相錯，習俗傳誤，失其正體者也。」陸機云：「蓮，青皮裏白，子爲的。的中有青爲薏，味甚苦，故里語云『苦如薏』是也。」

《箋》曰：簡當作蓮。蓮，芙蕖實也，以喻女之言信。菡萏，荷花也，以喻女之顔色。

一　⊖⊖●⊖●⊖　陂荷何(泥)〔沱〕

二　●⊖●⊖●⊖　簡卷悁

三　●⊖●⊖●⊖　萏儼枕

〔檜〕

羔　裘

《序》曰：《羔裘》，大夫以道去其君也。國小而迫，君不用道，好絜其衣服，逍遥遊(樂)

〔燕〕而不能自强于政治，故作是詩也。

「羔裘」二句不重違制，只重好潔其衣服。

曰「勞心忉忉」，思之也；「我心憂傷」，悲之也；「中心是悼」，則知其不復可救也。

「羔裘如膏，日出有曜」，其君之服飾非不美也。「豈不爾思，中心是悼」，則其所闕者蓋可知已。

《書》： 服美於人，驕淫矜誇，將由惡終。

曰：「充耳琇瑩，會弁如星」，不言所以而遂曰「終不可諼」。曰「羔裘如膏，日出有曜」，不言所以而遂曰「中心是悼」。服飾之美一也，而一以爲喜，一以爲憂，其所以然之故俱在不言之表。

禹惡衣，文王卑服，衛文公大布之衣，人主以德容爲華，乃以服飾乎？

《序》箋曰： 以道去其君者，三諫不從，待放於郊，賜玦而去。

《〔傳〕〔箋〕》曰： 諸侯之朝服緇衣羔裘，大蜡而息民則有黃衣狐裘。今以朝服燕、祭服朝，是其好潔衣服也。先言燕，後言朝，見君之志不能自强於政治。

《傳》曰： 日出照曜，然後見其如膏。

一　⊖⊖●⊖　遥朝忉

二　⊖⊖●⊖　翔堂傷

素冠

《序》曰：《素冠》，刺不能三年也。

曰：同歸甚於勞心，如一甚於同歸。同歸，即《書》「同歸於治」、「同歸於亂」之謂。同歸、如一，亦是冀望之深而言之轉切耳。

《通解》云：此詩不言衰服，而但言素衣、素冠、素(鞸)〔韠〕，極有意味。蓋齊衰之服未嘗不服，但不終三年耳。素冠、素衣、素(鞸)〔韠〕，皆既祥之服。既不行三年之喪，安得見此服哉？

《箋》曰：欒欒然，臞瘠也。

《箋》曰：除成喪者，其祭也，朝服縞冠。朝服，緇衣素裳。然則此言素衣者，謂素裳也。聊，且也。且與子同歸，欲之其家，觀其居處。

一　㊀㊀㊀　冠欒慱

二　㊀㊀㊀　衣悲歸

三　〇一〇一〇一　（韓）〔韡〕結一

隰有萇楚

《序》曰：《〔隰有〕萇楚》，疾恣也。國人疾其君之淫恣，而思無情慾者也。

士彰曰：此詩與《苕之華》「知我如此，不知無生」皆深悲極痛之詞。

漢文帝詔曰：「方春時和，草木羣生之物皆有以自樂，而吾百姓鰥寡孤獨或阽於危亡，而莫之省憂。」是言出于上，所以爲治朝。「隰有萇楚，猗儺其枝。夭之沃沃，樂子之無知。」是詩作於下，所以爲亂世。

《南史》□公主云：「願兒生生世世莫作有情之物。」語意類此，聞者悽絶。

《序》箋曰：恣謂狡狭古怪反。淫戲，不以禮也。

《傳》曰：興也。

《箋》曰：銚弋之性，始生正直。及其長大，則枝猗儺而柔順，不妄尋蔓草木。興者，喻人少而端慤，則長大無情慾。

《傳》曰：夭，少也。沃沃，壯狡也。

《箋》曰：知，匹也。疾君之恣，故於人年少沃沃之時，樂其無妃匹之意。

《疏》：《釋草》文。舍人曰：「萇楚一名銚弋，《本草》云：『銚弋，名(楊)〔羊〕桃。』」郭璞曰：「鬼桃，葉似桃花，白子，如小麥，亦似桃。」陸機云：「今羊桃是也。葉長而狹，華紫赤色，其枝莖弱，過一尺，引蔓於草上，今人以爲汲灌，重而善没，不如楊柳也。近下根刀切其皮，著熱灰中脱之，可韜筆管。」

一　●⊖●⊖　枝知

二　●⊖●⊖　華家

三　●⊖●⊖　實室

匪風

《序》曰：《匪風》，思周道也。國小政亂，憂及禍難，而思周道焉。

曰誰者，未定之意。將者，且然之詞。

黄氏曰：周家得民之深，於此詩見之。

徐士彰曰：「誰將西歸，懷之好音」，所以重傷夫今王之不古，而重歎夫今人之不知有王者，何其婉而切也。

嚴氏曰：《匪風》思周而宣王中興，天下謳吟思漢而光武再造。其祖宗德澤浹洽於人者深矣。

《傳》曰：發發飄風，非有道之風。偈偈疾驅，非有道之車。

《箋》曰：周道，周之政令也。迴首曰顧。

《傳》曰：嘌嘌，無節度也。

《疏》正義曰：迴風爲飄。李巡曰：「迴風，旋風也。一曰飄風。」

《傳》曰：亨魚煩則碎，治民煩則散，知亨魚則知治民矣。

《箋》曰：有能西仕于周者，我則懷之以好音，謂周之舊政令。

《疏》：《釋器》云：「䰝謂之鬵。鬵，鉹也。」孫炎曰：「關東謂甑爲鬵，涼州謂甑爲鉹。」

一　㊀㊀●㊀　發偈怛

二　㊀㊀●㊀　飄嘌吊

三　●㊀●㊀　鬵音

〔曹〕

蜉蝣

《序》曰：《蜉蝣》，刺奢也。昭公國小而迫，無法以自守，好奢而任小人，將無所依焉。

玩細忘遠，詩人本欲爲之啓發告戒也。不曰啓發告戒，而曰「歸息」、「歸處」、「歸説」，蓋欲朝夕相與，從容開諭，然後卵翼孚化，令舍其舊而新是圖也。即所謂習與正人居之之意。

「蜉蝣」二句説得至險，可爲太息。伊人聞此，固當竦然易慮。

東萊謂：曹之賢者，憂其君之危亡無所依，欲其於我歸處，如楚芋尹申亥舍靈王于家之類。

《傳》曰：興也。蜉蝣朝生夕死，猶有羽翼以自修飾。

《箋》曰：興者，喻昭公之朝，其羣臣皆小人也。徒整飾其衣裳，不知國之將迫脅，君臣死亡無日，如渠略然。歸，依歸。君當於何依歸乎？言有死亡之難，將無所就往。

《疏》：《釋蟲》云：「蜉蝣，渠略。」舍人曰：「南陽以東曰蜉蝣，梁宋之間曰渠略。」郭璞曰：「似蛣蜣，身狹而長，有角，黄黑色。聚生糞土中，朝生暮死，豬好噉之。」陸機云：「蜉蝣，方土語也。通(語)〔謂〕之渠略。似甲蟲，有角如大指，長三四寸。甲下有翅，能飛，夏月陰雨時出，(令)〔今〕人燒炙噉之，美如蟬也。」

《傳》曰：采采，衆多也。

《箋》曰：掘閱，掘地解音蟹。閱，謂其始生時也。以解閱喻君臣朝夕變易衣服也。麻衣，深衣。諸侯之(服)〔朝〕朝服朝，夕則深衣也。

一　㊀㊀●㊀　羽楚處

二　㊀㊀●㊀　翼服息

三　㊀㊀●㊀　閱雪説

候人

《序》曰：《候人》，刺近小人也。共公遠君子而好近小人焉。

《周禮·候人》，上士六人，下士十二人，史六人，其徒百二十人，各掌其方之道治與其禁令，以候迎賓客。「何戈與祋」，則其徒也。「薈兮蔚兮」，非良材也。「南山朝隮」，居高位也。「婉兮孌兮」，邦之彥也。「季女斯飢」，士不遇也。

曰：誦「三百赤芾」之語，可以想見其恩寵之隆。誦「薈蔚」、「朝隮」之語，可以想見其氣焰之盛。自古及今，小人用事未有不然。但曹以蕞爾小國，兢兢業業用人圖治，猶懼不及，矧復乃爾乎？國亡君執，非不幸矣。

「不遂其媾」遂字，字法妙品。

小人本經營求進，而君復寵之，故愈盛。君子本恬澹自守，而君復棄之，故愈困。

《通解》云：前三章言用小人便是遠君子，持衡之勢此重則彼輕也。

媾訓寵，謂好合而相愛也。

《傳》曰：賢者之官不過候人。

《箋》曰：是謂遠君子也。

《疏》正義曰：戈祋須人擔揭，故以荷爲揭也。《考工記·廬人》云戈柲六尺有六寸，殳長尋有四尺，戈殳俱是短兵，相類故也。故祋字從殳。

又曰：緼，赤黄之間色，所謂韎也。珩，珮玉之珩也，黑謂之黝，青謂之葱。《周禮》公、侯、伯之卿三命，大夫再命，上士一命。

《傳》曰：鵜在梁，可謂不濡其翼乎。

《箋》曰：鵜在梁，當濡其翼而不濡者，非其常也。以喻小人在朝亦非其常。

《疏》舍人曰：「鵜一名洿澤。」郭璞曰：「今之鵜鶘也。好羣飛，入水食魚，故名洿澤。俗謂之爲淘河。」陸機云：「鵜，水鳥，形如鶚而極大。喙長尺餘，直而廣，口中正赤，頷下胡大如數升囊。若小澤中有魚，便羣共杼水，滿其胡而棄之，令水竭盡魚陸地，乃共食之，故曰淘河。」

《傳》曰：媾，厚也。

《箋》曰：遂猶久也。不久其厚，言將終薄於君也。

《箋》曰：薈蔚之小雲升於南山，不能爲大雨。以喻小人雖見任于君，終不能成其德教。

《傳》曰：季，人之少子也。女，民之弱者。

《箋》曰：天無大雨，則歲不熟而幼弱者饑。猶國之無政令，則下民困苦矣。

一　●㊀●㊀　祋芾

二　●㊀●㊀　翼服

三　●㊀●㊀　咮媾

四　●㊀●㊀　隮飢

鳲鳩

《序》曰：《鳲鳩》，刺不壹也。在位無君子，用心之不壹也。

曰：鳲鳩之子雖非一，而飼之之心則[一]。其子之飛雖無常，而鳲鳩居以待之則有常。

曰：通詩以用心均平專一爲主，「儀一」以下俱本此來。

曰：首章以心爲主，不用外占知内之說，如此則反重在儀上矣。結者操而不舍，凝聚不放逸之謂。

唐應德云：「君子之用心，指心之見于儀者説。蓋儀之所在，即心之所在。儀一而有常，是其心一而如結矣。如小大隱顯，合久暫而不愆其度，是儀一則其心之運行於小大隱顯之間者，無一時而或輟也，故曰如結。」薛仲常又云：「儀之一者，由於心之如結也。近時説者於此大有論辨，愚謂但不可用外占知内之意耳。」若二公之說，總是一意，元不相妨。

「其帶」二句，一云，伊絲見帶有常度，伊騏見弁有常度。一云，必帶與弁之色相稱，方見有常度。本文具有二意。

儀不忒，正四國。表正景從，自然之理。四國泛説。

徐士彰曰：帶，伊絲；弁，伊騏。施於四體，如此其有常度也。「正是四國」，亦有上下四旁均齊方正之意。皆見均平專一之驗也。

《傳》曰：興也。

《箋》曰：興者，喻人君之德當均一于下也，以刺今在位之人不如鳲鳩。儀，義也。善人君子其執義當如一也。執義一則用心固。

《箋》曰：騏當作璂，以玉爲之。言此帶弁者，刺不稱其服。

《疏》孔氏曰：《玉藻》大帶之制云：「天子素帶，朱裏終辟；諸侯素帶，終辟；大夫素帶，辟垂；士練帶，率下辟。」是大夫以上大帶用素絲也。《玉藻》又云：「襍帶，君朱緑，大夫玄華，士緇辟。」是其有雜色飾焉。《夏官·弁師》云：「王之皮弁，會五采玉璂。」《注》云：「會，縫中也。璂，結也。皮弁之縫中每貫結五采玉以爲飾，謂之璂。皮弁，侯伯綦飾七，子男綦飾三，玉用采。」

《傳》曰：忒，儀也。

《箋》曰：執義不疑，則可以爲四國之長，言任爲侯伯。

顧大韶曰：按《書經》，綦弁是士服，則此詩亦美其士耳。

一　●㊀●㊀㊀㊀　七一一結

二　●㊀●㊀㊀㊀　梅絲絲騏

三　●㊀●㊀㊀㊀　(棘)〔棘〕忒忒國

四　●㊀●㊀㊀㊀　榛人人年

下泉

《序》曰：《下泉》，思治也。曹人疾共公侵刻下民，不得其所，憂而思明王賢伯也。

《疏義》曰：前三章衰微相似，而語又相呼。末一章興盛相似，而語又相呼。故皆爲比而興。

此篇本是比體，而因以爲興，與他詩不同。說者多於首二句講末，攙入正意，又作興語，以起下意。是一語重出，既非詩體。或將正意先說在前，却將首二句貼正意說明，而因咏嘆其詞，以興末二句。此則先正後比，尤非托物之旨要。知首二句中即具比興二意，今只順本文說去，而比興之意自在，不必畫蛇添足，亦不必頭上安頭也。說詩到此等處，只宜領取意旨，更勿向語言文字委曲周旋，愈巧愈拙，愈近愈遠。但前三章是暗比，「愾我」二句中含有王室陵夷、小國困敝之意。末章是顯比，如《鳲羽》之例。比意就是興意，全然不用補綴，此處又有分別。

東萊呂氏曰：《匪風》、《下泉》，思周之詩獨作於曹、檜，何也？曰：政出天子，則强不凌弱，各得其所。政出諸侯，則(微)〔徵〕發之煩、供億之困、征伐之暴惟小國偏受其害，所以惓惓宗周，爲尤切也。戰國時房喜謂韓王曰：「大國惡有天子，而小國利之。」以此二詩驗之，其理益明。

黄葵峰曰：愾者憤憑之意，寤歎者，人於晝間應接多則不暇於思，至于夜而寤，百慮叢集，凡憤懣無聊皆於此時思之。

輔氏曰：《匪風》、《下泉》雖皆思周之詩，然《匪風》作于東遷之前，其意尚覬周道之復興，故曰「誰將西歸，懷之好音」。若《下泉》則作于齊桓之後，不復有覬望之意矣，直慨息想慕之而已。

《疏義》曰：鄭、衛淫僻，齊、陳荒穢，王室微，秦强盛，魏儉嗇褊急，唐憂深思遠，檜、曹窮困而思治，此諸侯變風之大略也。

《傳》曰：興也。稂，童粱。非溉草，得水而病也。

《箋》曰：興者，喻共公之施政教，徒困病其民。「稂」當作「凉」。凉草，蕭蓍之屬。

《疏》：《釋草》(云)〔文〕。舍人曰：「稂一名童粱。」郭璞曰：「莠類也。」陸機云：「禾秀爲穗而不成，崱嶷然，謂之童粱。今人謂之宿田翁。」

《傳》曰：諸侯有事，二伯述職。

《箋》曰：有王，謂朝聘於天子也。郇侯，文王之子，爲州伯，有治諸侯之功。

一 ●㊀●㊀ 稂京

二 ●㊀●㊀ 蕭周

三 ●㊀●㊀ 蓍師

四 ○㊀●㊀ 苗膏勞

〔豳〕

七月

《序》曰：《七月》，陳王業也。周公遭變故，陳后稷先公風化之所由，致王業之艱難也。

徐士彰曰：《七月》一詩，王氏之説能言其意矣。蓋其民終歲勤動，一息不暇，至入執宮功，可以節三時之勞矣，而尚不忘播穀之慮；朋酒斯饗，可以圖一日之澤矣，而尚不忘公堂之祝。真可謂憂勤之至者也。

讀此詩要理會全篇一個規模體段。蓋一家之中無一人暇，終歲之中無一日暇，而又忠愛孝敬，憂勤儉樸，無所不有，真可謂熙熙皞皞之象。信乎其爲王業根本也。

周之興也，十六王而武始居之。考其積基樹本，非有殊尤絶跡震炫來世者也。今讀其文，想其先公之所以爲教，不過若世間一勤儉忠厚之家而已。然一家如此其家必興，一國如此其國必昌。至於和氣浹洽，根幹纏綿，基厚而難傾，本深而不拔，卒受代商之命，享過曆之祚。昔人有言，太和在成周宇宙。又曰王道本乎人情。於乎，信其然矣。

曰：邠之俗，其民之蠶績獸獵皆爲公子之獻，固可見其下之愛上。而於「田畯至喜」、「公子同歸」，尤可見其上之親下。至於躋公堂、稱兕觥，則以一國之君與閭閻小民轉相酬酢而不以爲嫌，其上下相親，藹然有家人父子之意。此俗之所以爲厚也。

《記》云周公上聖，日讀萬篇。而公亦自稱曰「旦多材多藝」，故凡《詩》、《書》所載其出於公者，皆委曲詳盡。若《七月》、《無逸》、《東山》、《棠棣》，信令辭人掩口。

《書·堯典》：分命羲仲，宅嵎夷，曰暘谷。寅賓出日，平秩東作，日中星鳥，以殷仲春，厥民析，鳥獸孳尾。申命羲叔，宅南交。平秩南訛。敬致。日永星火，以正仲夏，厥民因，鳥獸希革。分命和仲，宅西曰昧谷。寅餞納日，平秩西成，宵中星虛，以殷仲秋，厥民夷，鳥獸毛毨。申命和叔，宅朔方，曰幽都。平在朔易，日短星昴，以正仲冬，厥民隩，鳥獸氄毛。

《禮·月令》：孟春之月，日在營室，昏參中，旦尾中。其神勾芒，律中太簇，東風解凍，蟄蟲始振。盛德在木。是月也，天氣下降，地氣上騰，天地和同，草木萌動。王命布農事，命田舍東郊皆脩封彊，審端經術，善相丘陵阪險原隰土地所宜，五穀所殖，以教道民，必躬親之。田事既飭，先定準直，農乃不惑。仲春之月，日在奎，昏弧中，旦建星中。律中夾鍾。（母）〔毋〕作大事，以妨農之事。天子乃鮮羔開冰，先薦寢廟。季春之月，日在胃，昏七星中，旦牽牛中。律中姑洗。是月也，天子乃薦鞠衣于先帝。是月也，生氣方盛，陽氣發泄，句者畢出，萌者盡達，不可以内。田獵罝罘，羅網畢翳，餧獸之藥，（母）〔毋〕出九門。是月也，命野虞無桑柘。鳴鳩拂其羽，戴勝降於桑，具曲植蘧筐，后妃齋戒，親東鄉躬桑。禁婦女（母）〔毋〕觀省，婦使以勸蠶事。蠶事既登，分繭稱絲，效功以共郊廟之服，無有敢惰。孟夏之月，日在畢，昏翼中，旦婺女中。其神祝融，律中中吕，盛德在火。是月也，天子始絺，命野虞出行田原，爲天子勞農勸民，毋或失時。命司徒循行縣鄙，命農勉作，毋休於都。是月也，驅獸毋害五穀，毋大田獵。蠶事畢，后妃獻繭，乃收繭税，以桑爲均，貴賤長幼如一，以給郊廟之服。仲夏之月，日在東井，昏亢中，旦危中。律中蕤賓。鵙始鳴。是月也，日長至，陰陽争，死生分。蟬始鳴。季夏之月，日在柳，昏火中，旦奎中。律中林鍾。温風始至，蟋蟀居壁，命澤人納材葦。是月也，命婦官染采，黼黻文章必以法，故無或差貸。黑黄蒼赤，莫不質良，毋敢詐僞，以給郊廟祭祀之服，以爲旗章，以别貴賤，等級之度。（母）〔毋〕舉大事，以摇養氣。（母）〔毋〕發令而待，以妨神農之事也。水潦盛昌，神農將持功，舉大事則有天殃。孟秋之月，日在翼，昏建星中，旦畢中。其神蓐收，律中夷則。涼風至，白露降，寒蟬鳴，鷹乃祭鳥，用始行戮。盛德在金，天地始肅，不可以贏。是月也，農乃登穀，天子嘗新，先薦寢廟。修宮室，壞垣墻。仲秋之月，日在角，昏牽牛中，旦觜觿中。律中南呂，育風至。是月也，養衰老，授几杖，行糜粥飲食。乃命有司，趣民收斂，務蓄菜，多積聚。蟄蟲懷户，殺氣浸盛，陽氣日衰。季秋之月，日在房，昏虛中，旦柳中。律中無射。豺乃祭獸戮禽。乃命冢宰，農事備收，舉五穀之要，藏帝籍之收于神倉，祇敬必飭。是月也，霜始降，則百工休，乃命有司，曰寒氣總至，民力不堪，其皆入室。是月也，天子乃教於田獵，以習五戎，班馬政，命僕及七騶咸駕，載旌旐，授車以級，整設于屏外。司徒搢朴，北面誓之。天子乃厲飭，執弓挾矢以獵。命主祠祭禽于四方。是月也，草木黄落。孟冬之月，日在尾，昏危中，旦七星中。其神玄冥，律中應鍾。水始冰，地始凍，盛德在水。是月也，天子始裘。命有司，曰天氣上騰，地氣下降，天地不通，閉塞而成。冬命百官謹蓋藏，命司徒循行積聚，無有不斂。臘先祖五祀，勞農以休息之。天子乃命將帥講武，習射御角力。仲冬之月，日在斗，昏東壁中，旦軫中。律中黄鍾。冰益壯，地始坼。山林藪澤，有能取蔬食田獵禽獸者，野虞教道之。是月也，日短至，陰陽争。塗闕庭門閭，築囹圄，此以助天地之閉藏也。季冬之月，日在婺女，昏婁中，旦氐中。律中大呂。冰方盛，水澤腹堅，命取冰，冰以入。令告民出五種，命農計耦耕事，脩耒耜，具田器。是月也，日窮於次，月窮於紀，星回於天，數將幾終，歲且更始。專而農民，（母）〔毋〕有所使。天子乃與公卿大夫共飭國典，論時令以待來歲之宜。

《周禮》：仲春教振旅，遂以蒐。仲夏教茇舍，遂以苗。仲秋教治兵，遂以獮。仲冬教大閱，遂以狩。

《國語》：古者太史順時覛土，陽癉憤盈，土氣震發。農祥晨正，日月底於天廟，土乃脉發。陽氣具蒸，土膏其動。

《左傳》：「古者日在北陸而藏冰，西陸朝（覲）〔覿〕而出之。其藏冰也，深山窮谷，固陰沍寒，于是取之。其出之也，朝之（稱）〔禄〕位，賓食喪祭，于是乎用之。其藏之也，黑牡秬黍，以享司寒。其出之也，桃弧棘矢，以除其災。其出入也時，食肉之禄，冰皆與焉。大夫命婦喪浴用冰，祭寒而藏之，獻羔而啓之。公始用之，火出而畢賦。自命夫命婦至于老疾，無不受冰。山人取之，縣人傳之，輿人納之，隸人藏之。夫冰以風壯而藏之，以風解而出，其藏之也周，其用之也徧。」周公此詩，本謂爲陳王業之艱難也，而不言祖宗拮据胼胝之勞。其所稱述，不過一時民風土俗而已，然詳味其辭，則祖宗節理人情，恤隱民事，奕世戴德，銖積寸累以有今日者，端可想見。深心遠致，無過於此。讀詩到此等處，具見古人言外之意。若不領其諷寄，而但滯其語言，亦何以得風人之旨哉。

《七月》一詩獨無三月，然自四章以後事事紀月，獨二、三章蠶事不言時月，以《月令》考之，則皆三月事也。有其事，不紀其月，此古人行文錯綜處。

蠶事盛于暮春，疑古稱三月爲蠶月。

張南軒曰：周公之告成王，見於《詩》，有如《七月》；見於《書》，有如《無逸》。欲其知稼穡之艱難，與小人之依。帝王所傳心法之要，端在於此。

一	㊀㊀㊁㊁㊁㊁㊂㊂㊂㊂㊂	火衣　發烈褐歲　耜趾子畝喜
二	㊀㊀㊁㊁㊁㊁㊁㊂㊂㊂㊂	火衣　陽庚筐行桑　遲(祈)〔祁〕悲歸
三	㊀㊀㊁㊁㊁㊁㊂㊂㊃㊃㊃	火葦　桑斯揚桑　鵙績　黃陽裳
四	㊀㊀㊁㊁㊁㊂㊂㊃㊃㊃㊃	葽蜩　穫蘀貉　貍裘　同(公)〔功〕豵公
五	㊀㊀㊀㊀㊀㊀㊀㊀㊀㊀●㊀	股羽野宇户蟀下鼠户子處
六	㊀㊀㊁㊁㊁㊁㊁㊂㊂㊂㊂	薁菽　棗稻酒壽爪　壺苴樗夫
七	㊀㊀㊁㊁●㊂㊂㊃㊃㊄㊄	圃稼　穋麥　同功　茅綯　屋穀
八	㊀㊀㊁㊁㊂㊂㊂㊂㊂㊂㊂	冲陰　蚤韭　霜場饗羊堂觥(彊)〔疆〕

《周禮》：凌人之職：夏頒(兵)〔冰〕掌事，秋刷。

首　章

曰：首章備一篇之義，猶網之有綱，裘之有領也。

曰：《七月》之詩，以衣食爲急，而衣食所資尤在乎預備而已。必以「七月」及「三之日」爲首者，三陰之月陰氣始盛，故于是而預爲禦寒之備；三陽之月陽氣始盛，故于是而預爲治田之備。大寒在丑月而慮之申月，西成在酉月而圖之寅月，其爲豫備如此。若寒至而後索衣，飢至而後求食，則計亦晚矣。

本文「授」字、「于」字、「舉」字、「同」字、「饁」字、「至」字，見其長幼夫婦、老少上下皆有皇皇服事，一息不自安，一人不得暇之意。周家以農事開基，以忠厚立國，即此可見祖宗風化之美，培養之深。爲此詩者，可謂深于立言矣。

曰：七月以後陰漸長，故以月言。十一月以後陽漸長，故以日言。顧東江講「觱發」，云「無風猶可言也」，「栗烈」，云「有風不待言也」。時義中亦有此解頤之語，先輩風流可尚。

范氏曰：民生本乎衣食，天下之務莫實于此矣。禮義之所以起，孝弟之所以生，教化之所以成，人情之所以固也。故勤儉之俗，莫如邠風。

《傳》曰：九月霜始降，婦功成，可以授冬衣矣。

《箋》曰：大火者，寒暑之候也。火星中而寒暑退，故將言寒，先著火所在。

《疏》：《公羊傳》曰：「大辰者，大火也。」何休《注》曰：「大(心)〔火〕，謂心。」孔氏曰：《左傳》張趯曰：「火星中而寒暑退。」服虔云：「季冬十二月平旦正中，在南方，大寒退。季夏黄昏火星中，大暑退。」《左傳》又云：「火猶西流」，謂火下爲流。

《箋》曰：此二正之月，人之貴者無衣，賤者無褐，將何以終歲乎？是故八月則當績。

《箋》曰：喜讀爲饎，酒食也。耕者之婦子俱以饟來，至於南畝之中，其見田大夫又爲設酒食焉，言勤其事又愛其吏也。

《箋》曰：此章陳人以衣食爲急，餘章廣而成之。

二章

此章重治蠶不重末二句。末二句不過因治蠶而模擬一時情事如此，後來作者于體物叙事之詩，到結局處往往題外生意，以爲警策，蓋祖述於此。即此二語，非遠非近，欲離欲合，如鶴唳高堂遺音不絶，如曼聲長歌餘弄未盡。讀者領略此旨，便想見古人才情風韻，飄飄有凌雲之氣。至如公子娶乎國中，貴家力于蠶桑，此是言外之意，了與詩旨無干。若用此意入講，粘皮帶骨，便將古人深情遠調埋没堙沉，殊可歎也。

「女心」二句，情真意切，絶妙好詞。章法神品。

曰：玩「執懿筐」、「遵微行」句，即可以想見其旁求博采之勤。玩「祁祁」句，即可以想見當時貴家大族、都人士女無不力於蠶桑之意。而於「春日遲遲」、「有鳴倉庚」、「女心傷悲」，則一時情景亦復宛然在目。蓋言之曲盡者也。

蠶之未出者，以蘩鬻而沃之則易出，今養蠶者皆然。故毛《傳》云「所以生蠶」。一説求柔桑之後桑已老，而蠶尚未齊，故後出者則以蘩啖之。此本朱《傳》。想俱未嘗目覩此事，故以意解之耳。且求桑采蘩一時事，亦自無前後也。

《傳》曰：傷悲，感事苦也。春女悲，秋士悲，感其物化也。殆，始。及，與也。豳公子躬率其民，同時出，同時歸也。

《箋》曰：春，女感陽氣而思男；秋，士感陰氣而思女。是其物化，所以悲也。悲則始有與公子同歸之志，欲嫁焉。女感事苦而生此志，是謂豳風。

按毛公言「春女悲，秋士悲，感物化也」，蓋觸事成感，以之興懷，人情自爾。如《周南》之懷春，《楚辭》之悲秋，及後人所作春閨秋興詩，是其類也。數言意旨殊佳，江文通《□賦序》引用之，頗得其意。《箋》遂以男女之欲爲言，覺少味矣。

《傳》曰：懿筐，深筐也。微行，墻下徑也。

三章

今歲之蠶事已成，而收取萑葦以爲來歲之用。至于來歲而採桑飼蠶，復繼往歲之功。蓋緣蠶桑是其歲事，故一年捱一年，次第相承，常常如此，無有休息也。

「蠶月」五句，重畢取意，不重愛養意。

曰：鵙以夏至鳴，應陰陽之動也。三陰用事，陰盛也，故鳴聲尤多。陰盛則衆芳歇，而麻以時成熟矣，故可績。

奉上，勿泥禦寒，將爲視朝、視朔、燕服、蜡服之用也。此是即民愛上之誠，不要說布縷之征，亦不用感恩圖報之意。若曰感恩圖報，則是煦煦之恩也，而愛亦淺矣。

王符《潛夫論》曰：「《七月》之詩大小教之，終而復始。」觀此章言蠶績，七章言稼穡，俱歲復一歲，如環無端，所謂終而復始者也。

《疏》孔氏曰：《釋草》云：「亂似葦而小，初生者爲菼，長大爲亂，成則名爲萑。初生爲葭，長大爲蘆，成則名爲葦。」《月令》季春云：「具曲植筐筥。」《注》云：「曲，薄也。植，搥也。薄，用萑葦爲之。」

《傳》曰：角而束之曰猗。女桑，荑桑也。

《箋》曰：女桑，少枝長條。不枝落者，束而采之。

按角而束之者，枝條開張則擎斂而采之。《疏》正義曰：「左傳云：『譬如捕鹿，晉人角之，諸戎掎之。』掎、角，皆遮截束縛之名也。故云『角而束之曰猗』。」

《疏》正義曰：破斧，《傳》云「隋銎曰斧，方銎曰斨」，然則斨即斧也。《釋名》曰：「斨，戕也。」所伐皆戕毀也。

《傳》曰：載績絲，事畢而麻事起矣。玄，黑而有赤也。朱，深（熏）〔纁〕也。祭服玄衣纁裳。

《箋》曰：伯勞鳴，將寒之候也。五月則鳴，豳地晚寒，鳥，物之候，從其氣焉。凡染者，春暴練，夏纁玄，秋染夏。爲公子裳，厚於其所貴者説也。

《疏》：李巡曰：「伯勞，一名鵙。」《左傳注》曰：「以夏至來，冬至去。」郭璞曰：「似鶷鶡而大，以五月鳴，應陰氣之動。陽氣爲仁養，陰爲殺殘賊，伯勞蓋賊害之鳥也，其聲鵙鵙，故以其音〔名〕云。」

又曰：「玄黑而有赤」，謂色有赤黑襍者。《考工記·（纁）〔鍾〕氏》説染法云：「三入爲纁，五入爲緅，七入爲緇。」《注》云：「染黑者三入而成，又再染以黑，則爲緅，今《禮記》作爵，言如爵弁色也。又復再染以黑乃成緇矣。凡玄色者，在緅緇之間，其六入者歟。」《士冠禮》

「爵弁服纁裳」，《注》云：「凡染（終）〔絳〕，一入謂之縓，再入謂之赬，三入謂之纁，朱則四入矣。」朱色深于纁，故曰「朱深纁也」。《易・下繫辭》云：「黄帝堯舜垂衣裳，蓋取諸乾坤」，《注》云：「乾爲天，坤爲地。天色玄，坤色黄，故玄以爲衣，黄爲裳。象天在上，地在下，土寄位于南方。」（西）〔南〕方，故云用纁，是祭服用玄衣纁裳之義。

四　章

古者狩獵之禮以講武事，歲歲不廢，故曰「載纘武功」。貑、豣皆取其皮，爲藉以禦寒也。古者士坐犬家。

曰：邠地苦寒，故其事詳于裘褐。其國近戎，故其俗勤於武備。

曰：貉，狐屬，出則爲狐之導。朱豊城以爲貉賤而狐貴是也。貍似貙而小，有文彩。

曰：蠶績必獻，一女之勤，不忘君也。狩獵必獻，一男之作，不忘君也。邠民終歲勤動，而其華美温厚者，悉以奉君，可見其忠厚之至。

鄭氏曰：物生於陽而成於陰，四月純陽而陰已胎，葽感陰氣之早者，故物之成者自葽始。

曰：蜩，陰類也，故鳴始於五月。

《地官・小司徒》云：「凡起徒役，毋過家〔一〕人，（一爲正卒）以其餘爲羨（卒）。唯田與追胥竭作。」《特牲》云：「惟爲社田，國人畢作。」武功還是即狐貉之事而名之，非謂講武。制義中着此，亦不妨得。

輔氏曰：《七月》之民，其事則不外乎農桑，其心則不忘乎君上，治天下者未能使民至於如此，皆苟道也。

私豵、獻豜，《周禮》所謂「小禽私之，大獸公之」是也。

《箋》曰：《夏小正》：「四月，(黄)〔王〕萯秀。」葽，其是乎？ 秀葽也，鳴蜩也，穫禾也，隕蘀也，四者皆物成而將寒之候。物成自秀葽始。

《疏》曰：蜩，螂蜩，螗〔蜩〕。《方言》曰：「楚謂蟬爲蜩，宋、衛謂之螂蜩，陳、鄭謂之螂蜩，秦、晉謂之蟬。」《釋蟲》又云：「蜺，寒蜩。」郭璞曰：「寒螿也，似蟬而小，青赤。」引《月令》云「寒蟬鳴。」(然)〔與〕此鳴蜩不同(者)。《夏小正》云「五月螗蜩鳴，七月寒蟬鳴」，是其異也。

又曰：《月令》：「孟夏王瓜生。」《注》云：「今曰王萯生。《夏小正》云：『王萯秀。』」未知孰是。」鄭以四月生者自是王瓜，今《月令》與《夏小正》皆作王萯，而生秀字異，必有誤者。故云「未知孰是」。《本草》云：「萯生田中，葉青，刺人，有實七月采，陰乾。」云七月采之，又非四月已秀，是葽與否，未能審之。

《傳》曰：孟冬天子始裘。

《箋》曰：其同者，君臣及民因習兵俱出田也。不用仲冬，亦豳地晚寒也。

邠民於衣食之奉，必先老而後幼，先賤而後貴。獨獨改歲入室，則言老□之愛，蓋互文見意，各發一義也。

五　章

徐士彰曰：按螽斯，蝗屬。莎雞，促織也。蟋蟀，蛩也。自是三物，故謂之一物，又安得云隨時變化而異其名，徒以「七月」二句不言何物，故爲此説，可謂以文害辭者也。朱《註》如此等處不可不改。凡蟲皆陰屬，五月陰氣漸生，故蟲應之。

《疏義》曰：首章「何以卒歲」在二之月下，則夏正之歲也。此章「曰爲改歲」，在十月之下，則非夏正之歲矣。蓋以建寅數之者，時王之正朔也。以一之日紀之者，豳人之紀候也。當時民俗蓋兩用之，故互見云。

《傳》曰：斯螽，蚣蝑也。莎雞羽成而振訊之。

《箋》曰：自「七月在野」至「入我床下」，皆謂蟋蟀也。

《疏》：陸機曰：「斯螽，蝗類。長而青，長角，長股，股鳴者也。五月中，以兩股相切作聲，聞數十步。莎雞如蝗，而班色，毛翅數重，其翅正赤。六月中，飛而振羽，索〔索〕作聲。」

六章

徐士彰曰：此章當看「介眉壽」、「食農夫」六字。果酒嘉蔬以介眉壽，介有□之之意，則非以爲常食也。瓜壺苴荼以食農夫，食有養之之意，固以是爲常矣。然則果酒嘉蔬非不可以及少也，而供老疾、奉賓祭爲主。瓜壺苴荼老者未必不食也，而不可以爲常，於以見食稻食肉乃老者之常，而果酒嘉蔬又於常食之外，以此而致其助也。此邠人之老，所以無凍餒歟。

曰：古者子弟舉酒於長必祝，賓主勸酬必祝，燕不徒燕，祭而後燕，故賓祭並言之。但章意重老少，賓祭意不必太泥。

曰食瓜斷壺，亦去圃爲場之漸。據此則輔氏謂是詩所舉時月雖參差不齊，細玩之亦有次序，得詩人之意矣。爲食之事不過力農，六章之别品類，八章之豫大典，皆食中事也。

即場爲圃，築圃爲場，古人地無遺利如此。

介，助也。謂養氣體以助之也。舊説如此，未是。古人舉酒爲壽，稱觴則稱壽，此是常禮，非必謂飲此酒遂得眉壽也。若必以此酒助爾氣體，以得眉壽，則《楚詞》云「以介景福，奉酒食於神保，得景福於曾孫」，亦以酒介之乎？亦將謂尸酬之爵，足以養曾孫之氣體乎？

《傳》曰：春酒，凍醪也。

《箋》曰：既以鬱薁及棗助男女，又穫稻而釀酒以助其養老之具，是謂豳雅。《疏》正義曰：鬱，棣屬。劉禎《毛詩義問》曰：「其樹高五六尺，其實大如李，正赤，食之甜。」《本草》云：「鬱一名雀李，一名車下李，一名棣。生高山川谷或平田中，五月時實。薁〔蘡者〕，亦是鬱類，而小別耳。晉宮閣(名)〔銘〕云「華林園中有車下李」，即鬱，薁李即薁，二者相類而同時熟，故言鬱薁也。

《箋》曰：瓜瓠之畜，麻實之糝，乾荼之菜，惡木之薪，亦所以助男養農夫之具。

七　章

此章重農事，不重治屋。稼方同也，而即念夫邑居之當修。屋方乘也，而復念農功之當始。此意如轉環轆轤相似，不得暫歇。年復一年，終而復始。彼其心曷嘗頃刻而忘此農事乎？故曰「終始農事以極憂勤艱難之意」。此語深得詩人之旨。於其築而納也，見歡欣鼓舞之情；於其急而乘之也，見戒飭勸勉之意。

稼既同而始乘屋，爲農也。稼既同而亟乘其屋，亦爲農也。要形容他一段閔閔皇皇、惟恐後時之意。

曰「其始播百穀」，見一當農時，則一家之中若老若少行當畢力于農，此外分毫他務有不暇舉者矣。此語可想見一時憂勤之意，又可想見他日力穡之風。

此章善形容力本之意，情狀宛然，氣韻生動，畫家傳神手也。章法神品。

《傳》曰：入爲上，出爲下。

《箋》曰：九月定星將中，急當治野廬之屋。「其始播百穀」，謂祈來年百穀於公社。

八章

沖沖者急於取冰之意。前註云：「沖沖，猶衝衝」，與此亦相似。孔《疏》謂「非貌非聲，故言意」。《疏》意訓和謬。

「九月肅霜」不空，氣肅霜降萬寶告成，築場之候也。

「朋酒」句與「羔羊」句對，「升公堂」三句總承此二項說。一云朋酒是蜡祭之酒，民間自飲之禮，所謂三時之勞一日之澤也。此亦無不可，但以語脉求之，前説爲長。

《傳》曰：(水)〔冰〕盛(冰)〔水〕腹，則命取冰於山林。

《傳》曰：肅，縮也。霜降而收縮萬物，滌場功畢入也。饗者，鄉人以狗，大夫加以羔羊。

《箋》曰：十月農事男女俱畢，無飢寒之憂，國君閒於政事而饗羣臣。

《傳》曰：公堂，學校也。觥，所以誓衆也。

《箋》曰：於饗而正齒位，故因時而誓焉。飲酒既樂，欲大壽無竟，是謂豳頌。
《箋》曰：上章備寒，故此章偹暑。后稷先公禮教備也。

鴟鴞

《序》曰：《鴟鴞》，周公救亂也。成王未知周公之志，公乃爲詩以遺王，名之曰《鴟鴞》焉。

曰：嗚呼，世變人心，愈降愈下。伊尹放君，民尚大悦。周公攝政，二叔流言。由周而下，可勝道也哉！

劉氏曰：《集傳》以爲公遭流言，即東征二年而誅管叔、武庚，其後乃作此詩。成王得詩，又感風雷之變，迎公以歸，公乃作《東山》之詩。此蓋因孔氏《書》註弗辟之説，後來既與九峯辨其不然，以爲當從鄭氏，而於《書》傳則未及追改耳。蓋流言之興，而公弗辟居，以待成王之察，則其心雖無私，而迹亦未明，故曰：「我無以告我先王。」是以辟居三年之後，成王既知流言之罪人，而疑慮未釋，乃作《鴟鴞》以喻之。觀其告《鴟鴞》以「無毁我室」，可見其詩作于武庚未誅之前。自風雷之變而周公既歸，乃承王命作《大誥》東征，一篇之中首言「王若曰」，繼以屢言「王曰」，又言「冲人」，又言「寧考」，皆自成王而言。可見公之東征，王寔命之，當在王既感悟而迎公以歸之後。必非身履危疑，王意未釋，而倜然出師，討罪放殺其兄若弟也。

四章俱托鳥言，只照本文叠叠説下。下三章亦自與鴟鴞無涉，不必粘帶。通詩皆暗比，正意俱説詩者補之。

曰：夫周公作詩以見己意，如下三章之云，而首言武庚，何也？蓋（武）〔成〕王之疑由武庚之流言，故先言武庚者，斥其事，所以起下三章之意也。

曰：敗管（茶）〔蔡〕者，陷之于惡也。此詩歸罪武庚，而于二叔則有憫恤之意，親親也。謂之「綢繆」，周公之所以維持王室、藻飾太平者，何其詳也。讀《周官》一書，樞機周密，品式備具，真可謂綢繆矣。

「今此下民」，庶幾之辭，意其可以免患也。若作决詞，則漂摇翹翹處既不能通，且與周公事迹不合矣。

拮据，手口並作之貌。捋荼、蓄租，則其所作之事也。先言手之拮据，後言口之卒瘏，互文也。周公平日握髪吐哺，任賢圖治，「予手」四句，正其形容親切處。

捋荼、蓄租，是創造時事。上文「綢繆牖户」，則既成之後，又復纏綿補葺，以圖萬全，防不測也。故《傳》于三章曰：「王室未集，則未成時也」；二章曰：「深愛王室，則爲既集時矣。」此意在「綢繆牖户」一句看出，非是强生枝節。可見前人讀書，心思細密如此。

多難，《疏》云：「當是時王心疑于上，羣情惑于下，亂賊乘機伺間于其間，國勢之危，甚于風雨之漂摇也。」

羽殺尾敝，在「徹彼桑土」之後。修政立事，備而罔缺，故曰「或敢侮予」。天命人心，凝而未固，故曰「予室翹翹」。

曰：讀《鴟鴞》一詩，可以想見周公忠誠懇惻之心。且公以叔父之親，居攝相之位，而所祈于王者，惟自訴其忠赤，比于鳥之哀鳴，而無一毫怨懟不遜之詞。公何嘗以孺子視王哉？萬世而下誦公之詩，而見公之心事，如青天白日，不可掩也。即是可以律操、懿之罪矣。

曰：三章五箇「予」字可玩。勞亦予也，病亦予也，惟予而已，無可他諉者，爲予室故也。上下四「予」字，見匪躬之義。末一「予」字，見體國之忠。

「鴟鴞」二句，《傳》曰：「興也。」《箋》曰：「時周公竟武王之喪，欲攝政，成周道，致太平之功。管叔、蔡叔等流言，云公將不利於孺子。成王不知其意，而多(遂)〔罪〕其屬黨。興者，喻此諸臣乃世臣之子孫，其父祖以勤勞有此官位、土地，今若誅殺之，無絶其官位，奪其土地。王意欲誚公，此之由然。」

《疏》：陸機曰：「鴟鴞似黄雀而小，其喙尖如錐，取茅秀爲巢，以麻紩之，如刺襪然。縣着樹枝，或一房，或二房，幽州人謂之鸋鴂，或曰巧婦，或曰女匠。關東人謂之工雀，或謂之過鸁。關西謂之桑飛，或謂之襪雀，或曰巧女。」

《傳》曰：　鬻，稚也。稚子，成王也。

《箋》曰：　鴟鴞之意，殷勤于此稚子，當哀憫之。　此取鴟鴞子者，言稚子也。　以喻諸臣之先臣亦殷勤于此，成王亦宜哀憫之。

《傳》曰：　徹，剥也。

《箋》曰：　此鴟鴞自説作巢至苦如是。　今女我巢下之民，寧有敢侮慢欲毀之者乎。　意欲恚怒之，以喻諸臣之先臣亦及文武未定天下，積日累功，以固定此官位與土地，亦不欲見其絶奪。

《傳》曰：　拮据，撠挶也。

《箋》曰：　巢之翹翹而危，以其所托枝條弱也。　以喻今我子孫不肖，使我家危也。　風雨喻成王也，音嘵嘵然，恐懼告愬之意。

一　●㊀㊁㊁　子室　勤閔

二　㊀㊀●㊀　雨土户予

三　㊀㊀㊀㊀　据荼租瘏家

四　㊀㊀㊀㊀　譙翛翹摇嘵

東山

《序》曰：《東山》，周公東征也。周公東征，三年而歸，勞歸士，大夫美之，故作是詩也。一章言其完也，二章言其思也，三章言其室家之望女也，四章樂男女之得及時也。君子之於人，序其情而閔其勞，所以説也。「説以使民，民忘其死」，其唯《東山》乎？

朱子曰：《東山》一詩曲盡人情。方其盛時，則作之於上，《東山》是也；及其衰世，則作於下，《伯兮》是也。

曰：武庚之叛，挾三監之勢，并奄與淮徐之地。是東方之國皆復反爲商，幾及天下之半，與漢七國之變無異也。則《東山》之幸其完，與所謂破斧缺斨者，豈虛也哉。

徐士彰曰：聖人所以能感人者，以其心度人之心，而下之人亦樂於効力，而不患上之不我知也。《東山》之詩述其歸而未至也，則凡道塗之遠，歲月之久，風雨之侵陵，飢渴之困頓，裳衣之以久而垢敝，室廬之以久而荒廢，室家之以久而怨思，皆其心之所苦，而不敢言者，我則有以慰勞之。及其歸而既至也，則覩天時之和暢，聽禽鳥之和鳴，而人情和説，適與景會，與夫既見既遘之歡，良人粲者之慶，此皆其心之所願，而不敢言者，我則有以發揚之。莫苦於歸而在途之時，而上之人能與之同其憂；莫喜于歸而相見之時，而上之人能與之同其樂。其委曲詳盡如此，吁，此所以爲聖人之言也。

向未言歸，乃心敵愾，曰歸則西悲。善言人情者也。

「勿士行枚」、「亦在車下」，俱喜幸之詞。

「(蜾蠃)〔果蠃〕」等句，要作想像語。

夫婦相見，不言相見之樂，却從苦瓜栗薪説他，喜幸之意，諷寄深遠，才情可尚。

「九十其儀」，猶今人言十分好也。

「如之何」，有不能形容之意。

「自我不見，于今三年」，唐應德制義云：「吾意其翦伐之不免也，而今猶若此乎。」此語頗有興寄，可謂得風人之旨。

《序》箋曰：成王既得《金縢》之書，親迎周公。周公歸攝政，三監及淮夷叛，周公乃東伐之，三年而後歸耳。

「我東」三句，《傳》曰：「公族有辟，公親素服，不舉樂，爲之變，如其倫之喪。」《箋》曰：「我在東山，常曰歸也，我心則念西而悲。」

「制彼」二句，《(傳)〔箋〕》曰：「女制彼裳衣而來，謂兵服也，亦初無行陳御枚之事，言前定也。《春秋傳》曰：『善用兵者不陳。』」

《傳》曰：烝，寘也。

《箋》曰：蠋蜎蜎然，特行久處桑野，有似勞苦者。古者聲寘、填、塵同也。敦敦然獨宿于車下，此誠有勞苦之心。

《疏》：《釋蟲》云：「蚅，烏蠋。」郭璞曰：「大蟲如(捐)〔指〕似蠶，韓子云：『蠶似蠋。』」

《傳》曰：熠耀，燐也。燐，螢火也。

《疏》正義曰：果蠃之實括樓。李巡曰：「括樓，子名也。」孫炎曰：「齊人謂之天瓜。」《本草》云：「括樓如瓜葉，形兩兩(相)〔拒〕值，蔓延，青黑色。六月花，七月實，如爪瓣」，是也。伊威，名委黍。蠨蛸，名長踦。郭璞曰：「舊説伊威，鼠婦之别名。長踦，小蜘蛛長脚者，俗呼爲喜子。」《説文》云：「委黍，鼠婦也。」陸機云：「鼠婦在壁根下、甕底土中生，似白魚者」，是也。長踦一名長脚，荆州、河内人謂之喜母。此蟲來著人衣，當有親客至，有喜也，幽州人謂之親客。亦如蜘蛛，爲羅網居之，是也。塲者，踐地之處。町畽，鹿之跡也。燐，螢火也。舍人云：「螢火即炤①，夜飛有火蟲也。」《本草》：「螢火，一名夜光，一名熠燿。」《淮南子》云：「久

① 「螢火即炤」當在「舍人云」之前，乃《釋蟲》文。

血爲燐。」許慎云：「謂兵死之血爲鬼火。」然則燐者鬼火之名，非螢火也。天陰沈數〔四〕〔雨〕，在於秋日螢火夜飛之時也，故云宵行。然腐草木得濕而光，亦有明驗。

《箋》曰：「伊」當作「緊」，緊猶是也。

《傳》曰：垤，螘塚也。將陰雨則穴處者先知之。鸛好水，長鳴而喜也。

按：蟻封名垤，小丘亦名垤，此垤自是小丘。鸛鳴於垤，自是雨徵耳，何必以爲蟻封？必欲作蟻封解，遂以爲蟻出垤而鸛就食之，之説亦大傅會矣，何曾聞鸛食蟻乎？且蟻封曰垤者，蟻壤之積有如塚耳，曾幾許大，而曰鸛鳴其上，豈成文理？

《疏》：《釋蟲》云：「蚍蜉，大螘。小者螘。」舍人曰：「蚍蜉即大螘，小者即名螘也。」陸機曰：「鸛，鸛雀也。似鴻而大，長頸，赤啄，白身，黑尾翅，樹上作巢，大如車輪。卵如三升杯，望見人，按其子令伏，徑舍去。一名負釜，一名黑尻，一名背竈，一名皂裙。又泥其巢，一傍爲池，含水滿之。取魚置池中，稍稍以食其雛。若殺其子，則一村致旱灾。」

《傳》曰：敦猶專專也。烝，衆也。言我心苦，事又苦也。

《箋》曰：此又言婦人思其君子之居處，專專如瓜之繫綴焉。瓜之瓣有苦者，以喻其心苦也。烝，塵；栗，析也。言君子又久見使析薪，於事〔又〕〔尤〕苦也。古者聲栗、裂同也。

「倉庚」二句，《箋》曰：「歸士始行之時，新合婚禮，今還，故極序其情以樂之。」

《疏》曰：騂，赤色，黃白曰皇。謂馬色有黃處，有白處，則騂白曰駁，謂馬色有騂處，有白處。

《箋》曰：女嫁，父母既戒之，庶母又申之。「九十其儀」，喻丁寧之多。

《疏》孔氏曰：昏禮言結帨，此言結褵，則褵當是帨。《(爾雅)〔釋器〕》曰：「婦人之褘謂之褵，褵，緌也。」《注》云：「繫也。」又曰：「衿謂之袸。」《注》云：「衣小帶。」

「其新」二句，《傳》曰：「言久長之道(曰)〔也〕。」《箋》曰：「其新來時甚善，至今則久矣，不知其何如。又極敘其情樂而戲之。」

一　●㊀㊁㊀㊀㊀㊀㊂㊂㊂　歸歸悲衣枚隔　東濛　蠋野宿下

二　●㊀㊁㊁〇㊂〇㊂㊃㊃㊄㊄①　歸起　東濛　宇户　場行　畏懷

三　●㊀㊁㊁㊂㊂㊂㊂●㊃●㊃　歸起　東濛　垤室窒至　薪年

四　●㊀㊁㊁〇㊂〇㊂㊃㊃㊃㊃　歸起　東濛　羽馬　褵儀嘉何

此篇各章首二句不叶。東、(蒙)〔濛〕，或以濛字作謨悲切，以叶歸，此曲說也。首章「歸」本隔二句叶歸、悲，如《權輿》次章及「誕寘之隘巷」之例。次章以下則因首章而以獨韻起調，如

① 第二、四章韻譜中「〇」均當作「●」。

「瞻彼洛矣」、「賓之初筵」之例。古樂府及唐宋人詩餘長調，亦多有獨韻起者。

《傳》、《箋》訓烝與寘、塡、塵同。久，如也。後人言專、言整、言生、言産，其義同也。烝、塡、寘、塵同也。栗、裂同也。愚所謂聲音之變，宛轉相通者也。以鄭公之博雅，而往往曰古，然則後來古韻濫觴于此矣。

破斧

《序》曰：《破斧》，美周公也。周大夫以惡四國焉。

訛者，化其邪而使之正遒者，萃其渙而使之固。

舊説嘉者，慈祥愷悌之意；休者，至誠惻怛之意。近説(加)〔嘉〕字要本訛字意説，休字要本遒字意説。蓋使之化而爲善，則皆不累于私，豈不嘉乎？萃渙合離，則無不蒙其惠，豈不休乎？二説宜兼用之。

輔氏曰：《東山》之詩，周公能得歸士之心也。《破斧》之詩，歸士能得周公之心也。所謂上下交而志同也。

周公之心，歸士能知之。司馬昭之心，路人能知之。故曰「鶴鳴于九皋，聲聞於天」。

《傳》曰：斧（戕）〔斨〕，民之用也。禮義，國家之用也。

《箋》曰：四國流言既破毀我周公，又損傷我成王，以此二者爲大罪。

《傳》曰：四國，管、蔡、商、奄也。

《疏》曰：隋銎曰斧。隋，孔形狹而長。銶，一解云「今之獨頭斧」。

一 ●㊀●㊀●㊀ 斨皇將

二 ●㊀●㊀●㊀ 錡訛嘉

三 ●㊀●㊀●㊀ 銶遒休

伐柯

《序》曰：《伐柯》，美周公也。周大夫刺朝廷之不知也。

正意宜含蓄不露。東人之喜亦秉彝好德之良，但得望見則以爲幸。至於公居東，非公之幸，非天下之幸，彼固有所不及計也。

昏禮用特豚，夫婦各一半，合升於鼎俎，所謂同牢而食也。

《序》箋曰：成王既得雷雨大風之變，欲迎周公，而朝廷羣臣猶惑於管、蔡之言，不知周公之聖德，疑于王迎之禮，是以刺之。

《傳》曰：柯，斧柄也。禮義者，亦治國之柄。媒，所以用禮也。治國不能用禮則不安。

《箋》曰：伐柯之道，唯斧乃能之，此以類求其類也。以喻成王欲迎周公，當使賢者先往。媒者能通二姓之言，定人室家之道。以喻王欲迎周公，當先使曉言與周公之意以先往。

「其則不遠」，《傳》曰：以其所願乎上交乎下，以其所願乎下事乎上，不遠求也。

《箋》曰：則，法也。伐柯者必用柯，其大小長短近取法于柯，所謂不遠求也。王欲迎周公使還，其道亦不遠，人心足以知之。

《箋》曰：「之子」，斥周公也。王欲迎周公，當以饗燕之饌行，至則歡樂以説之。

《疏》曰：《爾雅》曰：「竹豆謂之籩，木豆謂之豆。」鄭氏曰：「籩豆，其實容四升。」《爾雅》曰：「瓦豆謂之登。」《疏》曰：「旊人爲瓦器，而云豆中縣，鄭云：『縣繩正(直)〔豆〕之柄。』是瓦亦名豆也。」①

一　●㊀●㊀　克得

二　●㊀●㊀　遠踐

---

①　本節所謂「疏」，未見於《伐柯》一詩孔穎達《正義》，係指《爾雅・釋器》邢昺《疏》。

九罭

《序》曰：《九罭》，美周公也。周大夫刺朝廷之不知也。

曰「我覯之子」足矣，而曰「衮衣繡裳」，想見一時扶老携幼，喜躍不勝，舉手加額，相顧誇詡之狀。可謂善言人情矣。德字不消說。

曰：九章，龍取其變也，山取其鎮也，華蟲取其文也，火取其明也，宗彝取其孝也，藻取其潔也，粉采取其養也，黼取其斷也，黻取其力也。

末章只要模寫東人愛慕無極，不忍釋然之意。至於公之當歸，彼亦不及計也。不必說向公義一邊去，彼特自言其情如此。

召公之南，則愛及于甘棠。周公之東，則願見其衮衣。于此見二王之盛德（炙）〔矣〕。

「衮衣繡裳」與衛「充耳琇瑩」二句一例，說服飾處便是說德，不必說服以德感也。只要形容快覯之意。

《傳》曰：興也。

《箋》曰：設九罭之罟，乃（彼）〔後〕得鱒魴之魚，言取物各有器也。興者，喻王欲迎周公之來，當有其禮。「衮衣繡裳」，言王迎周公當以上公之服往見之。

《疏》曰：《釋器》曰：「緵罟謂之九罭，九罭，魚網也。」孫炎曰：「九罭謂魚之所有，九囊也。」郭璞曰：「緵，今之百囊網也。」郭璞曰：「鱒似鯶子，赤眼者。江東人呼魴魚爲鯿。」陸機曰：「鱒似鯶而鱗細于鯶，赤眼。」

《箋》曰：鴻，大鳥也，不宜與鳧鷖之屬飛而循渚。以喻周公今與凡人處東都之邑，失其所也。信，誠也。時東都之人欲周公留不去，故曉之云，公西歸而無所居，則可就女誠處，是東都也。今公當歸復其位，不得留也。

一　●㊀●㊀　魴裳

二　㊀㊀㊀　渚所處

三　㊀㊀㊀　陸復宿

四　㊀㊀㊀　衣歸悲

狼跋

《序》曰：《狼跋》，美周公也。周公攝政，遠則四國流言，近則王不知，周大夫美其不失其聖也。

《語録》曰：狼性不能平行，每行首尾一俯一仰，首至地則尾舉向上，胡舉向上則尾疐至也①。躐，踐也。跲，躓也。累於形者，進退皆病。周於德者，無往不宜。此反興之義也。

「公孫碩膚」，委曲善護。句法妙品。

楊龜山曰：《狼跋》之詩云「公孫碩膚，赤舄几几」，周公之遇謗，何其安閒而不迫也。學《詩》者不在語言文字，當想其氣味，則得《詩》之意矣。

周公心事正如青天白日，已無所愧（作）〔怍〕，故安重自如。人亦有以諒其心，故德音不瑕也。

嚴氏曰：凡人情處利害之變則舉趾不安，其常懼者或至於喪履，喜者或至於折屐。詩人以「赤舄几几」見周公之聖，亦善觀聖人矣。

曰：「公孫碩膚，赤舄几几」，可以見聖人處變之度。「周公東征，四國是皇」，可以見聖人救亂之心。

《序》箋曰：不失其聖者，聞流言不惑，王不知不怨。終立其志，成周之王，功致太平，復

---

① 「也」，當係「地」字之訛。

成王之位。又爲之太師，終始無愆，聖德著焉。

《傳》曰：興，也。老狼進退有難，然而不失其猛。

《箋》曰：興者，喻周公進則躐其胡，猶始欲攝政，四國流言，辟之而居東都也。退則跲其尾，謂(彼)〔後〕復成王之位，而老，成王乃又留之，其如是，聖德無玷缺。

《疏》正義曰：跋，前行曰躐。跲，却頓曰疐。以跋爲躐者，謂跋其胡而倒躓耳。老狼有胡，謂頷垂胡。

《傳》曰：公孫，成王也，豳公之孫也。赤舄，人君之盛屨也。几几，絇貌。

《箋》曰：孫，遁也。周公攝政七年，致太平，復成王之位，孫遁避此，成公之大美。欲老，成王又留之以爲太師，履赤舄几几然。

《疏》正義曰：《廣訓》文。《天官》屨人掌王之服屨，爲赤舄、黑舄。《注》云：「王吉服有九，舄有三等：赤舄爲上，冕服之舄，下有白舄、黑舄。」然則赤舄是舄之最上。《屨人》注云：「服屨者，著服各有屨也。複下曰舄，單下曰屨。古之人言屨以通於複，今世言屨以通於單，俗易語反。」《士冠禮》云：「玄端黑屨，青絇繶純。爵弁纁〔屨〕，黑絇繶純，純博寸。」《注》云：「絇之言拘，以爲行戒，狀如(兩)〔刀〕衣，鼻在履頭。繶，縫中紃也。」屨順裳(也)〔色〕，爵弁之屨以黑爲飾，爵弁尊，其屨飾以繢次。云「几几，絇貌」，謂舄頭飾之貌。以爵弁祭服之尊，飾之如繢次。屨色纁而絇用黑，則冕服之舄必如繢次，舄色赤則絇赤黑也。

顧大韶曰：「公孫碩膚」，諱詞也。孫字正如「公孫於齊」之孫，謂遜居東土也。作者於講中輒云三監之謗，非三謗之爲也，乃公自遜其大美耳。如此語則早已說明，所謂「玉波去四點，依舊是王皮」矣。

一　●㊀●㊀　尾几

二　●㊀●㊀　胡瑕

韻疑

〔米〕〔光〕贈《鷄鳴》三

收輈驅續轂馵子玉屋曲《小戎》一

中驂《小戎》三　子歲處《七月》五

冲陰《七月》〔入〕〔八〕　實宇室户《東山》二

吹和《蘀兮》一

梅裘哉《終南》〔一〕

差原麻《東門之枌》二

毛詩六帖講意小雅卷之二

二　雅

鄭氏曰：《小雅》、《大雅》，周室居西都時詩也。《小雅》自《鹿鳴》至《菁莪》，《大雅》自《文王》至《卷阿》爲正經，《小雅·六月》、《大雅·民勞》之後，皆謂之「變雅」。

朱子曰：「周公相成王定樂歌，每事以詩寫其至誠和樂，而被之音聲。舉是事則奏是詩。」又曰：「《小雅》施之君臣之間，《大雅》則止人君可歌。」

孔氏曰：王政既衰，變雅兼作。取《大雅》之音，歌其政之變者，謂之「變大雅」。取《小雅》之音，歌其政之變者，謂之「變小雅」。故變雅皆由音體有大小，不復由政事之有大小也。

（小雅上）

〔鹿鳴之什〕

鹿鳴

《序》曰："《鹿鳴》，燕群臣嘉賓也。既飲食之，又實幣帛筐篚以將其厚意，然後忠臣嘉賓得盡其心矣。"

首章之庶幾嘉賓，之「示我周行」，而後二章但曰「式燕以敖」，曰「燕樂其心」，而乞言之意隱然見於言外，蓋不敢必也，亦可以見詩人雋永之旨。

古者三王有乞言，五帝憲。首章乞言也，次章憲也。三章言安樂其心，并憲亦不待言矣。末章尚説教示，朱《傳》未是。

宵雅肄三，宵之言小也。凡入大學習此三詩，官其□也。《鄉飲酒》註曰："「諸侯、卿、大夫貢士，與之飲酒。歌《鹿鳴》，采其嘉賓示我以大道，又有明德可則傚也；《四牡》，采其忠孝之至也；《皇華》，采其咨謀於賢智也。」"

鄉飲酒禮，鼓瑟而歌《鹿鳴》、《四牡》、《皇皇者華》，然後笙入堂下磬南面北云。曰："「《鹿鳴》諸詩，朱子以爲工歌；《清廟》之詩，朱子以爲升歌。工歌、升歌亦有辨與？」"

曰：「工歌者，乃堂下之歌，與琴瑟笙磬相間而歌之也。升歌者，乃堂上之樂，當祭而歌，不以他樂間之，而獨歌之也。裴安祖講《鹿鳴》而兄弟同食。」

張叔翹曰：反覆此詩，禮意優洽，情詞懇欵，藹然有推心置腹之意。

《箋》曰：「飲之而有幣，酬幣也；食之而有幣，侑幣也。」

一　⊖⊖⊖⊖⊖⊖●⊖　鳴苹賓笙簧將行

二　●⊖●⊖⊖⊖●⊖　蒿昭恌傚敖

三　●⊖●⊖⊖⊖●⊖　芩琴琴湛心

首章

曰：君臣之相與也，尊卑闊絶，堂陛森嚴。雖其君能推心置腹，樂於聽納，稍有形迹之存，尚有納而不言，言而不盡者。此非慈惠流通，情義兼至，使之形體盡忘，肝膽畢露，安能使之盡言哉？

曰：瑟，堂上之樂，鼓瑟而歌，有聲有詞；笙，堂下之樂，立於懸中，有聲無詞。

《傳》曰：興也。鹿得苹，呦呦然鳴而相呼，懇誠發於中。以興嘉樂賓客當有懇誠，相招呼以成禮也。

《疏》曰：苹，郭璞曰：「今藾蒿也，初生亦可食。」陸機云：「葉青白色，莖似箸而輕肥，始生香可食，又可蒸食。」

《箋》曰：示當作寘。寘，置也。周行，周之列位也。好猶善也。人有以德善我者，我則置之於周之列位。言己維賢是用。

二、三章

敖遊，和順從容之意。以敖者，正以其動静之間。皆大道所著，而莫非教示也。

《疏》：《釋草》文。孫炎曰：「荆楚之間謂蒿爲菣。去刃反。」郭璞曰：「今人呼爲青蒿，香中炙啖者爲菣。」

《箋》曰：德音，先王道德之教也。

《疏》：陸機曰：「芩莖如釵股，葉如竹蔓，生澤中下地鹹處，爲草真實，牛馬亦喜食之。」

《傳》曰：不能致其樂，則不能得其志；不能得其志，則嘉賓不能竭其力。

四牡

《序》曰：《四牡》，勞使臣之來也。有功而見知，則説矣。

曰：　盬，亦鹽也，出於河東之解池。　引池水灌畦自結成者不經久而易壞，故訓不堅固者爲盬也。《説文》云：「煮海爲盬，盬苦而易敗」，故《傳》以不堅訓之。

「不遑啓處」，言爲公義所制，啓處且不遑也，安得歸而慰我之私乎？古者席地，跪而後起，跪而後坐。

曰：「翩翩者鵻」二章，言物得所止而人子乃缺乎孝養，其感深矣。「將母來諗」，非有所要於君也，欲其體恤哀憫，知有如是之苦耳。　王者代爲之言若此。　聞此歌者，能不撫心感泣，而誓以死報者乎？

首二章但重私恩，言「不遑啓居」者，亦以見私恩之不得遂也。　輔氏説非是。《四牡》、《采薇》、《出車》、《杕杜》，皆君上之言也。　然上之勞下，而但曰使臣在外如何勤勞憂苦，如何奉公忘私，則下之情未必能盡，而其文亦索然無味矣。　今勞其人而反托爲其人之言，具道其明發之懷、仳離之恨、歲月之久、往來之艱、思望之勤、旋歸之樂，甚而曰「將母來諗」，又甚而曰「莫知我哀」，一時臣下之隱衷伏慮畢達於黻扆之前，而惻然推赤心以置人之腹。　盛世君民一體至於如此，想其至誠所動，真足使人截脰碎首而不悔，文章之用乃能動天地、感鬼神者，凡以此也。即此想見詩中，托詞寓意有入神之妙，如此諸詩，比於正言直述，巧拙之數豈不相去十倍。　所以風人之言大都托言以見志，如美正刺淫，間或摹畫其詞以爲懲勸，皆不必正爲其人之言也。

且《雅》之體視《國風》爲嚴，王者勞下尚托爲其下之言，以擬議情事，感動人心，而《國風》諸詩獨斷以本文爲正，如《行露》、《氓》、《著》之類皆以爲婦人所自作，拘之甚矣。有如《四牡》、《杕杜》，無《禮經》及《左》、《國》明文可據，其不定爲久役而怨其上者乎？毛、鄭之流，雖百口何從辨哉！

《序》箋曰：文王爲西伯之（詩）〔時〕，三分天下有其二，以服事殷，使臣以王事往來于其職。于其來也，陳其功苦以歌樂之。

《傳》曰：嘽嘽，喘息之貌。馬勞則喘息。

「不遑啓處」，《傳》曰：臣受命，舍幣於禰乃行。

《箋》曰：夫不，鳥之慤謹者，人皆愛之，可以不勞，猶則飛則下，止於栩木。喻人雖無事，其可獲安乎？感厲之。

疏曰：《釋鳥》（文）〔云〕：「鵻其夫不。」李巡曰：「夫不一名鵻，今楚鳩也。」郭璞曰：「今鵓鳩也。」

一 ㊀㊀㊀●㊀ 騑遲歸悲

二　㊀㊀●㊀㊀①　馬鹽處

三　●㊀㊀㊀㊀　下栩鹽父

四　●㊀㊀●㊀　止杞母

五　●㊀㊁㊁㊀　駸諗隔　歸歌

顧大韶曰：周家使臣正如今之行人耳，世人作此二篇題，俱解作直指使者，大可笑。

皇皇者華

《序》曰：《皇皇者華》，君遣使臣也。送之以禮樂，言遠而有光華也。

曰：「諏」有聚議之意，「謀」有計畫之意，「度」有酌量之意，「詢」有究問之意。

《國語》：叔孫穆子聘於晉，晉享之樂，及《鹿鳴》之三而後拜樂。晉使行人問焉。曰：「《鹿鳴》，君所以嘉先君之好也，敢不拜嘉。《四牡》，君之彰使臣之勤也，敢不拜彰。《皇皇者華》，君教使臣曰：『每懷靡及，諏謀度詢必諮於周。』敢不拜教。臣聞之曰：『懷和爲每，懷才

---

① 此章韻譜當作「●㊀●㊀㊀」。

爲諏，咨事爲謀，咨義爲度，咨親爲詢，忠信爲周。』君貺使臣以禮，重之以六德，敢不重拜。」

《左氏》文小異：「臣聞之，訪問於善爲咨，咨事爲諏，咨難爲謀，咨禮爲度，咨親爲詢。」

每懷者常，常有此念，提起就來也。

《通解》云：大、小行人之職詳于《周禮》，有五物以和諸侯之好，有六物以周知天下之故，使臣之職亦重矣。自非勤於心而敏於事，何以廣天子之視聽而盡其職哉？

輔氏曰：程子謂咨詢使臣大務，蓋謂人君正以不得與遠民相接。故遣使以宣己意而通下情。爲之使者豈可不咨訪以副君意哉？此意最可玩。玩《通解》曰：諏謀度詢只是問耆老，求遺逸，恤孤寡，舉廢墜，使上德無不宣，下情無不達便是。或以爲求賢自補，看來又多一層事。所謂補者，蓋以向者靡及，若有所缺然者。今無不盡，則缺然者補矣。非補其聰明之不及也。

《疏義》曰：《皇華》遣使風以義，《四牡》勞使憫其情。是以出則盡職，歸則忘勞也。

《序》箋曰：言臣出使能揚君之美，延其譽於四方，則爲不辱命也。

《傳》曰：忠臣奉使能光君命，無遠無近，如華不以高下易其色。

《箋》曰：無遠無近，維所之則然。

《箋》曰：《春秋傳》曰「懷和爲每」，和當爲私。衆行夫既受君命當速行，每人懷其私，相稽留，則於事將無所及。

《傳》曰：忠信爲周，訪問於善爲諏。

《箋》曰：大夫出使驅馳而行，見忠信之賢人，則於是訪問求善道也。

《傳》曰：兼此五者，雖有中和，當自謂無所及於六德也。

《箋》曰：中和謂忠信也。五者咨也，諏也，謀也，度也，詢也。難得此於忠信之賢人，猶當云已將無所及于事，則成六德。言慎其事。

一　●㊀●㊀　隰及

二　㊀㊀㊀㊀　駒濡驅諏

三　㊀㊀●㊀　騏絲謀

四　㊀㊀●㊀　駱若度

五　㊀㊀●㊀　駰均詢

棠　棣

《序》曰：《棠棣》，燕兄弟也。閔管、蔡之失道，故作《棠棣》焉。

徐士彰曰：今作文者，不過説自安樂，而患難，而死喪，皆須兄弟，則爲詳於言矣。此詩却把死喪先説在前，自此而患難，自此而安樂，事愈輕時愈暇，而兄弟之情愈見其不可解。則所謂莫如兄弟者，蓋瞭然可曉矣。《棠棣》非周公不能作，信夫！

此詩描畫人情備極巧妙，可悲可涕，可舞可歌。聖人之言正如化工肖物，非復人力所能庶幾也。

《鹿鳴》諸篇詞多和平，此篇多激烈之氣、哀婉之調，意若有所懲創。則爲周公東征以後之作，斷然無疑。

張叔翹曰：此詩從容委曲，深入人心，有悠然不盡之思。

《序》箋曰：周公吊二叔之不咸，而使兄弟之恩疏。召公爲作此詩而歌之，以親之。

一　●㊀●㊀　韡弟

二　㊀㊀㊀㊀　威懷裒求

三　●㊀●㊀　難歎

四　●㊀●㊀　務戎

五　㊀㊀●㊀　平寧生

六　㊀㊀㊀㊀　豆飫具孺

七　●〇●〇　琴湛

八　〇〇〇〇　家帑圖乎

首四章

鬩墻禦侮，良心真切，天理之所以長存，而人心之所以不死也。章法神品。朋友不能相及，須兄弟乃能相及，其勢自爾。

《通解》曰：首章姑言兄弟之常，而詞氣抑揚之間已有感慨不盡之意。其斯周公之心乎？

或云：急難即患難也，非是急字，即相救意。《春秋傳》：「急病讓夷」。《戰國策》：「以公子高義，能急人之困。」

《左傳》富良曰：古人有言：「元弟讒鬩，侮人百里。」

《傳》曰：興也。

《箋》曰：承華者曰鄂，不當作柎，柎，鄂足也。鄂足得華之光明，則韡韡然盛。興者，喻弟以敬事兄，兄以榮覆弟，恩義之顯，亦韡然。古稱不柎同。

按不字，古文作𣎵，華之足，象形字也。假借爲「可不」之不，轉註爲「不然」之不，不必改作柎字乃爲華足。棠棣今在處有之，吴人呼爲玉馬鞭，其華與諸華異。一柎輒生二萼，兩兩相麗，故稱韡韡。以爲興者，亦取己弟同生之義也。若止謂韡韡然盛，則華之盛者多矣，何必棠棣以比兄弟乎？因此歎古人比興，定非漫然者。聖門學《詩》，稱「多識于鳥獸草木之名」，其在當時，必有此種傳授，如《爾雅》之類，當非一家。直爲秦火失傳，而漢儒毛、鄭之徒極力鑽研，止得十之七八。宋儒則長于義理，畧于名物，并毛、鄭之説芟削無遺，以此今世説經，于比興之義大段鹵莽耳。愚故于《傳》、《箋》比興悉爲拈出，其二家所未備，更願同志之士相共講求之也。

《疏》：舍人曰：「棠棣，一名棣。」郭璞曰：「今關西有棣樹，子如櫻桃，可食(者)〔是〕也。」此與棠棣異木，故《爾雅》别釋。」

《爾雅》云：唐(棣)〔棣〕，(移)〔栘〕。(唐)〔常〕棣，棣。

《傳》曰：聞棠棣之言，爲今也。

《箋》曰：原也，隰也，以相與聚居之故，故能定高下之名。猶兄弟相求，故能立榮顯之名。

《箋》曰：䳭渠，水鳥。而今在原，失其常處，則飛則鳴，求其類，天性也。猶兄弟之于急難。

《疏》曰：《釋鳥》文：「眷令，雝渠也。」郭璞曰：「雀屬也。」陸機曰：「大如鷃(省)〔雀〕，長脚，長尾，尖嘴。背上青灰色，腹下白，頸上黑如連錢，故杜陽人謂之連錢。」

《箋》曰：每有，雖也。况，兹也。

《傳》曰：烝，填。戎，相也。

《箋》曰：當急難之時，雖有善同門來，久也，猶無相助己者。古聲填、寘、塵同。

五、六、七、八章

五章承上接下作一紐子，文有頓挫有起伏，熟於人情，老於世故者也。章法神品。

徐士彰曰：居患難，則人情不期而相親，故天理常易復。處安樂，多爲物所轉移，故天理常隱而難尋。故必用究度而始見。

孺者，真誠相悦而無僞，有繾綣不舍之意。字法妙品。

「儐爾」二章，揣摩人情極爲真懇，且將世情反看，便了此旨。假令室家會集，妻孥燕婉，豈非生人所樂？而我一二同生，或暌違於異域，或相怨以一方，忽焉念及，能不悽然。此一念良心既然萌動，雖云歡笑，終屬强顔，何孺之有；忡忡惙惙，既遣還來，何湛之有；倘或戚戚具爾寧有此？故曰「是究是圖，亶其然乎」。

凡人心蔽於物交，主於先入，則天理澌滅。内求諸真情，實理自在，究圖者不是懸空思想，直是體驗於良心真切之地也。且如火藏於灰，闇忽不見，若能尋得，光燄自在也。説箇究圖意義甚深。凡人踈於兄弟者，皆緣不思之故。乎字提醒世人最爲切至，此古人文字極警策處，不可輕易看過。詩家落聯有此傍樣，豈非高手。章法妙品。

「既翕」即式相好矣之意。

張叔翹曰：「是究是圖，亶其然乎」，乃問辭也。須云試以宜室家、樂妻帑之理究而圖之，果信室家之宜，兄弟宜之否乎，妻孥之樂，兄弟樂之否乎？乃見提醒人意。照註「豈不信其然乎」，則無味矣。

《傳》曰：飫，私也。不脱屨升堂謂之飫。

《箋》曰：私者，圖非常之事。若議大疑於堂，則有飫禮焉。聽朝爲公。

《傳》曰：九族會曰和。孺，屬也。王與親戚宴則尚毛。

《箋》曰：九族，從己上至高祖、下及玄孫之親也。屬者，以昭穆相次序。

《箋》曰：好合，志意合也。王與族人燕，則宗婦内宗之屬亦從王后於房中。

「樂爾妻帑」，《箋》曰：族人和，則得保樂其家中之大小。

伐　木

《序》曰：《伐木》，燕朋友故舊也。自天子至於庶人，未有不須友以成者。親親以睦，友賢不棄，不遺故舊，則民德歸厚矣。

「終和且平」者，天地交而成泰也，特托神言之。

「微我」二句語意最難(斡)〔斡〕旋，若講以免咎塞責，話頭遂失本旨。「民之失德」亦然。

「迨」字大要體認，言朋友之好，時時在念，特爲幾務殷繁，雖有是心而未及盡是禮也。一及其暇，便與之飲酒相樂也。

「終和且平」，《書》曰：元首明哉，股肱良哉，庶事康哉。

「鼓」、「舞」緊帶上二句説，不以禮樂分對爲是。

「神之聽之」即高聽卑之聽。

張叔翹曰：和即所謂天下泰和也，平即所謂方隅砥平也，此正與《孝經》「天下和平灾害不生」同意。

曰「微我弗顧」、「微我有咎」，蓋朋友之隙常生於遞相責望，故此詩之意，但欲盡其在我者，而不問彼之於我何如，是善處朋友者也。註中「彼適有故而不來」，「有故」二句解適字，見(幹)〔斡〕旋之妙。解經如此，方是傳神。

尊者不敢必其來，兄弟則曰無遠，立言之法也。

丘瓊山曰：古者人君之燕有因祭而餕，有因勞而勞，有因閒暇而會，《中庸》燕毛序齒，《坊記》因其酒食聚其宗族以教民睦，則是祭畢而燕。《皇華》所歌，則是因勞而勞。《伐木》之辭，所謂「迨我暇矣，飲此湑矣」，則是因閒暇而會也。

《伐木》首二句，《箋》曰：丁丁、嚶嚶，相切直也。言昔日未居位在農之時，與友生于山巖伐木，爲勤苦之事，猶以道德相切正也。嚶嚶，兩鳥聲也，其鳴之志有似於友道然，故連言之。

《傳》曰：嚶嚶，驚懼也。

「出自幽谷」四句，《傳》曰：君子雖遷於高位，不可以忘其朋友。

《箋》曰：謂鄉時之鳥出從深谷，今移處高木。「嚶其鳴矣」，遷處高木者。「求其友聲」，求其尚在深谷者。其相得，則復鳴嚶嚶然。

《箋》曰：以可否相增減曰和平，齊等也。此言心誠求之，神若聽之，使得如志，則友終相與和，而齊功也。

《傳》曰：許許，柿貌。以筐曰釃，以(籔)〔藪〕曰湑。

《箋》曰：此言許許者，「伐木許許之」人，今則有酒而釃之，本其故也。

《傳》曰：天子謂同姓諸侯，諸侯謂同姓大夫，皆曰父。異姓則稱舅。國君友其賢臣，大夫士友其宗族之仁者。

《傳》曰：天子八簋。

《箋》曰：粲然已灑掃矣，陳其黍稷矣，謂爲食禮。

《箋》曰：兄弟，父之黨、母之黨。

「有酒」四句，《傳》曰：「湑，莤音縮。之也。」《箋》曰：「此族人陳王之恩也。」

《疏》：《釋文》曰：「莤謂以茅泲之而去其糟也。」

「迨我」二句，《箋》曰：此又述王意也。王曰：「及我今之閒暇，共飲此湑酒。」欲其無不醉之意。

一　㊀㊀㊁㊁㊀㊀●㊀●㊀㊀㊀　丁嚶鳴聲聲生聽平隔　谷木

二　㊀㊀㊀㊀●㊀㊁㊁㊁㊁●㊁　許藇羜父顧　埽簋牡舅咎

三　㊀㊀㊀㊀●㊀㊁㊁㊁㊁㊁㊁　阪衍踐遠愆　醑酤鼓舞暇湑

首章丁、嚶起韻，游入谷、木韻，而轉歸鳴、聲。例見《東山》。此說似於傷巧，然如此之類不一而足，且求諸聲韻之變，理亦宜爾，似非鑿空附會之論。

毛氏《傳》六章，章六句。

喬君求曰：「有酒湑我」，連用五「我」字，詞意婉篤淳至。事求其在我，所謂先施之也。正與「微我有咎」我字相應。

天保

《序》曰：《天保》，下報上也。君能下下以成其政，臣能歸美以報其上焉。

《箋》曰：下下謂《鹿鳴》至《伐木》，皆君所以下臣也，臣亦宜歸美于王，以崇君之尊而福禄之，以答其歌。

一	●㊀●㊀●㊀	固除庶
二	●㊀●㊀㊀㊀	穀禄福足
三	●㊀●㊀●㊀	興陵增
四	●㊀㊀㊀●㊀	享嘗王疆
五	㊀㊀㊀㊀●㊀	弔福質食〔德〕

六　⊖⊖⊖⊖●⊖①　恒升崩承

首三章

命不於常，故曰「保爾」。厥位維危，故曰「定爾」。

造化無全能，有厚必有薄，有益必有損，此否泰相尋之理，盛衰倚伏之機也。單厚而除，多益而庶，保定何孔固哉。

無時不福，積之則厚；無事不福，積之則多。

三章只是箇可大可久翻覆説。

「俾爾」等句法，皆極其形容之辭，各次句俱足上句。

除字奇，字法妙品。

「戩穀」二句一意看，言俾我君事皆盡善而無一之不善，一正一反，相足之意。

宜者，恰當之謂，即善字意。

---

① 此章韻譜當作「⊖⊖●⊖●⊖」。

受者，我受於天。降者，天降於我。註有「以」字、「天下相與」句①，俱能發此二字之意。「惟日不足」，是福多而日少之意。若作日日予之，不以爲足，便是呆話。

郝鹿野曰：三章、六章皆自爲一章之意，非擬上文之福也。此説亦自脱灑，得詩人之旨。

徐士彰曰：川是活的，只著「方至」二字，便見進盛意。山是塊然一物，必曰山、曰阜、曰岡陵，方見積小高大。此詩人善行文處。

《通解》解「俾爾單厚」四句云：「俾爾單厚，何福不厚。俾爾多益，何福不益。」極是。「維日不足」與《書》「吉人爲善，維日不足」語意正同。

《傳》曰：戩，福也。

《箋》曰：無不盛者，使萬物皆盛，草木暢茂，禽獸碩大。「川之方至」，謂其水縱長之時也，萬物之牧皆增多也。

四、五、六章

《儀禮》有「饎爨」，《注》云：炊黍稷曰饎。《傳》言酒食，蓋兼指載清酤、潔粢盛之事。祠

① 此所云註當指朱子《詩集傳》，然則「天下」當作「天人」。

之言食也。禴，禴新果也。嘗，嘗新穀也。烝，進物品也。

四章祭祀但以起下「卜爾」之意。非如他詩盡事神之禮，始獲神休之説也。

諏日，卜柔日也。大夫先與有司擇丁巳之日，至明日乃筮其日之吉凶也。擇士，選助祭之臣也。將祭必先習射於澤宮，以選士。齋戒，七日戒，八日齋，致潔於内也。滌濯，謂洗祭器，埽宗廟，沐浴其身之類。

此詩言「羣黎百姓」，而《堯典》亦曰「平章百姓，百姓昭明，協和萬邦，黎民於變時雍」。黎民、百姓何以分？蓋古者天子，因生以賜姓，賜之以姓者有限，故曰百姓。黎民者庶民也，但謂之黔首，而未有賜姓也。《傳》曰：「百姓，百官族姓也。」

王介甫曰：春物生，未有以享也。其享也以熟爲主，故曰祠。夏則陽盛矣，其享也以樂爲主，故曰禴。秋物成，可嘗矣，其享也嘗而已，故曰嘗。冬則物衆，其享也烝物具焉，故曰烝。

言祖宗降福而必述嘏詞者，明其出於神意而非無徵之言也。助爾爲德，群動之助，非補助之助。

鄭景望曰：時乃罔不變，允升於大猷。成王自謂應受多福，道洽政治，澤潤生民。康王自謂應受多福，民俗趨化。非人君受福之實乎？正與五章意合。

日恒月升，呂氏謂：有進無退是也。

程子曰：《天保》詩盛陳人君受天之祜，福禄之厚，蒙被臣民，由君德之所致也。按此詩通篇皆稱願其君受福之事，只偏爲「爾德」一語，便含規諷意。君如不德，民何則焉。此古人立言之妙也。

《傳》曰：吉，善。蠲，潔也。

《箋》曰：神至者宗廟致敬，鬼神著矣，此之謂也。

《傳》曰：質，成也。

《箋》曰：成，平也。民事平，以禮飲食相燕樂而已。

《箋》曰：或之言有也。

「或承」或字，字法妙品。或者，不知誰何之辭。舊葉未落而新葉已生，舊福一來而新福已繼，不知不覺已自有在。

采　薇

《序》曰：《采薇》，遣戍役也。文王之時西有昆夷之患，北有玁狁之難，以天子之命，命將率，遣戍役，以守衛中國。故歌《采薇》以遣之，《出車》以勞還，《杕杜》以勤歸也。

出而激之以義，則人思奮。歸而憫之以情，則人忘勞。

篇中或述其事，或述其言，或述其情，俱隨文認意，後多倣此。

謝疊山曰：《采薇》一詩見先王仁厚之至，所謂「體群臣」，所謂「本人情」，所謂「悅以使民，民忘其勞」。當與《東山》之詩合觀。

一	●㊀●㊀●㊁●㊁	作莫　故故
二	●㊀●㊀㊁㊁㊂㊂	柔憂　烈渴　定聘
三	●㊀●㊀㊁㊁㊂㊂	剛陽　盬處　疚來
四	㊀㊀㊀㊀●㊁●㊁	何華何車　業捷
五	㊀㊀㊀㊀㊁㊁㊁㊁	牡騤依(騑)〔腓〕　翼服戒棘
六	㊀㊀㊀㊀㊀㊀㊀㊀	矣依思霏遲飢悲哀

首三章

「歲亦暮(土)〔止〕」等語，勿作怨詞。

玁狁内侵中國，義不可以獨全，故舍我室家；義不可以獨安，故「不遑啓居」。

《箋》曰：西伯將遣戍役，先與之期以采薇之時。今薇生矣，先輩可以行也。重言采薇者，丁寧行期也。「歲亦暮止」，又丁寧歸期，定其心也。古者師出不踰時，今薇菜生而行，歲晚乃得歸，使女無室家夫婦之道，不暇起居者，有玁狁之難，故曉之也。

《箋》曰：柔謂脆（脱）〔脕〕音問。之時。定，止也。

《箋》曰：來猶反也，據家曰來。

四、五、六章

徐士彰曰：「彼爾」二章，車戰之法也。蓋古者禦虜皆用車戰，所以防虜騎之衝突也。自晉敗戎於大鹵而車戰之法始廢，後世遂不復覩矣。

讀「君子所依」二句，想見古人用車之法。今宜模倣此意變通其制度，極是兵家根本之策也。若以房琯爲口實，豈非懲饐廢食乎，豈古無以步騎敗者乎？

「昔我往矣」四句，固見其出征之久，然重在雨雪之勞上。蓋《出車》四章是起下「豈不懷歸」，故重在久上；此是起下「傷悲」，故重在勞上。

君子依之，運籌以決勝。小人腓之，進退以止齊。

腓，芘也。進而部伍，賴爲捍衛之資。退而營柵，藉爲歸宿之地。

君勞其臣而曰「莫知我哀」，其知之也不亦深乎。味此一言，真足使人肝腦塗中原，膏血潤野草，而不悔也。章法神品。

《箋》曰：彼爾常華，以興將帥車馬服飾之盛。三捷，謂侵也、伐也、戰也。

《傳》曰：翼翼，閑也。象弭，弓反末也，所以解紒也。

《箋》曰：弭，弓反末彆方血反，又邊之反。者。

《疏》曰：《釋器》云：「弓有緣者謂之弓。」孫炎曰：「緣謂〔繁〕〔繳〕束而漆之。」又曰：「無緣者謂之弭。」孫炎曰「不以〔繁〕〔繳〕束骨飾兩頭者也」，然則弭者，弓弰之名，弛之則反曲，故云象弭爲弓反末也。紒與結義同，繩索有結，用以解之。陸機云：「魚獸似猪，東海有之。其皮背上斑文，腹下純青，其皮雖乾燥，爲弓鞬矢服，海潮及天將雨，其毛皆起。」

《箋》曰：此章重叙其往反之時，極言其苦以説之。

《傳》曰：君子能盡人之情，故人忘其死。

《箋》曰：行反在於道路，猶饑渴言至苦也。

出　車

《序》曰：《出車》，勞還率也。

輔慶源曰：此詩前三章如秋霜之肅，後三章如春風之和，然後謂之王者之師。且曰「玁狁於夷」而已，則固不貴於略地屠城，蹀血輿尸之事也。

程子曰：此詩所賦，自受命至還歸，其事有叙。

吴師道曰：先戒懼而後奮怒，故其怒也無敵。先勞苦而後悦樂，故其樂也有終。非但曲盡人情，抑且當乎義理。

一	●㊀●㊀●㊀●㊀	牧來載棘
二	●㊀㊀㊀●㊁●㊁	郊旐旄　旆瘁
三	●㊀㊀㊀●㊀●㊀	方彭央方襄
四	●㊀●㊀●㊀●㊀	華塗居書
五	㊀㊀●㊀●㊀●㊀	蟲螽忡降戎
六	㊀㊀㊀㊀●㊀●㊀	遲萋喈祁歸夷

首二章

「自天子所」二句，只言其承命之重。

閫以外將軍制之，故一則曰「我出我車」，再則曰「我出我車」。將受命於君，故曰「自天子所」，曰「天子命我」。

《左傳》某人御、某某爲右，可見古之御者是副偏之任，此詩所謂僕夫，亦非卒伍輩也。觀次章「僕夫況瘁」，意亦見矣。

徐士彰曰：「設此旐矣」二句，上面言以統前軍，固有旟矣，而此則設之以旐，建之於旟；固有旄矣，而此則建之以旄。如此則下「彼旟旐斯」，不假費辭而自明白。

《箋》曰：西伯以天子之命，出我戎車於所牧之地，將使我出征伐。自，從也。有人從王所來以王命召己，使爲將率也。

《傳》曰：旆旆，旒垂貌。

《疏》正義曰：《周禮·司常》曰：「諸侯載旂，軍吏載旗，郊野載旐，百官載旟。」此詩旐、旟、旂雜互陳之，則君之諸帥有建之者矣。文王時未制周禮，則南仲以下或建旂，或載旐，或載旟也。

三、四、五、六章

令衆者警衆心以用命，而欲其敵王之愾也。

赫赫，是威靈氣焰見於守備之時者。于襄，要得不暇攻戰意。其所以然者，固是守備有道，亦本奮揚來。

「薄伐西戎」是擬議之辭。蓋室家思念無所不至，故作此意外之想。此等處正是詩家三昧，若作實説，去以千里。章法妙品。朱《傳》已得此意，而復存鄭説，泥《序》説故也。天子之命而在於城朔方也，固當恪守廟謨，而務爲設險守國之圖。天子之命而止於城朔方也，尤當曲體君心，而勿爲要功生事之舉。

按，宣王元年，命大夫秦仲征西羌，死焉。其子莊公兄弟五人，率王兵七千遂破西羌，并有犬戎之地。此外征西戎事絶不經見，則西戎之伐，斷爲室家料想之辭。

或曰：西戎之伐果無此事，《序》何以言「西有昆夷」、「北有玁狁」？

北狄天驕，自古爲患。文王之時昆夷駾矣，則西戎間雖侵畧爲患，亦微擬於玁狁，小大迥別。南仲既爲大將，則宜兼靖二陲。如今關中經略本重北虜，兼備番族固無不可，而室家憂其不至，展轉猜度，便疑移師西指。此二義者自不相（方）〔妨〕，若作實有是事，便是痴人説夢也。説詩到此等處，正如鏡花水月，若能領其義旨則文理躍然，如作刻舟見解則一語難通矣。

徐士彰曰：「昔我往矣」三章，則以景物點綴情事，而憂喜之情宛然於言外。蓋觀於「黍稷方華」、「雨雪載塗」，而道塗之風物可想矣。觀於「喓喓草蟲，趯趯阜螽」，而閨閫之憂思可想矣。觀於「春日遲遲，卉木萋萋。倉庚喈喈，采蘩祁祁」，而斧鉞之精彩又可想矣。此見詩人之善於立言，可謂筆侔化工者（者）也。室家方思維猜度而南仲忽歸，乍然相接，猶疑是夢。此等情致，詞家鼻祖。若作實事，却與文理欠通。

徐士彰曰：「執訊獲醜」，時説以此章遣帥只是城守，未嘗與虜交鋒，當作執訊獲醜之人。難之者曰：「雖是城守，豈能不戮一人？若作執訊獲醜之人，是本文之下又多兩字也。」此説雖是，然亦未諳詩人之旨。大抵古人文章有二體，有褒美之體，有核實之體。《春秋》之文核實之體也，故每據事直書。《詩》之文褒美之體也，雖虚美隱惡，而不嫌於過。如此詩雖未嘗與虜交鋒，（木）（未）嘗傪一人，即言「執訊獲醜」，亦非所以爲過詞也。此等處要當活看，「玁狁于襄」自城守之時言，其功在一方；「玁狁于夷」自凱還之後言，其功在天下。

古人文字，意意圓滿，言言足相，若能尋其大旨，全然不勞補綴。如「執訊獲醜」要加「之人」二字，便是畫蛇添足也。所以注書只消訓詁，不須翻案。講解增添意見，造作語言，得者固多，失者不少。漢儒未必全非，宋儒未必全是。

「城彼朔方」是據城以保障，堅壁清野以扼其前、擬其後，非築城也。

《傳》曰：王，殷王也。南仲，文王之屬。

「天子命我」四句，《箋》曰：此我，我戍役也。戍役築壘，而美其將帥自此出征也。

《箋》曰：草蟲鳴，阜螽躍而從之，天性也。喻近西戎之諸侯，聞南仲既征玁狁、將伐西戎之命，則跳躍而鄉望之，如阜螽之聞草蟲鳴焉。草蟲鳴，晚秋之時也，此以其時所見而興之。君子，斥南仲也。

《傳》曰：訊，辭也。

《箋》曰：伐西戎以凍釋時，反朔方之壘息戍役，至此時而歸京師，稱美時物以及其事，喜而詳之也。執其可言，問所獲之衆以歸者，當獻之也。

《傳》曰：夷，平也。

《箋》曰：平者，平之於王也。

杕杜

《序》曰：《杕杜》，勞還役也。

子先曰：此詩見王者之勞歸士，曲盡人情，此所以師出可與危，師入可與安，而無積怨離叛之民也。

輔氏曰：勞師勞役，體悉其情，無所不至，而略不及論功行賞之事者，何哉？蓋古者竭誠盡瘁以勤王之事者，人臣之義也。下不以賞而望乎上，上不以賞而謗乎下，此君臣相與之至情也。

子先曰：上之人能知下情之委曲而形諸咏，則下悦之，《出車》、《杕杜》是也。上之人不能知，而下自陳其勞苦之狀、悲傷之情，則下悲之，《揚之水》、《鴇羽》是也。

楊用修《古音略例》曰：比詩四章，章七句。首章尾三句陽、傷、遑爲韻，次章萋、悲、歸爲韻，三章幝、痯、遠爲韻，末章偕、近、邇爲韻。又皆三句，比諸《詩》例既異，而體裁亦奇矣。

一	●㊀●㊀㊁㊁㊁	實日	陽傷遑		
二	●㊀●㊀㊀㊀㊀	萋悲萋悲歸			
三	●㊀●㊀㊁㊁㊁	杞母	幝痯遠		
四	㊀㊀㊁㊁㊂㊂㊂	來疚	至恤	偕近邇	

首二章

首章念其當暇，次章念其當歸。朱《傳》首章便説「曷爲而不歸哉」，説者以爲未當。不知此語正是解經妙處，極爲善説人情，後人自不曉其故耳。

《傳》曰：興也。杕杜猶得其時繁滋，役夫勞苦，不得盡其天性。

「繼嗣我日」，句法能品。

三、四章

「而多爲恤」，《大全》以爲疾病飢渴死傷之憂，此意何嘗不是，但并此數語亦不説出，却有無數悽傷耳。

繇，辭也。卜有兆辭，筮有占辭，皆曰繇。

及期而望曰「女心傷悲」，過期而不至則曰「憂我父母」，其憂有進焉者矣。可見古人立言之法。讀古人文字，全要領取此等機軸。

禮，大事則先筮而後卜，小事則龜筮不相襲。今卜筮偕止，見其情之不得已也。

輔氏曰：「征夫不遠」，料想之辭。「征夫邇止」，決定之辭。

《傳》曰：遠行不必如期，室家之情以期望之。

魚麗

《序》曰：《魚麗》，美萬物盛多，能備禮也。文、武以《天保》以上治内，《采薇》以下治外，始於憂勤，終於逸樂，故美萬物盛多，可以告於神明矣。

朱子曰：《魚麗》諸篇皆道主人以譽賓，如今燕飲致語之類，亦有問叙賓客辭者。《漢書》載客歌《驪駒》，主人歌《客無庸歸》，亦此意。

《序》箋曰：告於神明者，於祭祀而歌之。

《傳》曰：麗，歷也。罶，曲梁也，寡婦之笱也。太平而(復)〔後〕微物衆多，取之有時，用之有道，則物莫不多矣。古者不風不暴不行火草，木不折不操斧斤不入山林，豺祭獸然後殺，獺祭魚然後漁，鷹隼擊然後罻羅設，是以天子不合圍，諸侯不掩羣，大夫不麛不卵，士不隱塞，庶人不數罟，罟目必四寸然後入澤梁。故山不童，澤不竭，鳥獸魚鱉皆得其所然。

《疏》曰：《釋器》云：「(婺)〔嫠〕婦之笱謂之罶。」郭璞曰：「以薄取魚者，名爲罶也。」然則曲薄也，以薄爲魚笱，其功易成，號之寡婦笱耳，非寡婦所作也。《草木疏》云：「鱨一名黄頰魚，似燕頭魚，身形厚而長大，頰骨正黄。魚大而有力解飛者，徐州人謂之揚。黄頰，通語也。鯊，今吹沙也。魚狹而小，常張口吹沙，故曰沙。」

「君子有酒」二句，《箋》曰：酒美，而此魚又多也。

陸德明曰：「有酒旨」絶句，「且多」二字爲一句。按，他本俱酒字句，以罶、酒、鯊、多俱隔句一韻，陸殆泥於鄭《箋》，强讀之如此。

《疏》正義曰：《釋魚》有鰋、鮎。孫炎以爲鰋、鮎一魚，鱧、鯇一魚。郭璞以爲鰋、鮎、鱧、鮦，四者各爲一魚。

一　●㊀●㊀　鯊多

二　●㊀●㊀　（魴）（鱧）旨

三　●㊀●㊀　（鱧）（鯉）有①

四　㊀㊀　多嘉

五　㊀㊀　旨（嘉）（偕）

六　㊀㊀　有時

南陔

《序》曰：《南陔》，孝子相戒以養也。

---

① 前三章韻譜當作：

一　㊀㊁㊀㊁　罶酒隔　鯊多隔

二　㊀㊁㊀㊁　罶酒隔　鱧旨隔

三　㊀㊁㊀㊁　罶酒隔　鯉有隔

白　華

《序》曰：《白華》，孝子之潔白也。

華　黍

《序》曰：《華黍》，時和歲豐，宜黍稷也。有其義而亡其（詞）〔辭〕。

《箋》曰：此三篇者，鄉飲酒、燕禮用焉。曰「笙入，立於縣中，奏《南陔》、《白華》、《華黍》」是也。孔子論《詩》「雅、頌各得其所」，時俱在耳。篇第當在於此，遭戰國及秦之世而亡之。其義則與衆篇之義合編故存，至毛公爲《詁訓傳》，乃分衆篇之義各置於其篇端云。又闕其亡者，以見在爲數，故推改什首遂通耳。以下非孔子之舊。

〔南有嘉魚之什〕

南有嘉魚

《序》曰：《南有嘉魚》，樂與賢也。太平之君子，至誠樂與賢者共之也。

又思方山云：還是前日既燕今日又燕，《大全》孔氏作「頻與之燕」最是。觀《蓼蕭》初燕而歌，亦不止一燕矣。一説就於一日之間而燕禮再設，如燕於庭復燕於寢之類；又一説即獻酬交錯不以爲限意。俱無不可。或據臣侍君燕，過三爵非禮也，不宜作一時説。不知此非朝廟之燕也，「厭厭夜飲，不醉無歸」，寧三爵而止乎？

《序》箋曰：樂得賢者與共立於朝，相燕樂也。

《箋》曰：烝，塵也。塵然，猶言久如也。言南方水中有善魚，人將久如而俱罩之，遲之也。喻天下有賢者，在位之人將久如而並求致之於朝，亦遲之也。遲之者，謂至誠也。君子，斥時在位者也。

《疏》曰：《釋器》云：「〔篧〕〔篧〕謂之罩。」李巡曰：「〔篧〕〔篧〕編竹以爲罩，捕魚也。」孫炎曰：「今楚〔篧〕〔篧〕也。」然則罩以竹爲之，無竹則以荆，故謂之楚〔篧〕〔篧〕。

《箋》曰：樔者，今之(橑)〔撩〕罟也。

《疏》曰：《釋器》云：「樔謂之汕。」李巡曰：「汕以薄魚也。」「南有樛木」二句，《傳》曰：「興也。」《箋》曰：「君子下其臣，故賢者歸往也。《鄉飲酒》曰：『賓以我安。』」

《傳》曰：鵻，壹宿之鳥。

《箋》曰：壹宿者，壹意於所宿之木也。喻賢者有專壹之意於我，我將久如而(未)〔來〕遲之也。

一　●㊀●㊀　罩樂
二　●㊀●㊀　汕衎
三　●㊀●㊀　纍綏
四　●㊀●㊀　來又

南山有臺

《序》曰：《南山有臺》，樂得賢也。得賢則能爲邦家立太平之基矣。

「不已」，就時言，是無窮意。「是茂」，就地言，是日盛意。「爾後」，就本身説，與「無有後艱」後字同。

祝君子以壽而先之以德，亦惠逆影響之理。美不忘規，其此之謂。

《魚麗》言品物之豐盛，故曰優賓。《嘉魚》則言歡忻之交通，故曰樂賓。《南山》美德祝壽，而德與壽天下之達尊也，故曰尊賓。三詩各有其義。三者既備，斯燕賓之道盡矣。而每詩形容曲盡，不可互異，則又詩人之善於立言也。

輔氏曰：「邦家之基」，所謂治生於君子，賢者爲國之楨幹也。「邦家之光」，所謂儒者在朝則美政，在野則美俗也。

《序》箋曰：人君得賢，則其德廣大堅固，如南山之有基址。

《傳》曰：「興也。」〔《箋》曰：〕興者，山之有草木以自覆蓋，成其高大。喻人君有賢臣以自尊顯。

《疏》曰：陸機曰：「舊説夫須，莎草也。可爲簑笠。《都人士》云『臺笠緇撮』，《傳》曰『臺所以禦雨』是也。萊，草名。其葉可食，今兖州人烝以爲茹，謂之萊烝。」

《箋》曰：「只」之言是也。人君既得賢者，置之於位，又尊敬以禮樂樂之，則能爲國家之本，得壽考之福。

《箋》曰：遐，遠也。遠不眉壽者，言其近眉壽也。

《傳》曰：枸，枳枸。

《疏》：陸機云：「枸樹高大似白楊，（白）〔有〕子著枝端，大如指，長數寸，噉之甘美如飴。八月熟，今官園種之，謂之木蜜。」楰〔鼠梓〕，《釋木》文。李巡曰：「鼠梓，一名（曰）楰。」郭璞曰：「楸屬也。」陸機云：「其樹葉木理如楸，山楸之異者，今人謂之苦楸是也。」

一　⊖⊖●⊖●⊖　臺萊基期

二　⊖⊖●⊖●⊖　桑楊光疆

三　⊖⊖●⊖●⊖　杞李母已

四　⊖⊖●⊖●⊖　栲杻壽茂

五　⊖⊖●⊖●⊖　枸楰耇後

由庚

《序》曰：《由庚》，萬物得由其道也。

崇丘

《序》曰：《崇丘》，萬物得極其高大也。

由儀

《序》曰：《由儀》，萬物之生，各得其宜也。有其義而亡其辭。

《箋》曰：此三篇者，鄉飲酒、燕禮亦用焉。曰：「乃間歌《魚麗》，笙《由庚》；歌《南有〔嘉〕魚》，笙《崇丘》；歌《南山有臺》，笙《由儀》。」亦遭世亂而亡之。燕禮又有「升歌《鹿鳴》，下管《新宫》」，《新宫》亦《詩》篇名也。辭義皆亡，無以知其篇第之處。

蓼蕭

《序》曰：《蓼蕭》，澤及四海也。

二章言「其德不爽」，三章言「宜兄宜弟」，箴規之意愈深愈切矣。《傳》中勸戒警戒，下語有斟酌，此説詩之精者。「萬福攸同」就得天説，與「壽考」、「壽豈」一〔倒〕〔例〕看。

天子稱其美曰譽，諸侯適其情曰處。

「不忘」猶言不已，長享茅土之封，而永爲國之龍光矣。

「譽處」譽字訓作聲譽，則立意遺言俱屬未妥。還依韓奕訓樂也。君臣之間如膠投漆，如魚得水，安而且樂也。

《序》箋曰：九夷、八狄、七戎、六蠻，謂之四海。國在九州之外，雖有大者，爵不過子。《虞書》曰：「州十有二師，外薄四海，咸建五長。」

《傳》曰：興也。

《箋》曰：興者，蕭，香物之微者，喻四海之諸侯亦國君之賤者。露者，天所以潤萬物，喻王者恩澤不爲遠國則不及也。「既見君子」者，遠國之君朝見於天子也。「我心寫」者，舒其情意無留恨也。天子與之燕而笑語，則遠國之君各得其所，是以稱揚德美，使聲譽常處天子。

《疏》：《釋草》云：「蕭，荻也。」李巡曰：「荻一名蕭。」郭璞曰：「即蒿也。」

《箋》曰：龍，寵也。爲寵爲光，言天子恩澤光耀被及己也。

《傳》曰：「宜兄宜弟」，爲兄亦宜，爲弟亦宜。

「鞗(單)〔革〕」二句，《箋》曰：此説天子之車飾者，諸侯燕見天子，天子必乘車迎于門，是以云然。

《後漢志注》曰：干寶《周禮注》：「和鸞皆以金爲鈴，鸞者在衡，和者在軾。馬動則鸞鳴，鸞鳴則和應，舒則不鳴，疾則失音，故《詩》云『和鸞雝雝』，言得其和也。」

一　㊀●㊀㊀㊀　湑寫語處

二　㊀●㊀㊀㊀　瀼光爽忘

三　㊀●㊀㊀㊀　泥弟弟豈

四　㊀●㊀㊀㊀①　濃沖雝同

湛露

《序》曰：《湛露》，天子燕諸侯也。

全詩不宜以君臣平看，重在君燕臣上。

---

① 此詩四章，章六句，韻譜每章均缺首句「●」。

《儀禮·燕禮》：「宵則庶子執燭於阼階上，司空執燭于西階上，甸人執大燭於庭，閽人爲大燭于門外。」燕禮輕，無庭燎，設大燭而已。此亦可見古有夜飲之禮也。

厭厭訓足也。亦是盡情之意，不宜就物品說。

顯者，其心明白洞達也。允者，其心忠信誠慤也。

《燕禮》：君曰「無不醉」，賓及卿大夫皆對曰：「諾，敢不醉。」

呂東萊曰：令德者，以德將之不至于亂，若中無主則爲麴糵所迷矣。

張叔翘曰：按此詩，則古者固有夜飲之禮。然君之燕臣，第曰「不醉無歸」，曰「在宗載考」，期於情之洽、禮之成而已，非沉湎無度也。乃其臣令德令儀，罔不祇畏，又有以善其燕，豈與後世長夜之飲同乎哉？《左氏》稱：「酒以成禮，不繼以淫」，周王有焉。「以君成禮，不納於淫」，諸侯有焉。

「湛湛」首二句，《傳》曰：「興也。」《箋》曰：「興者，露之在物，湛湛然使物柯葉低垂，喻諸侯受燕爵，其義有似醉之貌。諸侯旅酬之則猶然。唯天子賜爵則貌變，肅敬承命有似露見日而晞也。」

「厭厭」二句，《傳》曰：「宗子將有事，則族人皆侍，不醉而出是不親也，醉而不出是渫宗也。」《箋》曰：「天子燕諸侯之禮亡，此假宗子與族人燕爲説爾。族人，猶群臣也。其醉不出、不醉出，猶諸侯之儀也。飲酒至夜猶云『不醉無歸』，此天子於諸侯之儀。」

《箋》曰：豐草喻同姓諸侯也。夜飲之禮在宗室同姓諸侯則成之，於庶姓其讓之則止。杞也，棘也，異類。喻庶姓諸侯也。桐也，椅也，同類而異名。喻二王之後也。「其實離離」，喻其薦俎多於諸侯也。令儀謂《陔》節也。

一　●㊀●㊀　晞歸

二　●㊀●㊀　草考

三　●㊀●㊀　棘德

四　●㊀●㊀①　椅離儀

彤弓

《序》曰：《彤弓》，天子錫有功諸侯也。

潘勗《九錫文》：以君龍驤虎視，旁眺八維，掩討逆節，折衝四海，是用錫君彤弓一，彤矢

① 此章韻譜當作㊀㊀●㊀。

百，旅弓十，旅矢千。

各章首二句不輕，惟上以爲重，故下以爲榮也。

錫必先饗，饗必用樂。蘇氏曰：凡賜弓矢，以饗禮行之。內疑其臣而外牽於功，內忌其臣而外迫於勢，皆非中心之貺也。藏器以待有功而不敢輕，故得之者以爲重；推誠以錫有功而不敢惜，故受之者以爲恩。然王者之心非欲其以爲重、以爲恩也，盡吾之禮意而已。誠且速字，講中勿説出。

《周禮·大司馬》：以九伐之法正邦國：馮弱犯寡則眚之；賊賢害民則伐之；暴內陵外則壇之；野荒民散則削之；負固不服則侵之；賊殺其親則正之；放弑其君則殘之；犯令陵正則杜之；外內亂、鳥獸行則滅之。

饗亯大牢，設几而不倚，爵盈而不飲，獻如命數。殽牲俎豆，盛於食。燕禮之大者獻，數終而止，不得終日，故曰一朝。

《王制》曰：諸侯賜弓矢然後征，賜鈇鉞然後殺。

范氏曰：先王知天下諸侯之不可無長，故爲方伯連帥以維之。其有功則賜之弓矢，使專征伐以正諸夏，此王室之所以尊也。不然則彊陵弱、大并小而莫之制，天子之政令有所不行，故曰彤弓廢則諸夏衰矣。

《序》箋曰：諸侯敵王所愾而獻其功，王饗禮之，于是賜彤弓一、彤矢百、旅弓百、矢千。凡諸侯賜弓矢，然後得專征伐。

《傳》曰：彤弓，朱弓也，以講德習射。

《箋》曰：古之燕者，主人獻之，賓受爵，奠於薦右。既祭俎，乃席末坐，卒爵之謂也。

一　●㊀●㊀●㊀　藏貺饗

二　●㊀●㊀●㊀　載喜右

三　●㊀●㊀●㊀　櫜好醻

菁菁者莪

《序》曰：《菁菁者莪》，樂育材也。君子能長育人材，則天下喜樂之矣。

首章雖有敬意，總作喜樂之情。「有儀」正所以形容樂處，蓋儀者悦賢之實也。「錫我百朋」者，形容得見而喜之之情，非以得重貨形容得賢也。「載沉載浮」，善言情致。古云「汎乎若不繫之舟」，又云「乃心如縣旌摇摇，而無所終薄」，即是此意。句法妙品。休字正對浮沉言，字法妙品。

徐士彰曰：上三章之言已足矣，而復益以末章之言者，蓋徒致其既見之喜而不及其未見之思，則雖足以盡一時之歡而猶未罄其平生之願也，故云然。

朱氏舊從《序》説，後改定，謂此《序》全失詩意。

《通解》曰：《易・頤》之彖曰「聖人養賢以及萬民」，言養賢之有道也。《大有》之六五曰「厥孚交如」，言下賢之貴信也。菁莪之燕，真意藹如，可謂得養賢之道矣，可謂信以發志者矣。

《箋》曰：樂育才者，歌樂人君教學國人，秀士、選士、俊士、造士、進士，養之以漸，至於官之。

《傳》曰：興也。君子能長育人材，如阿之長莪菁菁然。

《箋》曰：長育之者，既教學之，又不征役也。

《疏》：陸機曰：「莪，蒿也，一名羅蒿。生澤田漸洳之處，葉似邪蒿而細（斜）〔科〕，生（二）〔三〕月中，莖可生食，又可烝，香美，味頗似蔞蒿。」是也。

《箋》曰：「既見君子」者，官爵之而得見也。

《（傳）〔箋〕》曰：賜我百朋，得禄多，言得意也。

《疏》曰：五貝者，《漢書・食貨志》以爲大貝、（牡）〔壯〕貝、么貝、小貝、不成貝爲五也。大貝〔四〕寸八分以上，直錢二百一十文，二枚爲朋。壯貝三寸六分以上，直錢五十文，二枚爲朋。么貝二寸四分以上，直錢三十文，二枚爲朋。小貝寸二分以上，直錢一十文，二枚爲朋。不成貝寸二分漏度，不得爲朋，率枚直錢五文。是也。王莽多舉古事，而行五貝，故知古者貨貝焉。

《箋》曰：舟者，沉物亦載，浮物亦載。喻人君用士，文亦用，武亦用，于人之材無所廢。

一　㊀㊀●㊀　莪阿儀

二　●㊀●㊀　沚喜

三　●㊀●㊀　陵朋

四　㊀㊀●㊀　舟浮休

六　月

《序》曰：《六月》，宣王北伐也。《鹿鳴》廢，則和樂缺矣；《四牡》廢，則君臣缺矣；《皇皇者華》廢，則忠信缺矣；《常棣》廢，則兄弟缺矣；《伐木》廢，則朋友缺矣；《天保》廢，則福禄缺矣；《采薇》廢，則征伐缺矣；《出車》廢，則功力缺矣；《杕杜》廢，則師衆缺矣；《魚麗》廢，則法度缺矣；《南陔》廢，則孝友缺矣；《白華》廢，則廉耻缺矣；《華黍》廢，則蓄積缺矣；《由庚》廢，則陰陽失其道理矣；《南有嘉魚》廢，則賢者不安，下不得其所矣；《崇丘》廢，則萬物不遂矣；《南山有臺》廢，則爲國之基墜矣；《由儀》廢，則萬物失其道理矣；《蓼蕭》廢，則恩澤乖矣；《湛露》廢，則萬國離矣；《彤弓》廢，則諸夏衰矣；《菁菁者莪》廢，則無禮儀矣；《小雅》盡廢，則四夷交侵，中國微矣。

一　●㊀●㊀●㊀●㊀　（飾）〔飭〕服急國
二　●㊀●㊀●㊁●㊁　則服　里子
三　●㊀●㊀㊁㊁㊁㊁　顒公　翼服服國
四　㊀㊀㊁㊁㊁㊁●㊁　（如）〔茹〕穫　方陽章央行
五　㊀㊀●㊀●㊀●㊀　安軒閑原憲
六　㊀㊀●㊀㊀㊀㊀㊀　喜祉久友鯉矣友

首二章

陳氏曰：以厲王大亂之後而支玁狁之患，意必有倉卒失措，不暇爲計者。而今也「比物四驪，閑之維則」，蓋其車馬之脩，器械之備，非一日矣。

「維此六月」四句，注中分類甚明，但講中宜總會此意，不宜拘拘分貼。

載常服者，孔《疏》云：戎車有守衣裝五人，戎服當戰陳之時乃服之，在道故載之也。

《傳》曰：棲棲，簡閱貌。日月爲常服，戎服也。

《箋》曰：戎車，革輅之等也。其等有五。

《疏》正義曰：《周禮》車僕掌戎輅之〔萃〕〔倅〕、廣車之〔萃〕〔倅〕、闕車之〔萃〕〔倅〕、萃車之〔萃〕〔倅〕、輕車之〔萃〕〔倅〕。《注》云：「〔萃〕〔倅〕猶副也。此五者皆兵車所〔謂〕〔設〕五〔萃〕〔戎〕，萃路，王在軍所乘也。廣車，橫陳之車也。闕車所用補闕之車。〔萃〕〔倅〕猶屏也，所用對敵自隱蔽之車也。輕車，所用馳敵致師之車也①。」

《傳》曰：則，法也。言先教戰，然後用師。

三、四章

「有嚴有翼」、「以定王國」，所謂「威克厥愛，允濟」、「敬勝怠者吉」也。

匡者正大分，定者固大業。

《韓詩傳》曰：元戎者，車縵綸，馬被甲，衡扼之上盡有劍戟，名曰陷陣之車。元戎十乘。

孫子曰：「軍無選鋒曰比。」

---

① 此段與阮元本《毛詩正義》微有不同，或另有所本。

《箋》曰：言今師之群帥有威嚴者，有恭敬者，而共典是兵事。言文武之人備。

《疏》：《爾雅》曰：「周有焦穫。」郭璞曰：「今扶風池陽縣瓠中是也。」

《箋》曰：織，徽織也。鳥章，鳥隼之文章。將(師)〔帥〕以下衣皆著焉。

《正義》曰：《釋天》云：「錯革鳥(白)〔曰〕旟。」孫炎曰：「錯，置也。革，急也。畫急疾之鳥於縿也。」徽織者，自王以下其制如所建旌旗而畫之，其象但小耳。以絳爲縿，畫爲鳥隼，又降爲旒，書名於末，爲徽織，以著于衣。司裳掌九旗之物名，各有屬。《注》曰：「物名者，所畫異物則異名也。屬謂徽織也，《大傳》謂之徽號。今城門僕射所被，及亭長(者)〔著〕絳衣，皆舊象也。」《士喪禮》曰：「爲銘各以其物，亡則以緇，長半幅。赬末長終幅，廣三寸。書名於末。」蓋其制也。死之銘旌，即生之徽織也。

《傳》曰：元，大也。夏后氏鉤車，先正也。殷曰寅車，先疾也。周曰元戎，先良也。

《箋》曰：鉤聲行曲直有正也。寅，進也。二者及元戎，皆可以先前啓突敵陳之前行，其制之同異未聞。

五、六章

不專稱吉甫之武，而先美其文，見其能協人心以禦侮，非迫人强戰而取勝於敵也。

「至于太原」，班固曰：來則禦之，去則不追，帝王制禦蠻夷之常道也。曰文武維后，天子神聖之德也。文武並用，國家長久之策也。而又有文武之吉甫以爲萬邦之式，則所以佐天子而匡王國，端有賴矣。

謝氏曰：漢唐而下縉紳介冑分爲兩途，愚儒武夫各爲一説，不知三代將帥必文武全才，可以爲萬邦之法則者也。燕喜者，吉甫私燕也。受福不在燕喜之外。

「張仲孝友」内含有維持調護意，所謂自古未有權臣在内而大將能立功于外也。但此意自説詩者看出，若作實講，便非詩旨。癸未程式得之，墨卷全然未是。

文武俱就行師中德威並行、操舍有法説，看來還是説他平日，只是稱道之詞。

文附衆，武威敵，語本《史記·穰苴傳》。

「張仲孝友」，《傳》中正云賢吉甫而善是燕也，只是道其一時之盛耳。

《傳》曰：輊，摯；佶，正也。

《箋》曰：吉甫既伐玁狁而歸，天子以燕禮樂之，則歡喜矣，又多受賞賜也。

《傳》曰：使文武之臣征伐，與孝友之臣處内。

喬君求曰：玁狁既平而有孝友之士，雍容俎豆，綏賁人文，所謂「矢其文德，洽此四國」也。

采芑

《序》曰：采芑，宣王南征也。

嚴氏曰：《六月》之詩事勢急迫，《采芑》之詩辭氣雍容。蓋北伐則四夷交侵，初用兵也。南征則北方已服，中國初定，方叔乘北伐之威以臨蠻荆也。下篇《車攻》則中興之功成矣。

一　㊀●㊀㊀●㊀㊀●㊀㊀㊀㊀　芑畝(菑)〔淄〕試率翼奭服革

二　●●㊀●⊙㊀●㊀㊀●㊀㊀　鄉央衡瑲皇珩　芑(菑)〔淄〕率服隔　田千隔

三　●●㊀●●㊀●㊁㊂●㊂㊂　止試　鼓旅　淵闐　隼(菑)〔淄〕率隔　天千隔

四　●●●㊀●㊀●㊁㊂●●㊁　鞸猶醜　焞雷威①

凡詩體率以二句爲節，其隔句韻，亦只兩兩相應。此篇都三句爲節，或止第三句一韻，或第二、第三句連韻。其二、三章隔句韻，則一與一叶，二與二叶，三與三叶，尤用韻之奇者也。

---

① 此篇韻譜多處錯誤。

首二章

涖者，臨此車徒，秉節鉞，以糾之也。率者，總督此車徒以行也。天子六軍，法當用車七百五十乘。其言三千者，《箋》曰：「宣王承亂，羡卒盡起。」

鄒嶧山曰：乘路車，服命服，詩人只要發出方叔精神氣焰，形於車馬佩服之間見，雖不必乘戎車、服戎服而威靈已著，蠻荆不足平矣。如輔氏所云「從容整暇」，非詩正旨，或畧見意可也。蓋服其命服，詩人只據所見而言，至臨陳又自服戎服耳。

徐士彰曰：路車一説是將帥所乘之車，非「其車三千」之車也。或云路車蓋象路，奭，路車之朱色。《巾車》所謂「象路朱」是也。若戎路則臨陳乃用，革鞔而漆之爲黑色，未嘗有所謂奭然之朱也。或云戎車有五，路其一也，横陳則有廣車、補闕車，自蔽則有革車，馳敵則有輕車。

朱子曰：南征蠻荆想不甚費力，不曾大段戰鬭，故只盛稱其軍容而已。

曹氏曰：芾服非戎服，和鸞非戎馬。所以然者，方叔堯壯其猷，如吴起將戰不帶劍，諸葛武侯不親戎服。羊祜輕裘緩帶，而盛著威名。杜預身不跨馬，自能制敵。故詩人咏其車服之美而已。

《司馬法》:「國容不入軍,軍容不入國。」朱《傳》「軍容」字本此。「朱芾斯皇」、「有瑲(璁)(葱)珩」,古人句法倒用以爲錯綜,如《楚辭》「吉日其辰良」;《西京賦》「正紫宫於未央,表嶢闕於閶闔」;退之詩「豆登五岳瀛四尊」,皆本於此。

《傳》曰:興也。宣王能新美天下之士,然後用之。

《箋》曰:興者,新美之,喻和洽其家,養育其身也。士,軍士也。

《疏》:陸機曰:「芑菜似苦菜也。莖青白色,摘其葉白汁出,(脆)(肥)可生食,亦可烝爲茹。青州人謂之芑。西河、鴈門芑尤美,胡人戀之不出塞。」

《疏》正義曰:巾車五路,唯金路有鉤,以金爲之,馬頷之飾也。方叔不乘革路者,以革路臨陣所乘。

「服其」三句,《傳》曰:言周室之强、車服之美也。言其强美,斯劣矣。

《箋》曰:命服者,命爲將受王命之服也。天子之服韋弁服,朱衣裳也。

三、四章

隼飛而正有進而退意,故以爲興。

全要發明淵淵闐闐之意,孫子曰:「戰如守,行如戰。」

「戎車」三句一串，意俱就戎車言，蓋「嘽嘽（啍啍）（焞焞）」言其數之衆盛，而「如霆」句即狀其勢之雄也。

「來威」非必不戰而服，雖用戰，然以其名望之隆遽爾來服，有不專主於戰鬬之功耳。此亦是褒美之體，未可拘拘。

「方叔元老」，《易》曰：「田有禽，利執言，無咎。長子帥師。」

「克壯」壯字，正對「元老」老字看。言蠻荆之所以敢於爲仇者，非不知中國之有方叔也，以爲方叔老矣，其謀或因之而少衰也，不知云云。如此則與「來威」無礙。若云蠻荆之敢於内侵者，以中國之無人也，則下聞其名處，便説不通矣。

子先曰：「克壯其猶」者，方叔之謀畧出於兵家常法之外，得於敵人未發之先，不是上文進退有節。

「執訊獲醜」，不作執訊獲醜之人。蓋興師動衆以伐人國，雖彼聞吾之名而即來服，豈能不執一人、不殺一士乎？「如雷如霆」亦是勝敵而畏其威靈，如雷霆耳。

徐士彰曰：一駕而爲北伐之勳，是方叔之名以功成之者也。再駕而底南征之績，是方叔之功以名致之者也。

《箋》曰：隼飛乃至天，喻士卒勁勇，能深攻入敵也。亦集于所止，喻士卒須命乃行也。

《疏》：陸機曰：「隼，鷂屬。齊人謂之擊征，或謂之題肩，或謂之雀鷹。春化爲布穀。」

《傳》曰：五官之長出於諸侯，曰天子之老。

車攻

《序》曰：《車攻》，宣王復古也。宣王能内修政事，外攘夷狄，復文武之境土，修車馬，備器械，復會諸侯於東都，因田獵而選車徒焉。

東都之行，本爲朝諸侯也。《車攻》之作，則因選車徒也。篇内言既攻、既同、既好、既佽、既調、既同、既駕，俱見法度修飭，有夙備之意。

《周禮·大司馬》：「仲春教振旅，遂以蒐；仲夏教茇舍，遂以苗；仲秋教治兵，遂以獮；仲冬教大閲，遂以狩。」《周禮注》：「時見者，王將有征討之事，則爲壇國門外，合諸侯而命事。殷見者，王不廵狩，則六服盡朝，王則爲壇，旅見諸侯而命之以政焉。」按當時不是會同兼舉，詩人只以會同二字作來朝之通稱。亦猶春蒐冬狩，而四時之田通稱蒐狩；秋嘗冬（蒸）〔烝〕，而四時之祭通稱（蒸）〔烝〕嘗，南鞮北譯，而四方之譯通稱鞮譯。如此篇中稱「于苗」，豈必實是仲夏；又稱「駕言行狩」，豈又是仲冬也。

一 ⊖⊖⊖⊖ 攻〔堅〕〔同〕龐東
二 ⊖⊖⊖⊖ 好阜草狩
三 ⊖⊖⊖⊖ 苗囂旐敖
四 ⊖⊖⊖⊖ 牡奕舄繹
五 ⊖⊖●⊖ 佽調柴
六 ⊖⊖⊖⊖ 駕猗馳破
七 ⊖⊖⊖⊖ 鳴旌驚盈
八 ⊖⊖●⊖ 征聲成

喬君求曰：周先王以天下有事，則鎬京可以利控馭，故建都於西鎬者，天下之大勢也。天下無事，則洛邑可以觀人文，故設都於東洛者，天下之大慮也。

首三章

「之子」不敢斥言王，以有司言之也。與《大雅》「王之藎臣」一意觀，末章可見。

「選徒」二句重選徒上，「建旐設旄」所以統之也。「選徒」藏有車在，「囂囂」只重衆上，靜治是餘意。

車攻馬同，見天子中興百度維新意。

《傳》曰：甫，大也。田者，大芟草以爲防。或舍其中，褐纏旃以爲門，裘纏質以爲（褹）〔槸〕。魚列反。間容握，驅而入，擊則不得入。左者之左，右者之右，然後焚而射焉。天子發然後諸侯發，諸侯發然後大夫發。天子發抗大綏，諸侯發抗小綏。獻禽於其下。故戰不出頃，田不出防，不逐奔走，古之道也。

四、五、六章

四章不宜截然兩段，宜隨經文説下，重「會同」上。此章要形容得中興氣象，人心畏服意，如所謂今日復見漢官威儀。

「射夫既同」言人心之協，非是比其耦也。

五御之法：一鳴和鸞，二逐水曲，三過君表，四舞交衢，五逐禽左。五射之法：一（曰）〔白〕矢，二參連，三剡註，四襄尺，五井儀。

《傳》曰：舃，達屨也。

《箋》曰：金舃，黄朱色也。

《疏》正義曰：金舃即《禮》之赤舃。

《傳》曰：「佽，利也。」《箋》曰：「佽，謂手指相（次）〔佽〕比也。」手指相比次，而後射得和利。

《箋》曰：既同，已射同復將射之位也。雖不中必助中者，舉積禽也。

《箋》曰：御者之良，得舒疾之中。射者之工，矢發則中，如椎破物也。

七、八章

三等之獲，皆入君庖。每等得十，故曰不盈。

有始有卒，去怠荒之累，則德爲有恒。成始成終，振明作之功，則業爲可久。

蕭蕭、悠悠，已是終事。嚴意二語，形容静治最爲曲盡。王籍詩「蟬噪林逾静，鳥啼山更幽」，杜甫「伐木丁丁山更幽」，俱出於此。句法妙品。

「靡不有初，鮮克有終。」故云行百里者半於九十，言末路之難也。宣王赫然中興，幾復文武之舊，而追其晚節竟以鮮終，則「展矣大成」之一言，已逆窺而微諷之矣。爲此詩者，意亦吉甫之流與。

《疏義》曰：行事從容，馭車整肅，處己儉約，待人周徧，俱于「蕭蕭馬鳴」一章見之。

《傳》曰：田雖得禽，射不中，不得取禽。田雖不得禽，射中，則得取禽。

《傳》曰：有善聞而無讙譁之聲。

《箋》曰：晉人伐鄭，陳成子救之，舍于柳舒之上。去穀七里，穀人不知，可謂有（聲）〔聞〕無聲。

吉日

《序》曰：《吉日》，美宣王田也。能慎（徵）〔微〕接下，無不自盡以奉其上焉。

《車攻》、《吉日》所言田獵之事，春容爾雅，有典有則，有質有文，後世《長楊》、《羽獵》、《上林》、《廣成》，未足闚其藩籬也。

朱子曰：田獵之事，古人所譏。畋於有洛，五子作歌戒太康矣；恒於遊畋，伊尹作訓戒太甲矣。然宣王之畋，乃是因此見其車馬之盛、紀律之嚴，所以爲中興之勢者在此，固與尋常田獵異矣。

胡安國曰：戎祀國之大事，狩所以講大事也。用民以訓軍旅，所以示之武而威天下；取物以祭宗廟，所以示之孝而順天下。

一　㊀㊀㊀㊀㊀㊀　戊禱好阜阜醜

二　㊀㊀○㊀○㊀①　午馬麌所

三　●㊀㊀㊀㊀㊀　有俟友右子

四　●㊀●㊀●㊀　矢兕醴

首二章

《曲禮》，外事以剛日，内事以柔日。凡祭祀爲内事，田獵行師爲外事。戊、寅皆剛日也。房四星謂之天駟，《晉天文志》曰天駟爲天馬，主車駕，南星曰左驂，次左服，次右服，次右驂。《夏官·校人》春祭馬祖，此常祭也，將用馬力，則又禱之。

「漆沮」二句語意宛轉，要得體認。言禽獸衆多，其地何在，其漆沮之從乎？彼其禽獸之盛，誠爲天子之所也。

曰「既好」，曰「孔阜」，神實相之。以追逐言，故曰從。

《傳》曰：維戊，順類乘牡也。重物順微，將用馬力，必先爲之禱其祖。禱，禱獲也。

《箋》曰：戊，剛日也。故乘牡爲順類也。

① 此章韻譜當作「㊀㊀●㊀●㊀」。

孫炎曰：龍爲天馬，故房四星謂之天駟。

《箋》曰：麕牝曰麌。麌復麌，言多也。漆沮之所，麀鹿之所生也，從漆沮驅禽而致天子之所。

三、四章

此二章末二句只就下之人樂上之心、供上之燕説，便見得人心鼓舞。乃所以致之者自在言外可思。若要歸重宣王身上，便覺索然無味。此意須要體認，未可語言究竟也。

「儦儦」二句只是多意，百物改觀，非昔之凋耗矣。形容如畫。句法妙品。

□天子，不拘拘就獲禽言。須以中興大氣象説，合天下之心，復古人之制，而成一代中興之盛。王者之樂孰大於是。

蒐狩之禮，天(下)〔子〕親執路鼓，下大綏。

《箋》曰：祁當作麎，麎，音辰。麋牝也。率，循也。悉驅禽順其左右之宜，以安待王之射也。

《傳》曰：饗醴，天子之飲酒也。

《箋》曰：御賓客者，給賓客之御也。賓客謂諸侯也。酌醴，酌而醴群臣，以爲俎實也。